徳 間 文 庫

暗 殺 者

安生　正

徳 間 書 店

目次

街が燃えている。
金の衣を着せた生贄(いけにえ)をさし出せば、平和はくるのか。
逃げ出すことも、銃を取ることもできない民は、新たな王を求めた。
やがて、生と死を裁く王に率いられた軍が天翔(あまか)ける。
それはヴァルキリーの騎行と呼ばれた。

序　章

二〇二×年　四月某日
東京消防庁災害救急情報センター

プルルルルル。

大手町（おおてまち）にある東京消防庁災害救急情報センターの管制室に、119番通報が入った。

目の前の画面に、携帯電話回線からの着信を示すランプが点滅する。

管制係員は受信ボタンを押して聴取を開始する。

「はい。119番、消防庁です。火事ですか、救急ですか」

（か、火事です！）

耳のヘッドセットから、緊迫した通報者の声が抜けてきた。

「わかりました、場所はどこですか？」

管制係員は冷静に対応する。まず相手を落ち着かせてから火事の状況や対象物、怪（け）

我人の有無などを聞き出さねばならない。

（豊島区西池袋の山手通りです。大きな爆発音のあと、ビルが燃え上がりました）

携帯のＧＰＳ機能から探知した位置が、画面の地図上に反映される。

「豊島区西池袋四丁目二十番ですね。山手通りの東側ですね」

（そうです）

「ビルの名前は」

（ここからは炎と煙で見えません）

「ビルは何階建てですか」

（八階建てです）

「怪我人はいますか」

（何人か歩道に倒れています）

「怪我の状況はわかりますか。たとえば、骨折しているとか、火傷を負っているとかなんでも構いません」

（火の勢いがすごくて建物に近づけません。とにかく早く来てください）

そこで電話が切れた。

管制室の周りが騒がしい。

どうやら他の係員にも同様の通報が入っている。

これはただ事ではない。

出動命令を伝えるために、管制係員はすぐに池袋消防署を呼んだ。

東京都　豊島区西池袋　山手通り

「先着隊は取りあえず逃げ遅れを確認しろ」「先着隊の補助は大丈夫か」「周りを確認して、人命救助を優先させるぞ！」

赤色灯を回し、サイレンを鳴らしながら現場に向かう指揮車から、指揮隊長が消防隊、はしご隊、救助隊の各隊長に指示を飛ばす。

「現場はRC造の八階建て、築五十年の年季が入ったビルです。現在は外国からの難民を収容し、教育する施設として使われています」

助手席の隊員が報告する。

「まもなく現場です！」

車を運転する隊員が叫ぶ。

立教（りっきょう）通りから山手通りを左折した途端、左前方に燃え上がるビルが見えた。

「おいおい。なんだあれは」「やばいな」

数え切れない火災現場を見てきた隊員たちが啞然とする。およそ尋常ではない。

山手通り沿いで燃え上がるビルの、窓という窓から炎が噴き出ている。

その様子は炎上する天守閣を思わせた。

風で黒煙が北へ流されている。

歩道も悲惨な状況だった。窓から飛び降りたか、避難階段で脱出途中に転落したと思われる人たちが倒れている。

応援のはしご車、ポンプ車、救急車が山手通りを南から向かってくる。集まった緊急車両の総数は三十台を超える。しかし、この状況ではビルに近づくことすらできない。

指揮隊長は無線のマイクを摑み上げた。

「指揮隊から各隊長へ。こちら現場本部。この火勢では不用意にビルに近づくのは危険だ。最大射程で放水しながら火の勢いが衰えるのを待つ。各隊、準備が整い次第、放水を開始」

〈了解。水圧は五キロに設定します〉

ビルから離れた場所で、ポンプ車の放水長が大急ぎでホースの準備を始める。

「まずい。風が西から吹いてきた。裏のビルに延焼してしまう」

機関員が窓から外の様子を窺う。

「消防隊は東から放水の準備。急げ！」

（指揮隊長。救助隊によるビル内の捜索は）

「今は無理だ。ただし、田中隊と山内隊は屋内に入る準備を整えておけ。援護は鈴木隊だ」

激しいビル火災の場合、出火場所から上下階に燃え広がり、フラッシュオーバーを起こしながら延焼していく。同時に、火災で燃焼した建材や内装材から発生した一酸化炭素と有毒ガスを含んだ多量の煙がエレベーターシャフトや階段、空調ダクトなどの竪穴を通じて上層階へ流れ込み、建物内に充満していく。おそらく、ビル内には火災の通報を受けられずに逃げ遅れ、煙に巻かれて取り残された人々がいるだろうが、正直、この状況では手の施しようがない。

なぜこれほど燃える。

なぜこれだけ延焼が早い。

消防隊と救助隊の準備が進むあいだも、なにかが爆ぜる音と崩れ落ちる音が指揮車に届く。

　そのたびに窓から噴き出る火炎の勢いが増す。

「コンクリートの柱や壁が、熱で爆裂を起こしたら建物の重量を支え切れなくなる。目視で状況を確認しろ」

（正面の外壁の一部が剝(は)がれて落下し始めています）（北側も同様です）（こちらは……）

　そのとき、爆発音とともに地面が揺れた。

　ビルの内部で大きな爆発が起きた。

　次々と外壁が落下する。

　粉々になったガラスと一緒に、火だるまになった人が落ちてくる。

「引け！　引け！」

　指揮隊長は叫んだ。

　落下してきたコンクリート塊が歩道で重なり合う。

　物が歪(ゆが)み、軋(きし)む音が連続する。

「崩れる！　指揮隊長。ビルが崩壊します！」

　指揮隊長はマイクに叫ぶ。

「全員、退避！　ビルから離れろ」

轟音（ごうおん）とともに、ビル全体が崩れ落ちた。

同年　七月某日

新宿中央公園南

東京都　新宿区西新宿二丁目

都営地下鉄大江戸（おおえど）線の出口から地上に上がった村瀬幸三（むらせこうぞう）は、新宿中央公園の水の広場に向かって歩いた。正面には新宿ナイアガラの滝が見える。

身長は百七十二センチ。大学教授を思わせる顔立ちは、五十五歳という年齢にしては「若いね」と周りから言われる。毎日のジョギングでスリムな体形を維持している村瀬でも、さすがにこの暑さは堪（こた）える。

今日も日照りが続き、水不足は深刻だった。

利根川（とねがわ）、荒川（あらかわ）水系のダム貯水率が軒並み二十五パーセントを切った。貯水率が〇パーセントとなったダムでは、デッドウォーターつまり取水口から下に溜（た）まった水の利用が始められている。六月から首都圏一円で夜間断水が開始されていたが、七月に入ってからは給水が午後三時から午後八時までの五時間に限定される異常事態で、飲食店の営業停止や工業用水の供給停止によって操業を中断する工場が多発していた。

当然、公園の滝も止められている。

炎天下の中央公園で路面に照り返す太陽と吹き抜ける熱風に晒(さら)され、涸(か)れた滝の前で多くの人々が炊き出しに列を作っている。見慣れたホームレスへの炊き出しではなく、難民を対象にした奉仕活動だ。主催しているのは、村瀬が代表を務める『全国難民支援連絡会』なるＮＰＯだ。この会は、全国でメンバーが一万人を超える日本最大の難民支援組織だ。そんな大きな組織を率いるがゆえに、村瀬はまじめに、真剣に難民救済の問題に取り組んでいた。

列の先頭の長机には汁食缶、給食バット、給食缶などが並べられ、ＮＰＯのスタッフたちが難民たちに食事を供給している。

「ご苦労さま」

村瀬がアルミ製のお玉でスープを給仕している若いスタッフに声をかけようとしたとき、スタッフの視線が公園の入り口を向いた。途端に、その表情が強張(こわば)る。

見ると、おかしな一団が公園に近寄って来る。全員がピエロの扮装(ふんそう)をしている。踊りながら近寄って来るピエロたちは白いスーツを身につけ、赤、青、黄、色とりどりのアフロウィッグを被(かぶ)り、ある者はシルクハットを手に持っている。

「またた」スタッフが呟(つぶや)く。

　横に広がり、肩をいからせながらこちらに進んで来たピエロの一団が、突然、炊き出しに並ぶ難民たちを蹴散らし始めた。

「お前ら邪魔だ」「早く、国に帰れ」「迷惑なんだよ」

　難民たちに罵声を浴びせ、胸を突き飛ばす。怯えた難民たちがうろたえる。理不尽な暴行に抗議した難民の一人が周りを取り囲まれ、襟首を摑んで引きずり回される。

「こいつ臭えな」「やっちまえ」

　仲間が囃し立てる。

「なにをするんですか」

　村瀬は止めに入った。

「なんだ、お前は」

「この会の代表の村瀬です」

　ほー、とリーダーらしいピエロが顎を上げた。顔は白く、目と口はどぎつい紅で塗られている。右目の下には涙マークが描かれている。

「お前が村瀬か。なら言っておく。救うべき人間と、そうでない人間を区別して援助しろ」

「どういう意味ですか」

「どれだけの予算が難民支援に使われていると思ってるんだ。二百億円だぞ。そいつは俺たちの税金だ」

「すでに、私の組織に対する国の援助は打ち切られている」

「難民の中には真面目に働く気のない奴や、素性を偽って入国し、テロを企てている連中がいる。難民なんかの手助けをするんじゃねー」

　確かに難民の中には素行の悪い連中もいる。実は、難民たちはしっかり裏の連絡網と互助システムを作り上げていて、国からの補助、支援団体からの食料や生活用品をまとめて管理することで、罪を犯したり、問題を起こして表に出られない連中の面倒を見ているという噂もある。

　だからといって、村瀬たちの活動を妨害するのは筋違いだ。

「予算の問題も、難民の選別も政治の仕事で、私たちの仕事ではありません。帰ってください」

「口じゃわからないみたいだな」

　シルクハットを胸に当てたリーダーが深々とお辞儀する。白い上着の袖から刺青(いれずみ)が覗(のぞ)く。

　いきなり、腹に拳を叩(たた)き込まれた。

「なにをする！」

他のスタッフが顔色を変える。

別のピエロが、あいだに入ろうとするスタッフを突き飛ばす。

「やめろ！」

仲間を制した村瀬はピエロたちに向き合う。

「帰ってくれ。私たちは難民たちの支援をやめる気はない」

「難民排斥の方針はもう決まったことだ。国に逆らうな」

「あんたたちのような人間に邪魔されようと、我々は我々の信じる道を進む」

「施設を燃やされてもまだ懲りないらしいな」

「なんだって」

「あの火事でお前の仲間が何人、犠牲になった。そうそう、お前の嫁さんと息子もだったな」

村瀬の背筋が凍りついた。

「なぜ……、なぜそのことを知っている」

ピエロがニヤリと笑う。

「なんでも知っているさ。俺は上と関係がある」

「上とは？」

「お前も知っているお偉いさんたちだよ。つまり政府関係者だ」

一言忠告しておく、とピエロがつけ加える。

「権力に逆らっても無駄だぞ」

三カ月前、西池袋の難民支援連絡会のビルが火災で倒壊した。

あの火災の生存者は、火が建物全体に回る前に自力で脱出した八人のみ。その中には、六階の窓から南側に建つビルのベランダへ飛び降りて助かった者一人を含む。東京消防庁は、管内の消防車両から四十台を消火活動および救助作業に投入した。建物倒壊後の消火作業にあたった消防士は二百人にのぼった。火災は深夜の二時十二分に鎮火した。延焼範囲は一階から八階までの全フロアにおよび、床面積合計二千四百平方メートルが倒壊、焼失した。

ビルの損傷が激しく、火災の原因は特定されていないが、放火であることは間違いない。

死亡したと思われる二百三十二名のうち、倒壊したビルの瓦礫（がれき）の中から遺体を確認できたのは十五名にすぎない。

「ここにいる難民の連中に、同じ運命が待っていると伝えておけ」

行くぞ、とリーダーが踵を返すと他の連中も続く。

やがて、道化たちの姿が公園から消えた。

「あいつら何者だ」「警察に通報しましょう」

スタッフの憤慨が耳を通り過ぎる。

難民を救うだけなのにどれだけの困難に直面し、どれだけの屈辱を味わい、どれだけの人命を失うのか。

今日まで村瀬は難民救済の活動に身を捧げてきた。

昨年までは政府も難民受け入れに積極的だった。村瀬の組織に全面的に協力すると約束していた。ところが、急に百八十度方針を変換した。理由は、難民が引き起こす強盗、抗争、傷害、殺人などのトラブルが多発し始めた途端、「いい加減にしろ」「難民なんか受け入れるな」「我々の生活が脅かされる」、と世間が政府を責め始めたからだ。

村瀬の苦難が始まった。難民排斥派の圧力に屈した政府は、『全国難民支援連絡会』を危険組織に指定して公安の監視下に置くという屈辱の決断を下した。

村瀬は梯子を外された。

そんな時期にあの放火事件が起き、東京での拠点が灰と化した。

ピエロが言うように、西池袋の火災で村瀬は妻と一人息子を失った。

昨日のことのように覚えている。

村瀬たちが埼玉で開かれた集会から戻ると、ビルが炎に包まれていた。ビルの周囲は赤色灯を回転させた消防車両、救急車やパトカーで溢(あふ)れ、何本ものホースが歩道を這(は)っている。頭上をヘリコプターが飛び交う。状況は一刻を争うのに、隊員たちは遠くからビルに放水するだけで、それ以上は手の施しようがない様子だった。

ビルから百メートル以上離れた場所に立ち入り禁止テープが張られ、野次馬が群れていた。

「ひどいな」「あれじゃ、誰も助からないぞ」

家族を助けるためにテープをくぐろうとした村瀬は、仲間に背後から羽交い締めにされた。

「ダメです。代表まで死んでしまう」

「放せ！」

「堪(こら)えてください。消防が来てますから」

そのあいだも、まるで村瀬をあざ笑うかのように、火勢は増すばかりだった。

一章　前兆

七カ月後

二〇二×年　二月十五日　土曜日　午後十一時

東京　新宿区新宿一丁目　新宿通り

新宿一丁目西交差点近くの歩道に雑賀壮志は立っていた。

道の両側に七、八階建ての賃貸ビルやワンルームマンションが壁のように並ぶ新宿通りにいると、まるで深い谷底に取り残された錯覚にとらわれる。新宿駅から少し離れたこの辺りは、新宿御苑が近いこともあって、都心にしては珍しく、深夜になると行き交う車や人通りが途絶える。

もやしのような長身にキツネを思わせる細面の顔、肩まであるロングパーマスタイルの髪は美大生を思わせる。ＮＢＡのキャップを被りマスクをした雑賀は、あらかじめ狙いをつけていた新宿通り沿いのコンビニへ入った。他に客がいない店内で、雑賀はお目当ての商品を探すふりをしながらレジの様子を窺う。

まだ二十四歳なのに、雑賀の人生は擦り切れかけていた。薬の売人、オレオレ詐欺、恐喝、金目当ての犯罪でその日暮らしの人生を送っていた。

あるとき、闇バイトのサイトで西池袋のビルに放火する仕事を請けた。報酬は百万円だった。玄関にガソリンでも撒いて火をつければ良いと思っていたら、依頼主はビル内に爆薬を仕かけるように命じた。スマホは取り上げられ、どこか山中の小屋で、顔も知らない男たちから二週間ほど訓練を受けた。爆薬と起爆装置の使い方、爆薬の仕かけ場所とガソリンの撒き方を叩き込まれた。仲間は雑賀の他に三人。当日は、清掃人を装ってビルに潜入し、爆薬を仕かけ、タイマーで起爆した。仕事はうまくいったと思ったらどこで足がついたのか警察に逮捕された。ところが二週間ほどすると容疑不十分で釈放された。

とっくに報酬は使い切った。一応仕事はしている。丸岡リネンサプライというチンケな会社で働いているが、給料は手取りで月十五万円しかない。

今日は闇カジノで遊ぶ金欲しさに、薬の密売で逮捕されたダチから預かっていた銃を持ち出した。

雑賀はカゴにカップラーメンを放り込んだ。

頃合いを見計らってレジに向かう。
「いらっしゃいませ」
愛想笑いを返しながら、店員がカゴからカップラーメンを取り出す。
雑賀はデニムパンツの背中に押し込んでいた銃を抜いた。
「金を出せ」
感情が失せた無機的な声を発しながら、雑賀は店員の額に銃口を押し当てた。
店員の手からラーメンがするりと抜け落ちる。
恐怖で目を泳がせながら、店員が震える手でレジを開ける。
「早くしろ」と、雑賀は銃口を店員の額にねじ込む。
そのとき、入り口のドアが開いて別の客が入って来た。
「助けて！」店員が叫ぶ。
雑賀の注意がそれた瞬間、店員が雑賀の腕を摑む。
二人はもみ合いになった。駆け寄った客が店員に加勢する。
雑賀は左手の人さし指で、店員と客の目を突いた。
指先が生暖かいゼリーのような眼球を感じた。
二人の悲鳴が店内に響く。

店員が雑賀の頬を引っかいた。

「てめえ」

雑賀は二人の胸に二発ずつ銃弾を撃ち込んだ。

銃声が店内にこもる。

硝煙の匂いを鼻腔が感じ、二人が床に倒れる。

雑賀の頬から血が床に滴り落ちる。

そのとき、再び入り口のドアが開いた。

店の外からヘアスプレーのような缶が二個、投げ込まれた。

床を転がる缶の筒先から白煙が噴き出す。

消火剤を撒き散らしたように、辺りがなにも見えなくなった。

口と鼻を押さえながら雑賀は店から駆け出た。

「止まれ!」

目を見開いた雑賀は立ち止まった。店の前に停まった黒いワンボックス車の前で、フルフェイスのヘルメットを被った男が二人、立っていた。

「手を上げろ」と、一人が命じる。

雑賀が男たちに銃を向けようとした瞬間、後頭部に重い衝撃を感じると、雑賀の意識は暗転した。

二月十七日　月曜日　午前八時三十分
東京都　国分寺市本町二丁目　ＪＲ国分寺駅

ＪＲ国分寺駅を定刻の八時二十五分に発車した中央線の通勤快速電車は、武蔵境の辺りを通過していた。

車窓からさし込む冬の朝日に東郷一郎は顔をしかめた。暖房と着膨れのせいで走るサウナ風呂と化した真冬の通勤電車で、乗客はわざわざ金を払って忍耐と自制心を強いられていた。おまけに度々の信号待ちによる停車が乗客の神経を逆撫でする。案の定、どこからか小競り合いの声が聞こえてくる。どうせ肩が触れた触れないのけちな喧嘩に違いない。

四ツ谷駅で南北線へ乗り継ぎ、溜池山王駅でこれまたすし詰めの電車から解放された東郷は八番出口からようやく地上に出た。

近頃は物騒なニュースが増えた。今朝の東都新聞の一面は、最近、都内で発生している強盗殺人事件を取り上げていた。松濤の高級住宅街で、資産家の老夫婦が殺され、金品が強奪された。犯人の行方は知れないが外国人だったとの目撃情報から、教育施設から脱走した難民の犯行と噂されている。

思えば二カ月前に新宿で自爆テロが発生し、三十人が犠牲になったばかりだ。あの事件は飯能の教育施設から脱走した難民の犯行と断定されていた。

破滅的な戦争へ突き進んだ戦前のように、世の中から希望の光が消えていく。

車窓を流れる風景もずいぶん変わってしまった。

最新デザインのビルが建ち並び、その前を高級外車が走り去る歩道には、物乞いするホームレスが座り込んでいる。喧嘩やひったくりが頻発する地下鉄を敬遠するようになった人々は、わざわざ寒い地上の歩道を歩くようになった。

持てる者と持たざる者、虐げる者と虐げられる者、その格差の先にあるのは社会の崩壊だ。

歩道脇に寝そべって動かないホームレスの横を、スマホを見ながら通り過ぎる歩行者の列。歩みの遅い者がいれば、「さっさと歩け」と突き倒す。肩が触れただけで「気をつけろ！」と怒鳴りつけ、相手は舌打ちを返す。

煌びやかな街並みが虚像に見えるほど、荒れた人心と無関心が混在している。

この国はどこでなにを間違えたのか。

ここ数年、テロへの恐怖心と暴力衝動が表裏一体となった都心で、日なたを選びながら外堀通りを溜池交差点方向へ歩いた東郷は、通り沿いに建つ美和(みわ)商事ビルに入った。

東郷自身の事情で妻に譲ったけれど、ローンが二十年残る自宅の一駅向こうに借りたマンションを出てから、およそ一時間半が経(た)っていた。

くすんだ外観とは不釣り合いなセキュリティゲートで身分証明書のチェックと顔認証をクリアした東郷は、エレベーターで五階に上がる。

ドアが開くと、空調の暖気が体を包み込む。

ほっと一息ついた東郷は、廊下を抜けた突き当たりにある執務エリアのセキュリティを抜けた。

警視庁公安五課のオフィスは、本庁とは独立した場所に設けられている。

外見はどこにでもある賃貸ビルを装っているが、内部は最新のハイテクビルだ。

すべての窓のブラインドが下ろされていた。室内は広々として天井も高く、職員の執務スペースはそれぞれがブースで仕切られていた。

東郷一郎、四十歳。警視庁公安部第五課の警部。身長百七十六センチ、大学時代にラグビーで鍛えたがっしりした体格と筋肉質の四角い顔、潰(つぶ)れた耳、太い眉、黒髪。

一年前に妻と離婚して独り身だった。子供はいない。

一昔前なら学園ドラマの主人公とまではいかなくとも、準主役としてなら声がかかったかもしれない。東郷は国家公務員I種試験合格後、警察庁に採用されたいわゆるキャリアだが、いまだに警部でくすぶっている。

普通、キャリア組はいきなり警部補からスタートして階級の階段をのぼっていく。その過程で全国の都道府県警察本部、ときには外務省など他省庁への出向を経て、様々な役職を経験しながら上級幹部への道を歩むものだが、東郷の経歴は特異だった。東郷はずっと公安畑を歩んできた。二回の内閣官房と一回の外務省への出向を除くと、東郷は警備・公安警察の中枢である警視庁公安部に籍を置いてきた。

東郷の第五課は別名『特課』と呼ばれている。一課が極左団体、二課が労働争議と革マル派、三課が右翼団体、四課が収集したデータの管理部門というように、扱うテリトリーが明確になっているのとは対照的に、五課は国家機密にかかわる事案だけを担当する。

いつものように、コートをハンガーにかけ、神棚に二礼二拍一礼してから東郷は自席に座ろうとした。

「おはようございます。先ほど山崎（やまざき）課長がお探しでしたよ」入庁十二年目の新井田（にいだ）が東郷を呼び止めた。

新井田和夫警部補、三十五歳。彼は準キャリアだったが、捜査に対するねばり強さ、勘の良さ、そして面倒見の良さもあって上司からも部下からも信頼が厚かった。

「もう来てるのか」

東郷は腕時計に目をやった。

「ええ、今日はお早いですね」

コーヒー一杯飲む暇もなしか。コーヒーメーカーを恨めしそうに見やりながら、東郷は執務エリアの最深部にある山崎の部屋をノックした。

「入れ」

低い声が抜けてきた。

ゆったりした室内は木目調の内装で統一され、南側に設けられた窓にはミラーガラスがはめ込まれている。窓際の執務デスクと中央の応接セットも人目を引くが、なによりも床に敷き詰められた絨毯は一流ホテルのそれを思い起こさせた。

東郷が室内に入ると山崎は窓に向かい、後ろ手のまま外を眺めていた。

山崎泰司警視正、五十四歳。警視庁公安五課長。彼も入庁以来一貫して公安畑を歩んできた。公安の仕事はその特殊性ゆえに独特のバランス感覚が要求される。山崎は優れた判断力と同時に、自らの下した決断に幾分かの猜疑心を残しておく慎重さもあわせ持っていた。国家機密に触れる立場にありながら、決して表には出ない忍耐強さ。公安五課は名誉を求める者には務まらない。東郷と同じく山崎もそんな世界で三十年生きてきた。

「おはようございます。お呼びでしょうか」

ボスの機嫌を探った。普段の山崎は十時前に登庁して来るのに、今日はどうした。

「奥さんとのことはすべて済んだのか」

外を眺めたまま、山崎がぶっきらぼうに問いかけた。

「はい。ご心配をおかけしました」

「奥さんがよく納得したもんだ」

「なんとか言いふくめました」

「東郷。君はなんでも生真面目に考えすぎだ。あの件について、マスコミが家まで押しかけたのは事実だが、調査の結果を受けた懲戒委員会は不問に付したのだ」

「私のミスで無実の者が命を落としたのは事実です。公安警察官である以上、これからも同じことが起きる可能性は否定できません。二度と家族を巻き込みたくない」

振り返った山崎と視線が合った。

「業務に筋を通すのは結構だが、それとは別に君は五課の捜査方針に不満があるようだな」

「それは……」

東郷はしばらく言葉を濁した。誰が漏らした。

しかし課長の耳に入った以上、とぼけるわけにもいくまい。

「不満ではありませんが、納得できない点があるのは事実です」

山崎の鋭い視線がその先をうながす。

「若い連中を中心に、あまりに捜査方法が強引すぎます。しかもそれが常態化しています」

「具体的には」

「別件逮捕、容疑者への恫喝と暴力、協力者確保のための脅迫。課長もご存じかと」

「常軌を逸する人心の乱れと難民の犯罪による治安悪化は深刻だ。犯人逮捕のためには綺麗事ばかり言っていられん」

「街に暴力と狂気が溢れているのは事実です。ただ、世の中が冷静さを失いつつある今、我々の行き過ぎた行動は社会不安を増長します」

「佐々木の二係は危険分子の検挙に全力をあげている。そんな組織の中で、君のやり方だと浮いてしまうぞ」

　佐々木とは五課の第一公安捜査二係の係長だ。

「ご批判は甘んじてお受けします。しかし、物事には越えてはいけない一線があるはずです」

　山崎が椅子に腰を下ろした。

「東郷。君は優秀だ。これという事案を裁く能力は佐々木の比ではない。しかし、あまりに正直にものを言いすぎる。組織にはある程度の緩さと寛容が必要だ」

「理解しています」

「皆が同じ方向を向いている、優等生ばかりの組織はむしろ機能しない。放っておいてもそれなりの結果は出るが、どれも予測できるものばかりだ。良い組織、つまり結果を出す組織には、むしろ出っ込みと引っ込みが必要だ」

「出っ込みと引っ込みですか」

「そうだ。佐々木と君、どちらがどちらかは敢えて言うまい。それをまとめるのは私の仕事だからな」

　山崎が背もたれに寄りかかる。

「私は感情に任せて捜査を進めたくありません。捜査の基準はあくまでも法であり、倫理です」

「倫理観は人によって異なる」

「警官である以上、武器を所持し捜査権と逮捕権を持つ以上、倫理観は同一であるべきです」

「君の言うことは間違っていない」

しかし、と山崎が机に両肘(りょうひじ)をついた。

「国家というものは強力な治安組織の上に成り立っている。世の中が不安定になればなおさらだ。そして我々はその一員なのだ」

「警察官の職責を果たすことに全力を尽くします」

「君の年齢は今、大事な時期なのだ。次のステップへ行かせるべきかどうか、上はそういう目で見ている。もう少し、うまく立ち回れ。当然、上に行くほどポストは減る。佐々木と君のどちらに任せるかの判断は、能力だけで下されるわけではない」

「お気遣いありがとうございます」

「君は、同期や、場合によっては後輩が上司になっても、仕事に対するモチベーションを維持できるか」

「もちろんです」

「本当か。私は、妬(ねた)み、屈辱、上への恨みなどの感情で自暴自棄になった連中を山ほど見てきた」

「人情としては理解できます」

「君は違うと」

「そうありたいと思います」

「負け惜しみでなくか」

「はい」

東郷は背筋を伸ばした。

そこで二人の会話が途切れた。

「話は以上だ」

失礼します、と一礼した東郷は部屋を出た。

密室

雑賀がこの密室に閉じ込められて、長い時間が過ぎていた。

凍える寒さとカビの臭いが闇の中に漂う。

意識を取り戻したとき、雑賀は錆びついた金属製のベッドに寝かされていた。コンクリートの壁で囲まれた室内は四畳半程の広さで、ベッド以外はなにもない。鉄製の扉が一つ。ベッドの真上には鉄格子をはめ込んだ小さな明かり窓。天井からは蜘蛛の巣がぶら下がり、壁のひび割れからは、どす黒い液体がにじみ出ている。そして床は、ほこりとゴミに覆われていた。

頬には絆創膏が貼られていた。首を上げようとした途端、後頭部に激痛が走る。痺れが残る右手でそっと首筋の辺りを探れば、殴られた痕が腫れ上がっていた。

雑賀は懸命に記憶の糸を手繰り寄せたけれど、今、自分がいるところがどこか、夢か現実かの区別さえつかなかった。

意識を取り戻した日から、雑賀の周りにはずっと不気味な沈黙が満ちていた。

朝と夕に鉄扉の小窓が開いてパンとミルクがさし入れられる。それ以外に人の気配は一切感じられない。初めのうちは食べ物がさし入れられる度に、大声で叫びながら鉄扉を叩いてみた。やがてそれも無駄な行為と悟り、ベッドに横たわった雑賀は床に転がっていた釘で壁に幾何学模様を描き始めた。心の平衡を保つために、叫び出したくなる衝動を抑えるために、なにかをせずにはいられなかった。

いつものように小窓が開いた。

釘を投げ捨て、扉に飛びついた雑賀は、「開けろ」と叫んだ。

鉄扉はびくともしない。

鍵穴から吸い込まれる囚人の叫びが、空しく扉の向こうへ消えていった。

雑賀は、その場に突っ伏すとコンクリートの床を爪でかきむしった。

奥歯を噛みしめて雑賀はすすり泣いた。

高ぶった神経を嗚咽と涙のしずくで癒し、ようやく落ち着きを取り戻した雑賀は、干からびたパンをミルクとともに口に押し込んだ。

途端に、頭から血の気が引く感覚に襲われる。

目の前の景色が回り始める。

口の中に残ったパンとミルクを吐き出しながら、雑賀はその場に頭から崩れ落ちた。

某所

雑賀は意識を取り戻した。

そこはコンクリートの壁で覆われた部屋だった。薄暗い室内は陰気で窓もない。

部屋の中央に雑賀は全裸で座らされていた。手首、胴体、足首はベルトで椅子に固定されている。雑賀の前の机には白色灯をはめ込んだアームライトと、スイッチボックスのような箱が置かれ、その向こうに顔はよく見えないが、左頬に大きな切り傷のある男が座っている。スイッチボックスからは何本もの電線が延び、それぞれが雑賀の腕、わき腹、胸、太股(ふともも)、そしてペニスに張りつけられた電極に繋(つな)がっていた。

左手の暗闇からライトを背に、痩せて手が長く、おまけに猫背で長身の男がぬっと現れた。

そのシルエットが呼びかける。

「雑賀」

その瞬間、強烈なライトに直撃された雑賀は、右目だけを半開きにして顔を背けた。

「起きろ」声の感じは五十歳ぐらいと思われた。

ライトに照らされた塵(ちり)が、カゲロウのように空中を漂い、その中に異様に大きな目で頬がこけ、顎が尖(とが)った、まるでカマキリを思い起こさせる顔が浮かび上がった。

「ぶち殺してやる」

雑賀の減らず口に、カマキリ男が指を鳴らして切り傷の男に合図を出した。

切り傷の男がスイッチボックスの電源を入れた。

意思とは無関係に、雑賀の体が海老のように反り返り、椅子から飛び上がろうとする。

腕の筋肉が内側から破裂するように盛り上がり、大蛇のようによじれる。

ベルトが手首に食い込む。

口から飛び散った唾液が霧となってライトに照らし出される。

「グワッ」という断末魔に似た悲鳴があとを追った。

腰から上が引きちぎれるほど雑賀は身悶えた。

切り傷の男が電源を切った。

座面に激しくランディングした雑賀は前かがみに倒れ込んだ。

カマキリ男が、肩で息をする雑賀の顎を摑んで激しく左右に振る。

「誰に口をきいているつもりだ」

「放せ。放しやがれ！」

再び、切り傷の男が電源を入れる。

雑賀の腕、わき腹、胸、太股、そしてペニスに張りつけられた電極が一斉に反応した。

雑賀は目を見開き、両足を踏ん張りながらのけ反る。

歯を食いしばり、ちぎれんばかりに前後左右へ頭を揺らす。

血管が膨張してはち切れんばかりに隆起する。

電源が切られた。

雑賀は椅子に崩れ落ちた。

両肩が上下に波を打つ。

体中から脂汗が噴き出し、滴る涙と鼻水で顔がぐしゃぐしゃに濡れる。

「全国難民支援連絡会なる団体を知っているな。去年、お前はその団体の西池袋のビルに放火して二百人以上を焼き殺した」

なぜそのことを。

「誰に頼まれた」

「そんなこと知らねーよ」

三度目の衝撃が雑賀を直撃した。

一回、二回、さらにもう一度……。

雑賀は椅子の上で跳ね回り、上腕骨が皮膚を突き破って飛び出しそうなほど肩をすぼめ、身震いしながら前後に体を揺する。

眼球が裏返る。

四度目の衝撃とともに雑賀の口から胃の内容物が噴水のように溢れた。

電流が去る。

鼻頭が当たるほど顔を寄せたカマキリ男が、雑賀の顔を覗き込んだ。

「私に無駄な時間を使わせるな。いいな！」

雑賀の下腹部は、嘔吐物と失禁した小水にまみれていた。

雑賀は祈る目でカマキリ男を見上げた。

胃液と唾液の混じった液体を口端から滴らせたまま雑賀は哀願した。

「助けてくれ。俺は関係ない」

「往生際の悪い奴だ」

カマキリ男が目で合図を出した。


雑賀には一日三回、地獄がやってくる。

なにかの薬物を注射され、繰り返し電流で弄ばれる処置と処置のあいだは牢獄に戻されるものの、見張りの者が終始つき添い、眠りに落ちようとする雑賀に容赦のない平手打ちを浴びせた。

拷問と、ろくに眠ることも許されない日々が続く。

最初の日、自分が無実であることを雑賀は必死に訴えた。しかしその叫びは無視され続けた。

二日目、相手に自分の訴えを聞き入れるつもりなどさらさらないことを悟った雑賀は哀願した。泣き、わめき、怒り、ありとあらゆる感情表現で自分を解放してくれと拝み倒した。

三日目には救いのない状況から逃れられないと雑賀は悟り始めた。睡眠不足と得体の知れない薬物注射によって四六時中意識が朦朧とする状態が続き、雑賀は幻覚の中を彷徨い始めた。

人としての尊厳は完全に否定され、反抗心は徹底的に叩き潰された。

雑賀はただ怯えていた。

毎日、同じことを聞かれる。しかし、放火の事実を認めればなにをされるかわからない。雑賀はぎりぎりのところで抵抗していた。しかし、認めなければ拷問は永遠に続く。雑賀は地獄にいた。

牢獄で横になっていると、処置が始まる直前に扉の向こうから人の気配と物音が聞こえてくる。その瞬間、雑賀は部屋の隅へ這い寄り、膝を抱えて、幼虫のようにうずくまった。やがて扉が開き、そんな雑賀を連中はあるときは抱きかかえ、あるときは引きずって処置室へ連れ出した。たまに抵抗でもしようものなら激しく殴打され、足蹴にされる。いつのまにか、鉄扉まで続く何本もの爪跡が床に刻まれていた。

椅子に座らされ、胴、足、そして注射痕でミミズ腫れになった腕が、いつもの順番で縛りつけられる。それから体中に数十の電極が張られていく。

その様子を雑賀はすすり泣きながら見つめるしかない。

処置室の鏡にちらりと映った雑賀の顔は、両目がクマのなかに落ち込み、頬はこけ、顔色はぞっとするほどの土色に変色していた。

両足を内股に閉じた雑賀は、奥歯を噛みしめながらしゃくり上げた。底無しの恐怖と一緒に虚無の闇へ吸い込まれそうな意識を、たった一本の心の糸で繋ぎ止めていた。

ニヤッとカマキリ男の薄気味悪い顔がこちらを向いた。

「放火を指示したのは誰だ」

雑賀はうつむいたまま、みじろぎもしなかった。

雑賀の意識はゆらめき、過去と現在、虚実の区別もつかない混濁状態の中で、一分前のことさえ思い出せない。

雑賀は、言葉にならないうなり声を発した。

「……知らない。知らないよ」

「嘘をつくな」

束の間の静寂。

雑賀の上半身がビクリと反応した。

カマキリ男が、いつもの指示を出す。

雑賀の首が力なく左右に揺れ、唇がなにかを訴えようとしたとき、再びショックが襲った。

いつもより強烈で激しいショックが、一度、二度……。

容赦のない電流が憔悴（しょうすい）した雑賀の体内を駆け巡り、崩壊しかけた脳を弄ぶ。

どこにまだそんな力が残っていたかと思うほど、雑賀は激しくのけ反った。

すでに胃から吐き出すものはなにもなく、乾き、ひび割れた唇のすき間から血の混じった苦く黄色い胃液が噴き出た。

手足の指はそれぞれが意思を持つ軟体動物のように波打つ。

髪の毛が逆立ち、雑賀の両肩から立ちのぼる湯気がライトの中で揺らめく。

電圧が上がるにつれ、雑賀の体は椅子の上で跳ね回った。

絶望と、永遠に逃れることのできない地獄。

口元が緩むのを感じた。

雑賀は笑った。

三度目の衝撃に襲われたとき、雑賀の意識は一瞬真白な光に包まれた。

次の瞬間、光は逃げ水のように消え去り、雑賀は底無しの暗闇へ落ちていった。

雑賀は獣のような咆哮を発しながら椅子に崩れ落ちた。

ペニスが勃起し、股間が精液で濡れている。

首を折ってうなだれる雑賀に男が問いかけた。

「やったのはお前だな」

「そうです」

「誰に頼まれた」

「ネットで雇われただけです。相手が誰かなんて知らない」

「放火すれば多くの人が死ぬことはわかっていたはず」

雑賀は頷いた。

「なぜやった」

「金が欲しかったから」

男が雑賀を殴りつけた。

某所

意識が戻ると、雑賀はどこかに横たわっていた。

寝返りを打つと全身の関節がきしんで痛む。手首や足首が紫色に腫れ上がり、体中がアザだらけだった。額が痛む。そっと手を添えると円形の縫合痕に触れた。手足の指先に感覚がなく、頭が鉛のように重い。

うつ伏せに横たわった雑賀は、目線だけを室内に這わせた。

柔らかなシーツからほのかな花の薫りが漂ってきた。雑賀が横になったベッドが置かれているのは、なんの装飾もない殺風景な小部屋だった。ベッドの脇には小さなテーブルとパイプ椅子が置かれ、テーブルの向こうの壁にはカーテンのかかった小さな窓がある。カーテンの隙間(すきま)からわずかに漏れる日の光だけが、唯一の明かりだった。

小鳥のさえずりが聞こえる。

かすかな金属音とともにドアが開いて中年の男が入って来た。

スリムな体形で大学教授を思わせる男だった。

「お目覚めかな、雑賀君」

目線で男の動きを追いかける。彼が窓に歩み寄った。

「開けるよ」

男がいきなりカーテンを引いた。

室内が光で満たされると、暗闇に馴(な)れていた視神経がショック状態に陥る。うめき声を上げながら雑賀は両手で顔を覆った。

男が胸ポケットからタバコを取り出し、「どうかな」と雑賀にさし出した。

箱から顔を覗かせたタバコの香りが嗅覚を刺激する。雑賀はもの欲しそうに生つばを飲み込んだ。ベッドから起き上がった雑賀の干からびた唇に、男がタバコをさし込み、ライターで火をつけてくれた。

口をすぼめて一息も漏らさぬように、雑賀は紫煙を吸い込んだ。途端に激しく咳(せ)き込(こ)み、めまいに襲われた。タバコの吸い方も忘れている。

パイプ椅子をベッドの脇に引き寄せた男が、そこに腰かけた。

「気分はどうかな」

むせ返り、左手で口を押さえながら雑賀は男を見た。

なぜ俺はこんなところにいるのか。あの部屋はどうなった。不安と疑問が交互に湧き上がる。

「ここはどこだ」

雑賀はかすれる声を絞り出した。

「詳しいことはあとでゆっくり説明しよう」

まるで眼科医のように、雑賀のまぶたを指で押し広げた男が瞳、まぶたの裏、白目の様子を確かめる。それから、雑賀の痩せこけた肩を軽く叩いた。

「これから、君の心の状態をチェックするために幾つか質問する。肩の力を抜いて答えてくれ」

いいかな、と男が雑賀の顔を覗き込む。

「新宿を歩いているとき、ナイフを持った男に追われた女性が助けを求めてきた。君はどうする」

雑賀は男が問う状況を想像する。悲鳴を上げて逃げる女性、ナイフを振りかざして追う男。

その途端、頭痛がした。頭が割れるような痛みだった。冷や汗が噴き出る。

どうでもよい。誰が殺されようと、誰が刺されようと自分には関係ない。それより、この痛みをなんとかしてくれ。

「……俺には関係ない」

雑賀は手の甲で額の汗を拭（ぬぐ）った。

「なぜ」

「どうでもいい。それより頭が痛い。割れそうだ」

「女性が君の目の前で刺された」

「だから、どうでもいい」

「ある日、君は恋人が別の男性と浮気している場面に出くわした。君は銃を持っている。さあどうする」

　頭痛に吐き気が加わった。

「この最低の気分から抜け出せるなら、誰だって撃ち殺す」

ちらりと男の視線が雑賀を向いた。

挑発的な男の質問が続く。

激しい船酔いのまま、マストのてっぺんに縛りつけられている気がした。

　では最後の質問だ、と男が一息の間を取った。

「君はどこかの密室に閉じ込められていた。椅子に縛りつけられ、電気ショックの拷問が始まった」

　拷問。

その一言で、雑賀の中の闇が目覚めた。激しい耳鳴りとともに弾けた記憶がフラッシュバックする。自分の泣き叫ぶ声が飛び交い、平手打ち、薬物注射、そして電気ショック。すべての痛みが雑賀の体に溢れ出る。

雑賀は両肩をかき抱き、記憶の痛みに悶えるうち、苦痛の裂け目から怒りが高潮のように溢れ出た。

「殺してやる！　あいつらを皆殺しにしてやる」

立ち上がった雑賀は、パイプ椅子を壁に投げつけた。

男がそんな雑賀をじっと見つめている。

ベッドのシーツをズタズタに引き裂いた雑賀は肩で息をした。

「思い出したようだね。やはり君にとって特別な記憶らしい」

男が雑賀の右腕になにかを注射した。

雑賀の高ぶった気持ちが鎮まっていく。

「どうやら、落ち着いたな」

ところで、と男がテーブルに置いてあったファイルを広げる。

「雑賀壮志。二〇××年生まれの二十四歳。埼玉県川口市生まれ。父親が経営していた会社が倒産すると、両親が相次いで自殺する。高校中退後は薬の売人、オレオレ詐欺、恐喝などの犯罪に手を染めてきた。昨年、闇バイトのサイトで仕事を請け、西池袋のビルに放火して全焼させた。先日、コンビニ強盗に入ったところを拉致(らち)される」

「なぜそんなことを知っている」

「私は昔から君のことを知っている。君はビルの放火後に逮捕されるが、容疑不十分との理由で釈放された」

「俺は無実だ！」

喉がからからに渇いた。もしかして薬のせいなのか。

「水をくれ」

男がペットボトルのミネラルウォーターをさし出す。

雑賀は一気に飲み干した。

大きく息をついた。

「君は自白した」

「あれは拷問を受けた……」

「君は自白したんだよ」

男が雑賀の弁明を遮(さえぎ)る。

「二百人以上を殺しておいて無実などありえない。これから君に罪を償うために仕事を請けてもらう」

「仕事？」

「ある人物を殺してもらう」

「嫌だ」

「断ることは許さない」

「なぜ」

「断れば君は死ぬ」

両の手首を見てみたまえ、と男が雑賀の腕を指さす。そこには黒い斑点を思わせる二つの小さな傷跡が遺っていた。

「それはカテーテルの跡だ」

「カテーテル」

「そこから血管の中に細い管を差し込んだ」

「なんのために」

「体内に爆弾を設置するためだ。君が全国難民支援連絡会のビルに設置したようにな」

「なんだと」

「爆弾といっても爆薬など使わないマイクロ爆弾だ。ある信号を受信すると膨張して血管を破壊する。爆弾は脳内、心臓の冠動脈、両手両足に埋め込んである。つまり君が逃走を図ったり、命令に背いたりすると、その場所で血管が破裂して君は死ぬことになる」

私の言っていることが嘘かどうか試してみよう、と男がポケットからスマホを取り出した。

「左腕の前腕部の内側に小さなシコリがあるはずだ。それがお試し用のマイクロ爆弾だ」

雑賀が掌（てのひら）を返して前腕部に目をやると、一センチほどの小さなコブが盛り上がっている。

「そこを見ていたまえ」

男がスマホのディスプレイをタップする。

雑賀の左腕に激痛が走り、見る見るコブの周りが内出血で黒く染まった。

痛みに雑賀は患部を押さえた。

「なぜこんなことを」

「今、破裂した場所は血管ではない。血管内の爆弾が破裂すればもっとひどいことが起きる。だから君は逃げられない」

　ようやく雑賀は自分が拉致された理由を理解し始めていた。

「君は人殺しなど屁とも思っていないはず。それでも不安や恐怖を和らげるための手も打ってある。背中を触ってみたまえ」

　雑賀が背中に手を回すと、背筋の少し右から飛び出た管のようなものに指先が触れた。

「そこにはカテーテルが残してある。痛みや不安、恐怖を感じたとき、自分でその管を通して、鎮痛剤、感情の昂りを抑える薬、つまり炭酸リチウム、ラモトリギン、エビリファイなどを静脈内に注入することができる。我々にはあらゆる薬剤の調合や先端医療に詳しいスタッフがついているから心配は無用だ。ナノロボットに患者管理鎮痛法、現代医学は素晴らしい」

　すべての段取りが整っているらしい。

「誰を殺せと」

「日本の首相だ」

「なんだって」

「不安かね」

「俺にできるわけがない」

「心配するな。訓練の時間は十分にある。成功すればあり余る報酬とともに解放してやる。反抗すれば再びあの拷問か死が待っている」

雑賀は生唾を飲み込んだ。

「あんたが俺を訓練するのか」

「私と私の仲間だ」

「あんた、名前は」

「村瀬だ」

五カ月後
七月十六日　水曜日　午前十時二十分
東京都　港区赤坂二丁目　美和商事ビル

ドアをノックした東郷は、山崎の執務室に入った。

いつものように突然の呼び出しだった。

木目調の内装で統一された室内に南側の窓から陽がさし込む。東郷は、絨毯の上を歩いて執務デスクの前に立つ。

山崎は机の書類に視線を落としていた。

「狭山（さやま）の一件はケリがついたのか」

書類を見ながら山崎が問うた。それだけでも圧を感じる。

「はい」

「なら、新しい任務だ」

「もうですか」

東郷は鼻頭を指先でかいた。わずかな休息すら許されない。

机の上に置いていたファイルを山崎が東郷の方へ滑らせた。

「それを見てみろ」

東郷は、「失礼します」と断ってから山崎の正面の椅子に腰かけてファイルに目を通し始めた。

昨夜の酔いが吹き飛んだ。

ファイルには池田（いけだ）首相の暗殺が企てられているとあった。

「これは確かな情報ですか」

「疑うのか」

「人の情報はまず疑います。もう一つ。容疑者は浮かんでいるのですか」

「君は村瀬幸三を知っているか」

「難民救済に奔走する人権団体の代表ですよね。でもその団体は、危険組織に指定されている」

「彼が容疑者だ」

東郷は一瞬、言葉を失った。

「にわかには信じられません」

「奴は昨年の放火事件で妻子を失っている」

書類を机に置いた山崎が背もたれに寄りかかる。

「それと首相暗殺になんの関係が」

「君は、突然政府が難民政策を受け入れから排斥へ変更したことをどう思う」

「正直、見識を疑います。人道上からも難民受け入れは適正で公正な判断だったと思います」

「村瀬もそう思っていたはず。しかし裏切られ、家族を失った」

「彼の動機は政府に対する怒りですか」

「それを調べるのが君の仕事だ」

お言葉ですが、と東郷は粘った。

「全国難民支援連絡会と村瀬の視察は一課の担当です。本来は極左担当の一課が、危険組織に指定されたとはいえ連絡会の面倒を見るのはなぜかとは思いますけど」

「だから？」

「なぜ私のところへ」

「上がそう決めたからだ」

「では一課は手を引くのですね」

「村瀬の視察からは外すが、全国難民支援連絡会の視察は続けさせる。理由は、君の一係だけではそこまで手が回らんからだ。君と一係が担当するのは暗殺事件に限ってだ」

「やりにくいですね」

「承知の上だ」

山崎が背もたれから体を起こした。

「裏を取れ。本当に村瀬が首相の命を狙っているのか。捜査方法は任せる。期限は一週間」

目から火花が出そうな指示が飛んできた。

「一週間ですか……」

「一日は万人に等しく二十四時間ある」

「一課から村瀬の情報は手に入るのですか」

「危険組織に指定されている村瀬たちの視察結果は極秘情報だ。期待するな」

山崎の表情に譲歩の余地など微塵も感じられない。「わかりました」とだけ答えた東郷はファイルを小脇に抱え、課長室を出ようとした。

「東郷」

山崎の声に東郷は足を止めた。

「本件を君が担当するのは官邸の判断と指示だ。失敗は許されん」

午前十一時
東京都　豊島区池袋二丁目

三日前、五カ月ぶりに雑賀は東京に戻った。そして、今は池袋にいる。

土地勘のある池袋で、北口から文化通りを歩く。雑駁な繁華街を抜けて北へ進み、最初の信号を越えた右手が村瀬の用意したマンションだった。

玄関の両脇に浴室と洗面所、その奥がキッチン併用のリビングになっている。八畳のリビングにはテレビとベッドが置かれているだけだ。

雑賀は日々、言い知れぬ不安と恐怖が繰り返し襲ってくる不安定な精神状態に苦しんでいた。

雑賀は部屋にこもり、人と関わりを絶ち、村瀬が教えたとおり繁華街のゴミ箱を漁った残飯だけで生きのびる生活を始めた。夜明け前、店の前に出された生ゴミをカラスと奪い合う。

「もう一杯いくか」「お前、誰に口利いてんだよ」

早朝の池袋では、そんな会話ばかりが耳に入り、酔った女の子をナンパする連中が車道にまで溢れている。

室内には三百万円の現金、着替えなどの生活用品、偽造の免許証と健康保険証が準備されていたし、雑賀用に調合した薬やレトルトの食事が定期的に荷物受けに届けられる。

ベッドの上で横になった雑賀は、この状況からどうやって逃げ出すかを考えていた。

警察に相談するか。

ありえない。

理由は、雑賀が高校時代から警察とは相性が良くないからだ。

雑賀は恵まれた家庭に生まれた。何不自由ない身分であったにもかかわらず、高校に進学すると、粋がって友だちと恐喝や万引きを繰り返すようになった。ただ、本音はワルを装いたいだけで、肝心なところでは一人だけバックレていた。ところが、父親の会社の倒産をきっかけに、人生がおかしくなった。債権者に追い込まれて両親が自殺する。残ったのは借金だけだった。世の中は金の切れ目が縁の切れ目だ。家を追い出された雑賀の面倒など誰も見ない。

すべてを失った雑賀に行く当てはなかった。生活費と遊ぶ金欲しさから組事務所に出入りするようになり、命じられるままに薬の売人、オレオレ詐欺の受け子、なんでもやった。二度、逮捕された。当然、そんな過去の経歴は警察のデータベースに残っているはずだ。

組の使いっ走りで薬の横流しをしている時期、仲間が引き起こした三件の傷害致死事件に関わった。どの事件も雑賀が直接手を下した訳ではないが、関係しているのは事実だ。無駄に警察に拘束されれば、取り調べの過程で足がつかないとも言い切れない。

それだけじゃない。万が一村瀬が逮捕されれば、雑賀が西池袋の放火事件の実行犯であることがばれるだろう。金のために二百人以上を焼き殺したのだ。死刑になってもおかしくない。

　では、昔の仲間に相談するか。

　しかし、所詮は半端な連中だ。助けになるとは思えない。

　なにより、村瀬はいつも雑賀のことを監視している。

　ちょっとでもおかしな動きを見せれば、体内の爆弾が破裂する。

　では、爆弾を取り除いてくれる医者は。

　すべてを伏せたまま、雑賀のために施術してくれる医者などいるわけがない。

　なにを考えても八方塞がりだった。

　ベッドで大の字になった雑賀はテレビをつけた。

　いきなり、映画か刑事ドラマらしき暴行シーンが映し出された。

　その瞬間、雑賀の全身を悪寒が貫いた。

　手足が硬直したかと思うと、今度はガタガタと屈伸を繰り返す発作で身悶え、カーテンを引きちぎり、テレビを蹴り倒す。瞳孔が縮小して視界が暗くなる。

　ベッドから滑り落ちて、部屋の隅の机に這い寄った雑賀は、投薬瓶を摑み上げた。

　背中のカテーテルに手を伸ばして、先端のチューブジョイントに投薬瓶のチューブを繫ぐ。

横向きになって、右手で投薬瓶を高く掲げる。

唾液と汗が混じって顎から滴り落ちた。

薬が体内に流れ込み始めると、高ぶった神経が落ち着いてくる。

かつて、コカインを売り捌いていた人間が薬漬けにされていた。

午後十時三十分
東京都　渋谷区道玄坂二丁目　渋谷スクランブル交差点

昨夜の雷雨のせいで一日順延されたサッカー日本代表の試合がはねた。来年のワールドカップの最終予選で、強敵のオーストラリアをホームで迎え撃った日本代表は3対1で勝利し、ワールドカップ出場を勝ち取った。勝利に沸く渋谷は、サポーターで溢れていた。

混雑を予想した渋谷警察署の交通課が、総動員で交通整理に当たっている。

「皆さん。もう少しで信号が青に変わります。それまでお待ちください」

DJポリスが拡声器で指示を出す。

そのとき、宮益坂の方角から、大音量でJポップを流しながら超ロングボディのアドトラックがやって来た。

　何事かと歩行者たちがアドトラックを目で追う。

　トラックが交差点の中央で停車した。

「そこの大型車、信号が変わります。すぐに交差点から出なさい」

　警察官がトラックに近づこうとしたとき、歩行者信号が青に変わった。

　浮かれたサポーターたちが交差点を渡り始める。警察官が群集に飲み込まれた。

「踊ろうぜ」「よっしゃ」

　トラックの周りで数人の若者が曲に合わせて踊り始める。その輪がどんどん広がり、交差点が踊り回る数百人のサポーターに占拠された。上着を放り投げ、靴を脱ぎ捨て、缶ビールを飲みながら歓声を上げて人々が踊る。

　ムードが最高潮に達した頃、突然、アドトラックの流す音楽が切り換わった。

　モーツァルトのレクイエム第三曲『怒りの日』。

　荷台のシートが内側から撥ね上げられた。

　荷台に重機関銃が据えられている。

　薄汚れた麻袋を思わせるボロ着をまとい、同じく布製の覆面を頭からスッポリ被った男がコッキングレバーを引く。

「モグラだ。逃げろ」
誰かが叫んだ。
モグラ。都内で恐れられている謎のテロ集団だ。
銃口が火を噴き、死が羽ばたいた。
重機関銃が乱射され、サポーターが、警察官の体が木っ端微塵に粉砕される。
「助けて」「痛い！」
悲鳴が交差点に渦巻く。
ちぎれた頭がアスファルトの路面に転がる。
銃弾に引き裂かれた手と足が、玉入れのように宙を舞う。
人々の首から、腕から、足から噴水のように血しぶきが上がる。
重機関銃の掃射を止めようとするパトカーが蜂の巣にされる。
別のパトカーの赤色灯が吹き飛び、燃料タンクに引火して燃え上がった。
交差点に面したビルの窓ガラスが飛び散り、人々の頭上に鋭利な破片が降り注ぐ。
切れた電線が車道でのたうって火花を散らす。
物陰や車両の陰から警官隊が応戦する。
都心の、渋谷の交差点で銃撃戦が始まった。

「逃げろ！」「どけ！」「邪魔だ！」

交差点をサポーターが逃げ惑う。

彼らの背中に容赦なく銃弾が襲いかかる。

片足のない男が、交差点から這い出ようとする。

路面に尻餅をついた女性の引きつった顔に、誰かの腸が巻きついていた。

七月十七日　木曜日　午前十時二十分
東京都　港区赤坂二丁目　美和商事ビル

白い壁と高い天井に囲まれた五課の執務エリアは、二つの係とそれぞれの二つの班、合計四つの島に分かれて机が並んでいる。壁際に並ぶスチール製のキャビネットの上には、収まり切れない書類が山積みになっている。捜査員の頭の中は整理されているのだろうが、少なくとも室内は雑然としていた。

スマホを耳に当てて誰かと話しながら椅子の背もたれに寄りかかる捜査員。プリンターで出力した書類を鞄(かばん)に押し込む捜査員。窓際のコーヒーメーカーは豆が切れたので、昨日から電源が切られていた。

執務エリアの中央、キャビネットの上に置かれたテレビは朝からつけっ放しだった。

昨夜の渋谷での無差別テロだけではない。今まさに国会議事堂前で難民排斥派と受け入れ推進派が警備フェンスをはさんで睨み合っている。先頭の連中が互いに胸ぐらを摑んで殴り合い、物を投げつけ、背後から罵声が飛び交う。

（落ち着きなさい）（下がって）（危ないじゃないか）

両者を引き離そうとする機動隊がもみくちゃにされていた。

「愚かな」

東郷の横に新井田が立った。

「罵り合いでしか自己主張できない連中です。かつての日本人は相容れない意見にも寛容でした。ところが、いつの時代からか自分たちの意見を認めない者を徹底的に攻撃、排除する風潮が支配的になりました。彼らの武器は理路整然とした弁術ではなく、おうむ返しのシュプレヒコールかヘイトスピーチです。それだけではない。ヘイトスピーチを非難する者だって、他者に寛容でない事実を認識できていない」

「人々の暴力衝動を誘発する身勝手な言動がそこかしこに溢れ、市中のいざこざが絶えない国に成り下がった」

東郷たちは国を守るために働いているが、守る相手が怪しくなっている。

「ちょっとしたきっかけで、口汚く罵り合う人々、気に入らない者を取り囲んでリンチを加える連中、殺人や傷害事件が増加するにつれ、人権を無視した強引な捜査を行う警察。どれも呆れるばかりです」

「寛容や冷静さを失った街で、人々の反応が二極化し始めた。ギスギスして毛羽立った人々と何事にも無関心で反応を示さない人々だ」

　モグラによる渋谷のテロは衝撃的だった。東郷の担当ではないが、都内で頻発するテロ事件に対応している特別合同捜査本部は蜂の巣をつついた騒ぎになっている。モグラは難民によるテロ組織だと噂されているが、メンバーが拘束されたことがないため、その正体は謎のままだ。

　数年前まで他国の問題だった無差別テロが東京で頻発するようになったが、我が国の対応は遅々として進まない。例えばEUのテロ対策戦略は、若者をテロリスト化させない『予防』、主要インフラをテロに耐えうる強靭なものとする『防備』、追跡と分析によって資金や武器の流れを阻止する『追跡』、そして、被害者配慮も含めて被害の最小化に備える『対応』という四つの柱からなるが、日本にそんな備えや対策はないし、具体的な施策がないため、対テロ対策の予算も十分に計上されていない。

　テロを未然に防止する実行策についても、被害者団体、行政、宗教団体、警察関係者などによる『過激化認知ネットワーク』や、イスラム教徒団体、アラブ人組織、犯罪撲滅団体などが共同で運営する『反過激信仰を推進するサイト』、様々な情報から過激派拠点などを特定する『情報活動分析センター』などが整備されているEUに対して、日本は警察の対応だけに任されている。

防止対策が進まないうちにテロが頻発する危機的状況が難民排斥派を勢いづかせ、押された政府は難民政策を百八十度転換した。

そろそろ時間です、と新井田が腕時計に視線を落とした。

東郷は部下たちが待つ第一会議室のドアを開けた。

窓がなく、中央に机とそれを取り囲む十脚の椅子が置かれただけの殺風景な室内に、八名の捜査員たちが控えている。五課の第一公安捜査一係、東郷の部下たちだ。

奥の壁を背に、東郷はおきまりの席に座る。

一番若い捜査員が、東郷の用意したファイルを手際よく全員に配布していく。

「全国難民支援連絡会代表の村瀬を知っているか」

東郷は口火を切った。

「村瀬？　難民救済の活動家ですよね。一時はテレビに引っ張りだこだった。西池袋の施設を放火され、妻子を火事で失った。そう言えば、最近見ませんね」

軽口を叩きながら新井田がファイルをめくり始めた。

「池田首相の命を狙っている」

東郷の言葉に全員の顔色が変わった。

「マジですか」「嘘でしょ」

ベテランの捜査員たちが困惑している。


『池田首相の暗殺計画』


それが山崎の指令の根拠だ。

池田首相が命を狙われるという情報を掴んだ本庁刑事部捜査一課は、それを確認すべく独自に内偵を開始した。やがて、暗殺計画に村瀬幸三が関係しているらしいとの情報を協力者から得た。官邸から指示を受けた山崎は、公安としての対応を協議した。危急の事態、なおかつ知り得た情報はそのすべてが『極秘』扱いとなる。この事件はもともと刑事部のものだが、非常事態ゆえに、どこが裏取りを担当するかの決定を先延ばしにするわけにもいかないという事情。

迷った官邸は刑事部を切った。

国家の一大事を前にして組織間の縄張りに配慮している暇はないとの理由だ。

「決行日はＧ20に合わせた八月三十日か三十一日」

「なぜ村瀬が」

「それを調べる」

「一課が視察しているのでは」

「連絡会についてはそうだ。ただ、村瀬たちは二月から姿を消した」

「一課は見失ったのですね」

「そうだ。よって我々は一課と連携することなく、内密に捜査を進める。捜査の目的は一つ。暗殺計画の実否を確認することだ」

捜査員たちが頷く。

「本部はこの会議室とし、以後、捜査終了まで専有する。機密保持のためすべての資料はここへ集め、持ち出しは厳禁。室内への立ち入りは一係のみに制限。入り口の電子ロックのカードを所持するのもお前たちだけだ。もちろん戒名（かいみょう）も上げない」

東郷は次々と指示を出していく。

「まず、村瀬と関係者の情報を整理しろ」

「村瀬の足取りを追うにしても、動機をどうやって確かめるのです」

「まずは、状況証拠。場合によっては村瀬も含めて関係者を拘束する」

「手荒なことになるかもしれません」

「それは許さん。私の下にいる以上、その点は肝に銘じろ。必要なのは真実への執着と事件解決への執念だ。法令と倫理違反は許さない」

一班の班長を務める渡辺（わたなべ）巡査部長が右手を挙げた。

「村瀬はただの素人です。首相暗殺なんて大胆な犯行を実行できるとは思えません」

「プロを雇うか、もしくは教育することはできる」

「本件について、一課は手を引くのですか」

今度は、二班の班長を務める西岡（にしおか）巡査部長が手を挙げた。

「引かない。場合によっては我々と被る」

「中途半端ですね」

「上の取引の結果ということだよ」

新井田があいだに入る。

「心してかかれ。日本の首相が命を狙われるなど前代未聞の事態だ。少しでも情報が漏れれば、排斥派やマスコミが目の色変えて飛びついてくるぞ」

「面倒なことになりますね」

ちょっといいですか、と資料を配布していた捜査員が手を挙げた。

室伏雅紀(むろぶしまさき)という新米の巡査だった。年齢は二十八歳。二カ月前に一係に配属になった。スリムな体形にダークネイビーのストライプスーツをまとい、今どきのツーブロックの髪型で決めた細面の顔は、警官というより証券会社のトレーダーを思わせる。

「係長。私はどなたにつけば良いのでしょうか」

「渡辺巡査部長だ」

「期待してるぞ、新米」

東郷の指名に渡辺が背後から室伏の椅子をつま先で軽く蹴った。

「任してください」

気合いに満ちた表情で室伏が振り返る。

「お前、本格的な捜査を担当するのは初めてだろ」

「そうです」

「なら、気負いすぎるなよ。最初は誰でもドジを踏む。重要なことは同じ過ちを繰り返さないこと。もう一つは、捜査中は常に気を張っていることだ」

「私なりに勉強してます。ちゃんとやりますよ」

一転、室伏がむくれる。

「できないなんて言ってねーよ。ただ、捜査というのはその場その場で臨機応変な対応が求められる。経験がものを言うことも多いんだ」

「必ず結果を出してみせます」

上を見ている者は、「必ず」と言う言葉を使いたがる。自己アピールには便利な言葉でも、経験豊富な東郷たちからすれば「世間知らず」を告白しているようなものだ。この若い刑事は扱いにくい。東郷は直感した。

何年かに一度、室伏のような新人が回されてくる。彼らが一人前になれるかどうかは、それぞれの資質によるところが大きい。期待はしている。ただ、このややこしい時期に、というのは偽らざる気持ちだった。

厄介ごとを一つ背負い込む羽目になった。

「室伏巡査。まずは捜査のイロハをよく学ぶことだ」

東郷の指示に室伏が頷いた。

午前十一時
東京都　豊島区池袋二丁目

マンションの玄関に靴は脱ぎっ放し。

掃除をしないからトイレからアンモニア臭が漏れている。

室内灯の明かりがやけに白かった。

狭いリビングのベッドで横になり、浅い眠りの中で不吉な未来にうなされる夜が明けた。

このクソみたいな状況からどうやって抜け出すか、そればかり考えていた。

雑賀は、腕を組みながら渋谷で起きた無差別テロのニュースを見ていた。すべてのチャンネルが特番を組み、病院や遺族への無意味な取材を競い合っていた。

テレビの前を離れた雑賀は洗面所で顔を洗う。

鏡の中で、痩せこけたロングパーマの男がこちらを見ている。

「しけた顔をしているな」

鏡の男が声をかけた。

驚いた雑賀は後ずさりした。

鏡の男も後ずさりする。

雑賀は鏡を覗き込む。

鏡の男も雑賀の動きに合わせる。

「額の傷はどうした」男が問う。

「知らん」

「村瀬にやられたのか」

なぜそれを。

「お前は誰だ」

「知ってるだろ」鏡の男が答える。「お前のことも、世の中のこともなんでも知っている」

「なら、教えてくれ。渋谷のテロみたいな馬鹿なことがなぜ起きる」

「気になるのか」

「なにもかも狂った世の中だから、俺はこんなことになった」

いいだろう、と鏡の男が小さく笑った。

「少子化のせいで総人口は減っているのに首都圏の人口は増加を続けている。国民の四人に一人が首都圏一円に住んでいるから、電車も道路も慢性的な渋滞に悩まされ、おまけにこの夏は停電や断水が頻発して都民の生活に支障が出ている」

「だから」

「お前も気づいているはずだ。繰り返されるテロのせいで銀座、新宿、丸の内などのショッピング街では店の入り口が鉄製のドアに取り替えられ、ショーウィンドウのガラスには防護ネットが張られた。都心の高級住宅街では要塞のように周りを壁で囲む家が増えている。映画館、デパート、駅では厳重な手荷物検査が行われ、売り場窓口が格子で隔てられた」

「俺のマンションの周りでは、爆弾が仕かけられているかもしれない、という理由でゴミの収集が制限されたため、街中に溢れた生ゴミのせいで臭くてたまらない。公園での野宿を怖がって、夜な夜な民間のビルに入り込むホームレスのせいでトラブルばかり起きる。警察に無理やり排除され、『俺たちにだって生きる権利がある』と叫ぶホームレスに、ガキたちが石を投げつけている」

　過度の人口集中で都市機能のキャパを超えた東京は、治安悪化に拍車がかかっていた。都心では最新の高層ビルが建つエリアがあるかと思えば、廃墟となったビルの建ち並ぶエリアも点在する。

　世紀末を思わせる荒廃した都心で、難民排斥派と受け入れ推進派のデモが頻発している。

その横を、スマホを見ながら人々が通り過ぎる。何事にも無関心かと思えば、些細なことで激昂するため喧嘩や殺人が横行する。治安が悪化し、都心の数カ所にスラムが形成されつつある状況ゆえに、難民の持ち込んだ様々な問題が人々の感情を逆撫でしていた。

「どうだ。理解できたか。それが今の東京だ」

ニュースを見てみろ、と鏡の男がリビングを指さす。

雑賀はテレビの前に戻った。

「けどな……」

鏡を振り返る。そこに、男はもういなかった。

（いったい何百人が犠牲になったのか。まだ公式の発表はありません）（歩行者を無差別に攻撃したトラックは、最後に自爆したようです。信じられません）（こんなことが日本で起こるとは）

テレビ画面では、深刻な表情のＭＣがニュースを伝える。

血の海と化したスクランブル交差点は、現場検証のために立ち入りが禁止されている。一夜が明けて多少は清掃されたとはいえ、昨夜の惨劇の傷跡があちらこちらに残されていた。

雑賀はパソコンで事件の動画を探した。

あった。

おそらくスマホで撮影したと思われる、テレビでは伝えない血みどろの現場がアップされていた。

そこは戦場だった。人の命が虫けらのごとく扱われ、血と死体が真の恐怖をかき立てる地獄がそこにあった。

壁に投げつけたパイのように、人体がバラバラになって飛び散る。

その地獄に、自分が巻き込まれようとしている予感に雑賀は震えた。

いつもの薬が必要だった。

午後二時
東京都　港区赤坂二丁目　美和商事ビル

誰かに膝を突かれた東郷は目を覚ました。

第一会議室。

窓がなく、狭く殺風景な室内にオヤジ臭が満ちていた。長机の上には、空（から）のペットボトルが転がっている。この部屋を使い始めてまだ数時間なのに、この有様だった。

前夜、徹夜だったせいで、いつのまにかうたた寝していた。妻の夢を見ていた。独り切りの部屋で洗濯や掃除をし、自炊生活を始めて一年になる。

ある日、東郷たちがカルト教団の家宅捜査に向かったところ、武装していた相手と銃撃戦になり、通行人の女性が流れ弾で死亡した。救急車が来るのを待ちながら、路上に倒れた被害者を介抱している東郷を盗み撮りした映像がネットに流された。映像には東郷の実名と公安の過剰捜査とのテロップがつけ加えられていた。

マスコミが東郷の自宅に押し寄せ、ネットは公安の捜査を非難する書き込みで溢れた。

警察本部の警務部監察官による、関係者への事情聴取が行われた。その結果をまとめた調査報告を受けた懲戒委員会は、当該事案については不問に付したが、東郷は二週間の謹慎処分を受けた。ただ、流れ弾で亡くなった女性は二度と戻って来ない。第三者が命を落とした以上、東郷の捜査方針に問題がなかったとも言い切れない。

もう一つの問題は私生活だった。家に押しかけて無遠慮に妻のコメントを取ろうとするマスコミなど序の口だった。何度もインターホンを押す悪戯(いたずら)は、やがて落書き、頼みもしない出前や配送品が届けられる私刑行為にエスカレートしていった。

妻は気丈に対応してくれていたが、東郷は眠れない夜が続いた。

公安警察官として悩み、一人の夫として悩んだ。

ついに東郷は一つの決断をした。

公安警察官は、『国家の危機に際しては、自らが捨て石となる』職責ゆえに、この先再び、命だけでなく世間からいわれなき謗(そし)りを受けることを懸念した東郷は、妻に離婚を切り出した。財産の名義はすべて妻に移すこと、家の借金は東郷が払い切ること、給与の半分を妻に渡すこと、それと引き換えに籍を抜いて欲しいと頭を下げた。

東郷の人生に妻を巻き込むわけにはいかない。そう考えた。

黙って聞いていた妻は「いやです」ときっぱり拒否した。

唐突な離婚話の理由を問う妻に、これはお前を守るためだとは言えない。

しかし、東郷にできることは「わかって欲しい」と頭を下げることだけだった。

一週間ほどして、帰宅した東郷の前に妻が座った。

「一つだけ教えてください。あなたご自身が恥じることはないと思っていらっしゃるのですか」

「もちろんだ」

「他に好きな人ができたり、私に愛想を尽かしたわけでもないのですね」

「当たり前だ」

東郷を見つめたまま妻が唇を噛んだ。

十年を超える二人の生活で、妻には感謝しかない。

なにを思い出しても、なにを振り返っても彼女と所帯を持ったことに後悔など微塵もない。

「あなたを信じてよろしいのですね」

東郷は強く頷いた。

その場で妻は離婚届に判を押した。


それが公安警察官としての東郷の人生だ。

東郷は疲れの溜まった眼をこすった。

余計なことを考えていた上司に、新井田と八名の捜査員たちは寛容だった。

東郷は咳払いで仕切り直した。

よろしいですか、と新井田が口火を切る。

「村瀬幸三、全国難民支援連絡会代表。一九七×年生まれの五十五歳。一九九×年東

京大学文学部哲学科卒業後、出版社に勤務。中東、ミャンマー、ウクライナなどの難民問題に関わるうちに、日本による積極的な難民受け入れを支援するために全国難民支援連絡会を設立しました。当時、人権意識の高まり、国連の後押しもあって、連絡会の活動は活発でマスコミにも度々取り上げられています。村瀬は政府、厚労省、国連の関係者とのパイプを持ち、政府の資金援助を受けて組織と活動を拡大していった。やがて政権に対して大きな影響力を持つまでになりました」

完璧（かんぺき）な経歴だった。

新井田が続ける。

「ところが、難民によるトラブル、事件やテロが頻発するようになって難民支援の世論が冷え込むと、反対に難民排斥の世論が高まりを見せます。難民排斥派の主張が国民に受け入れられ始め、各地で抗議集会が開かれ、次の総選挙の最大の争点になると予想された昨年、政府は突然、難民政策を百八十度転換して排斥の方針を打ち出しました。連絡会への援助は打ち切られ、資金が枯渇し始めると、肥大化した連絡会はたちまち立ち行かなくなった。政府の難民対策連絡調整会議のメンバーから外された村瀬の影響力が急激に低下すると、援助の申し出に奔走しても、それまでの支援者やマスコミの態度は冷たいものだったようです。昨年すでに、村瀬は連絡会の代表も退いています。凋落の始まりですね」

　次は渡辺の報告だ。

「今年の二月、ある雑誌に村瀬のインタビュー記事が掲載されました。『新世代に向けて』と題されたインタビューで村瀬は、過去の活動を総括したうえでその反省に立ち、再編された組織によって新たな活動を開始すると述べています。たとえ施設が放火されようと、自らが捨て石となる覚悟で難民問題の解決を図り、あとに続く同志の決起を促す考えであること、そしてその決意は強固なもので、不退転の決意で臨むと明言しています」

「新たな活動が暗殺というわけですか。それにしても、一ＮＰＯの代表だった村瀬がなぜ池田首相の命を狙うのですか」

　西岡の疑問に新井田が答える。

「選挙対策として難民政策を変更するという首相の決断は、村瀬にとっては裏切り行為でしかない。現在、そんな村瀬と活動をともにすると思われるのは二人だ。中嶋英則、六十二歳。村瀬とは三十年来のつき合い。もう一人が岩下卓也、二十九歳」

「たった二人ですか。しかも中嶋は、とても首相暗殺を企むとは思えない爺さんだ」

「岩下は立川辺りでぶらぶらしているところを村瀬に拾われたらしい。当然、彼には思想的な背景など一切ない」

いずれにしても彼らはまとまって二月十日に姿を消していた。

その後、村瀬らの足取りは途絶えたままだ。

そんな彼らを追うのは東郷たちだ。

「岩下みたいなチンピラ一人見つけても、どうせ容疑不十分で釈放ですよね」

室伏が知ったような口をきく。

「なに生意気言ってんだよ。目的は情報であって、岩下の身柄じゃない」

珍しく西岡が苛立ちを露わにする。

「わかっています。ただ、岩下を追う時間が無駄かもしれないと思っただけです」

「じゃあ、どうする」

「協力者にもっと金を摑ませたら情報が集まるのでは。どこかに、村瀬に食い込んでいる連中がいると思います。たとえば村瀬の女とか、どこかの諜報機関を狙うべきでは」

「お前、当てはあるのか」

「私には無理です。でも、皆さんならきっと。公安捜査ってそうじゃないんですか」

「スパイ映画かよ」

鼻先であしらうように、他の捜査員たちが室伏をいじる。

室伏がぐっと顎を引く。

「試しに私に新しいルートの開拓を任せてもらえませんか。ビギナーズラックということだってあります。結構、やれる自信はあります。情報をください」

「室伏。向こうも必死なんだよ。そう簡単にいくわけないだろう。軽々しく、自信ありますす、なんて言うんじゃねーよ」

新井田が室伏を窘める。

「でも……」

もういい、と東郷は無用の会話を切り上げさせた。

「渡辺巡査部長の一班は村瀬と連絡会を徹底的に洗え。西岡巡査部長の二班は彼の親族、友人、他のＮＰＯの関係者だ」

以上だ、と東郷は会議を締めくくった。

弾かれたように捜査員たちが会議室を出ていく。

「室伏。お前は残れ」

他の捜査員と会議室を出ようとした室伏が立ち止まる。

室伏は大卒でⅠ類試験に合格して警視庁に採用されている。五年間、都内二カ所の警察署に勤務したあと、本人の強い希望もあって公安部に異動してきた。

室伏が東郷と新井田の前に戻ってきた。室伏は独身で仙台に両親がいる。

「室伏。なぜ公安を希望した」

「巨悪を倒したいからです」

若者らしく理想は高い。ただ、巨悪とはなにか、具体的なイメージはないようだ。

「お前にとって巨悪とは」

「日本を転覆させるような連中です」

「革命家など、すでに絶滅危惧種だ。我々の相手は自身の欲望のためならテロ、誘拐、恐喝、なんでもありの連中だ。それでも構わないのか」

「覚悟しています」

決意も固いようだ。

「ならば、先輩の動きをよく見ろ。彼らがなにを考え、なぜ判断したのか。草むらに潜む獲物を追い出すのに必要なのは思いつきや勘ではなく、積み上げられた経験による作戦だ」

室伏が頷いた。

「それだけだ」

室伏が会議室を出て行く。

東郷と新井田が残った。

「新井田。お前、どう思う」

東郷は頰に空気を溜めた。

「簡単に、やります、できますという輩は要注意ですね。信じて任せても結果が出ないから理由を尋ねたら、一点、言い訳ばかりが口をつく。そんなところでしょう」

新井田の懸念は東郷のそれでもある。

上手く育ててやりたいが、今は大目に見てやる余裕がない。

「なにもこんなときに」

思わず愚痴が漏れた。

それはそうと、と新井田が片手で顎のあたりをこする。

「渋谷のテロを受けて、官邸には対策室が設置され、池田首相、前山官房長官以下の関係閣僚が詰めて、情報収集と対応に当たっています」

「それがどうした」

「過去のテロ事件ではそこまでしなかったのに。本来なら警視庁に任せるはずが、まるで有事の対応に思えます。しかも、対策室の設置を、マスコミにやたらアピールしている」

「世間体が気になるからだろうな」

「それからもう一つ。なぜ、村瀬の捜査を担当するのが我々なんでしょうか。もともと一課が視察を担当していたのに解せません。村瀬など所詮は素人です。課長が、官邸の指示で我々を投入することになったと言ったそうですが、官邸が口を出すなんて大げさでかつ非効率だと思います」

新井田の中でなにかが引っかかっている。


会議室を出てトイレからの帰り、東郷は廊下を歩いていた。

「東郷」と誰かが呼び止めた。

振り返ると二係の頭である佐々木警部が立っていた。長身でスタイルはよいが、浅黒くて染みが目立つ顔、なにより詐欺師を思わせる目つきが陰湿だった。

「一係で今度のヤマは大丈夫なのか。綺麗事では通用せんぞ。もっとガンガン行け」

「心配してもらって恐縮だが、俺には俺のやり方がある」

「くだらん意地だな。お前はそれで出世をドブに捨ててきた。我々に求められるのは犯人逮捕の実績であり、倫理規程や法令遵守の念仏を唱えることではない。なにより重要なのは治安の維持だ。違うか？」

善意の忠告なのか高慢な挑発なのか。

東郷は無言で横を向いた。

ふん、と鼻を鳴らした佐々木が顎を上げる。

「東郷。組織は階層で成り立っている。下の階層が上を支えるんだ。そして階層ごとに役職があり、上位者への服従は絶対だ。お前は理想論ばかり口にするが、その前に組織の一員であることを忘れるな」

「言ったろう。俺には俺のやり方がある」

「頑固なやつだ。では聞こう。もし俺が課長になったら、お前はなんのわだかまりもなく仕事ができるか？　俺がお前に服従を求めたらどうする？　禄を食むために組織の中で生きている以上、起こり得ることだ。よく考えろよ」

仮定の話になんの意味がある。

「東郷。俺は嫁さんに愛想をつかされている。会話もない。それでも別れない。なぜだかわかるか」

「いや」

「俺が餌を持って帰るからだ。嫁さんのために離婚するなんて、お前の自己満足だ。

相手にとっては迷惑なんだよ」

佐々木が東郷の肩をポンと叩く。

「何事にも生真面目な性格が邪魔してドジを踏まないことを祈っているよ。カメさん」

二係の頭が通り過ぎて行った。

別名「ハゲタカ」の佐々木から、東郷は「ドンガメ」と陰口を叩かれているのは知っている。

うつむいて軽く唇を噛んだ。

捜査に専念したいのに、あれもこれも面倒なことばかりだ。

組織という群れでは、自分の中だけで収めなければならないこともある。

今がそうだ。

午後十一時
東京都　豊島区池袋二丁目

雑賀は洗面所からリビングに戻った。

孤独な時間の中で、朝から何回も鏡の男と会話した。

ベッドに横になっていると鏡から声が聞こえる。

そうやって時が流れていく。

机に置いたスマホのタイマーが鳴る。

村瀬が指示した時間だ。

薬を打った雑賀は、これから残飯を漁りに街へ出かける。

雑賀はロビーから表に出た。七階建てのマンションは、茶色の外壁タイルで装飾され、幾つかの部屋に明かりが灯っている。明かりの数だけ人生があり、その中に死が紛れ込んでいる。

近隣のどこに防犯カメラが設置されているかは、村瀬からの情報で頭に入っている。カメラに記録されないよう、ＮＢＡのキャップとマスクで顔を隠した雑賀は、道を選びながら駅に向かって歩く。

途中、出会う連中といえばへべれけになった茶髪の若者たちか、道端で寝込んでいるホームレスぐらいだ。駅の少し手前、路地の隅にあるいつもの中華料理店に、生ゴミの袋が積まれていた。

飽食の時代ゆえに、選り好みしなければ食い物には困らない。

ゴミ袋を物色していると、ふと人の気配を感じた。

振り返ると男が二人立っている。夏だというのにパーカーのフードを頭から被り、痩せて長身の男と、剃り込み頭でポロシャツを着た小太りの男だった。

「坊や、なにをしている」

雑賀は無言で応えた。すでに愛想笑いなど忘れている。

「お前、見たことのない顔だな。ここは俺たちのシマだぞ」

無駄な争いは避けろと村瀬から言われている。雑賀は黙って立ち去ろうとした。

痩せ男をやり過ごそうと左に寄る。相手も左に寄ってきた。舌打ちして、後ずさりした瞬間、背後から右手をひねり上げられ、関節を見事に決められた。

正面の痩せ男に気を取られている隙に、ポロシャツが背後に忍び寄っていた。

シャツの胸ボタンが弾け飛ぶ。右手首がねじれて激痛が走った。

背後のポロシャツに左手で口を塞がれた雑賀は、背中を突かれてビルの壁に押しつけられた。

首に食い込むポロシャツの腕のせいで意識が揺らぐ。

「騒ぐな。すぐに楽にしてやる」

ポロシャツが耳元で囁く。

雑賀は彼の左手首の静脈に嚙みついた。容赦なく前歯を相手の手首に食い込ませる。食い破られた血管から血が溢れ出る。

ポロシャツが悲鳴を上げた。

ひるんだ相手の腕の中で体を翻（ひるがえ）した雑賀は、汗臭いポロシャツに、にっと笑いかけた。

慌（あわ）てた痩せ男が懐（ふところ）から拳銃を引き抜いた。

銃口がこちらを向く。

雑賀はポロシャツの襟首を摑んで締め上げる。呼吸を止められた相手が苦しそうに顔を歪めた。

雑賀はポロシャツの太った体を盾代わりに使う。

パンという乾いた発砲音が二度響くと、鈍い着弾音がポロシャツの背中から聞こえた。

ぐったりしたポロシャツを盾にしたまま、その脇下から雑賀は拳銃を突き出した。引き金を引いた。

パーカーのフードの真ん中、眉間の辺りで血しぶきが上がる。

頭を撃ち抜かれた痩せ男が、背中から歩道に倒れた。

すでに事切れたポロシャツから雑賀は手を離す。

太った体が膝から崩れ落ちた。

雑賀は路地の入り口の様子を窺った。

人通りはなかった。いたとしても死人の数が増えるだけだ。

そのとき、スマホが雑賀を呼んだ。

村瀬からだった。

（見ていたよ。見事だった）

「……見ていた」

雑賀はわずかに口元を歪めた。

（全部をね）

「なぜ助けない」

（君の卒業試験だよ。おめでとう。見事、一次は合格だ）

「試験？」

（君の実戦能力を確かめた。さて二次試験だ。すぐに部屋へ戻って荷物をまとめなさい。そして新しいアジトを自分で探せ）

そこでスマホが切れた。

やはり村瀬は見ている。

雑賀は路地を出た。

七月二十三日　水曜日　午後五時
東京都　港区赤坂二丁目　美和商事ビル

山崎の指定した期日がきた。

一係は村瀬の過去を徹底的に洗い直した。

しかし、暗殺計画の裏は取れなかった。

第一会議室を出る。廊下を横切り、執務エリアの扉を開けた。壁沿いに歩いて執務エリアの最深部にある山崎の部屋の前に立った。

ドアをノックする。

濡れ落ち葉のように気持ちが萎(な)えていた。

十分後。

東郷の報告を受けた山崎のまなざしに、失望の影が浮かんでは消えた。

上司の予想された反応だった。

「要するになにも明らかになっていないということだな。この一週間なにをしていた」

「申しわけありません。まだ具体的にご報告できるものはありません」

東郷は淡々と答える。肩に力を入れたところで、村瀬が近づくわけではない。

「足踏みしているのは、一課が情報をよこさないことが原因か」

「あまりその分析には意味がないかと。今は我々が引き取ったわけですから」

「厄介ごとを押しつけられた、と愚痴の一つも言いたそうだな」

「私はこれで飯を食っていますから。ただ……」

「ただ？」

「冷や飯よりは温かい白飯を好むのが人情というもの」

「飯が食えるだけでもありがたく思え」

「自分らしくやるだけです」

「諦めか」

「諦めと達観は違います」

椅子を回した山崎は東郷に背を向けた。

「実はな。村瀬がまったく面の割れていない暗殺者を準備したという噂がある」

「やはり」

「なぜそう思う」

「彼は素人ですから。プロを雇ったのですか」

「わからん。年齢、国籍、性別、すべてが謎だ。わが国で過去に、このような形で要人の命が狙われたことはない。初めてのケースだ。それが意味することはわかるな」

沈黙が室内を支配する。

「で、どうするつもりだ」

山崎が問いかけた。

上司たるもの、押さえなければならないこともあるらしい。

「信じて今のまま続けます」

「当てはあるのか」

「部下たちは血眼（ちまなこ）になって追っています」

東郷、と山崎が仕切り直す。

「出来の悪い捜査員は、希望的観測や憶測だけで捜査の目途（めど）が立ったと報告する。ところが、報告内容を細かくチェックすると、どれも思い込みにすぎない判断や結論ばかりだ」

「心得ています」

「山ほどの可能性に囲まれて、いかにも上々の捜査をしている気になっていないか。すべてを精査すれば、実は使えるネタは一つもないということはないだろうな」

「一週間で集めたネタの量を競うなら総監賞ものです。そして、そのすべてを丁寧に、慎重に潰した結果、暗殺計画の実否は確認できませんでした。我々は最善を尽くしました」

山崎がため息をつきながら目を閉じた。

東郷は待つしかない。

やがて。

「君は夜、独りでなにをしている」

「考えます」

「なにを」

「村瀬の頭の中を」

「なにか浮かんだか」

「首相を殺すこともいとわない怒りです。怒りがこの事案の根底にある」

「だから」

「厄介です。欲や衝動ならまだしも、怒りによる動機はぶれるどころか、折れることがない」

背もたれに寄りかかった山崎が顎を上げる。

「あと何日必要なのだ」

「お約束できるのは、一日でも早くということです」

その頼りなさに山崎が黙する。譲歩の程度を測っている。

「相変わらず損な性格だな。まあいいだろう。しかし、ぐずぐずしていると上から横（よこ）槍（やり）が入るぞ」

「警察庁（サッチョウ）もすでにこのことは」

「当たり前だ。官邸が痺れを切らせて警備局が動き出す前にけりをつけろ。見えない敵相手に時間との勝負になる」

失礼します、と下がりかけた東郷に山崎が背後から声をかけた。

「君の部下たちは事の重大性を十分に認識しているんだろうな」

東郷は立ち止まった。

「でなければ使いません」

山崎が顔の前で指を組んだ。

「暗殺計画が実在するなら、ただちに村瀬を拘束しろ」

東郷は第一会議室に戻った。

廊下を横切るあいだに、山崎のしかめ面は忘れた。

七月十七日以来、東郷のチームは東京中を歩き回り、徹底的な地取りを続けていた。村瀬は三鷹、中嶋は豊田、岩下は福生とそれぞれ住所が異なる。

東郷は東郷のやり方を貫く。佐々木たちのように、強引で違法な捜査は決して許さない。

捜査員の武器は根気と自らの足だ。昼間はマンション周辺の聞き込みを丹念に行う。夕暮れからは飲み屋など行きつけの立ち回り先を顔写真片手にローラー戦術で回る。

都内のどの防犯カメラにも、村瀬たちの姿は捉えられていない。

朝の打ち合わせ終了後、玉のような汗とともに根気までもが蒸発しそうな街を、わずかな手がかりを求めて地べたに張りつくように嗅ぎ回る。食事はよくて駅の立ち食い蕎麦。日々、丸一日、足を棒のようにして駆けずり回り、溜池山王に戻って来るのは早くて夜の十時を回る。全員が揃うのを待って、報告会議が開催されるのは午後十一時。持ち帰った情報を分析し、翌日の捜査方針を決定してようやく会議が終了する頃には、とっくに日付は変わっていた。

「課長はどうでした」

新井田が様子を窺う。

「背中に羽が生えたみたいに上機嫌だったと思うか」

「逆に堕ちた天使ですか」

「その羽をもいだのは俺たちだぞ」

山崎からの新たな情報を伝えた東郷は、汗で皺くちゃになったハンカチをポケットにねじ込んだ。

「報告を頼む」

いつものように会議が始まった。

新井田たち九人が手帳を開く。

「西池袋の拠点を失ったあと、村瀬の新たな事務所は立川でした。その場所から二月十日にレンタカーを使って引っ越しを済ませています。行き先は不明。事務所のガス、水道、電気、電話の契約はすべて打ち切られています。郵便物の転送願いは出ていません」

「レンタカーについては」

「レンタカーは簡単に割れました。二月九日に調布駅前の店で中嶋が、四トントラックを借りています。車は九日の午後から十一日まで貸し出され、その間の走行距離は五百キロ」

「レンタカーなら、どこを走ったかドラレコに記録が残っているだろう」

「中嶋が借りているあいだは、ドラレコが切られていました」

細かいところまで抜かりはない。

旧知の活動家仲間に対する聞き込みでは、得るものはほとんどなかった。活動の縮小にあわせて仲間との関係が疎遠になりつつあったとはいえ、事務所を移転するのになんの連絡も入れない、などということはありえないはずなのに。

「中嶋は五年前に離婚しています。現在、春日部市（かすかべ）に住んでいる元の妻は離婚後、中嶋とは一度も会っていないと話しています。近しい親族も少ない彼にとって、身内から得られた情報はこれだけです」

地取りの結果もかんばしくない。親しい友人に対しては、しばらく留守にする旨を伝えていた中嶋も、理由や行き先については一切漏らしていない。

次は室伏の番だ。

お前はどうだった、と新井田が指名する。

「私からも特にありません」

あっさりしたものだ。

どこかで失笑が漏れる。

私からも、という言葉に負けん気の強さが出ている。

「お前、どこを回ってた」

「立川の事務所周辺の聞き込みです」

「お前、やるんじゃなかったのかよ」

西岡が突っ込む。

「そんな簡単にいきませんよ」

威勢はいいが気持ちが空回りしている。「やる」と言うわりに成果は乏しいけれど、なにせ新米だ。

東郷は室伏との世代間ギャップの収めどころを探していた。

すでに、ある程度の事前情報があり、ターゲットが明確なのに捜査は難航していた。

全員がおしなべて近所づき合いが薄い。このため周辺の聞き込みからは情報が得られなかった。それなりに親しくつき合っていた友人は結構いるものの、彼らにとっても今回の失踪劇は寝耳に水らしい。

捜査員たちが聞き込みを行った延べ人数は、四百人を超えている。にもかかわらず、村瀬たちの行方に繋がる手がかりを摑めていない。

素人相手に、これだけ鼻の利く連中が嗅ぎ回っているのに、匂い一つ残っていない。こんなことは初めてだった。

「岩下は」

「彼は遊び盛りですからね。結構、色んなところに顔を出して、族仲間の友人もいます。ただ、行き先を特定できる情報は得られていません」

「気づいていないだけだ」

東郷は頰一杯に空気をためた。

「と言いますと」

「連中は幽霊じゃない。獣と一緒で、人が動けば必ず跡は残る。それは暗殺者も同じ。所詮は金で雇われた傭兵だろう。国内外にかかわらず傭兵、プロの暗殺者をリストアップして動きのある者、国内に潜入した可能性のある者を特定しろ」

東郷は脚を組み替えた。

「当面、捜査のターゲットは岩下と暗殺者の割り出しに絞る」

七月二十四日　木曜日　午前十一時半
埼玉県　飯能市

西武線の池袋駅を午前十時発の急行に乗った東郷は、終点の飯能駅からタクシーに乗り換えた。

都心からずいぶん離れた。駅前から県道70号線を入間川沿いに遡ると、辺りはのどかな田園風景が広がる。なだらかな山陵、雑木林と田畑、黒い瓦が鮮やかな農家、日本の原風景を車は走る。原市場郵便局前で側道に入ると、道は谷あいを縫うように山を上がって行く。

やがて目の前で視界が開けると、山の中腹に張りつくように建てられた中学校を思わせる三階建ての建物が見えた。ただ、高い壁で囲まれ、四隅に櫓の監視塔が立ち、中の様子を窺い知ることはできない。

まるで捕虜収容所を思わせた。

「お客さん。ここまでにしてください」

「どうしてですか」

東郷の問いに運転手がセンターの正門を指さす。そこにはテント村が長屋のように並んでいる。

「あれは」

「排斥派の連中ですよ。下手に近づくと車を傷つけられかねない」

「いつから」

「かれこれ一年になる」

「ずっとあそこで陣取っているのですか」

「いやいや、天気の悪い日はどこかに消えてしまう。いい加減な連中ですよ」

排斥派の連中は手に持ったプラカードを通り過ぎる車に示し、センターに入ろうとする車の進路を塞ぎ、拳を上げて「帰れ」と連呼する。なぜか高齢者が多かった。天気によって運動の熱意が左右されるのは、最初から金で雇われた連中だからだ。

「一時間後に迎えに来てくれ」と運転手に頼んだ東郷は車を降りた。坂道を正門に向かって歩く。プラカードを掲げた排斥派が「難民の肩なんか持つな」「何者だ」と詰め寄る。敵意に満ちた人垣をかき分けた東郷は正門横の守衛室に入った。

通門書類に訪問先の部署と面会者の名前を記入する。「今、警務官がまいります」

と受話器を置いた守衛に礼を述べ、壁際の長椅子に腰かけていると、三分ほどで警官を思わせる青い制服を着た男が迎えに来た。

　立ち上がった東郷は軽く会釈する。

「電話した東郷です」と警察手帳をさし出す。

「警務官の杉山です」

「施設の中を拝見したいのですが」

「どうぞこちらへ」

　守衛室を出た二人は中庭を歩く。

「門の前はいつもあんな状況なのですか」

「ええ。困ったものです」

「道路の不法占拠なのだから、警察が排除しないのですか」

「きりがないし、車の少ない田舎道にまで警察も一々来てはくれません」

　肩をすくめた杉山の案内で建物に入る。

「ここが本館です。難民の教育施設が入っています」

　まるで学校の昇降口を思わせる広い空間に下駄箱が並んでいる。そこで上履きに履き替えた東郷は、杉山に案内されて廊下を奥に進む。廊下の両側に教室を思わせる部屋や、技術室を思わせる工作機械の据えられた部屋が並んでいた。

幾つかの教室で講義が行われていた。

「まるで学校ですね」

「当然です。ここは教育施設ですから」

「授業の内容は」

「語学教育と職業訓練がメインです」

「どのような職業訓練を」

「縫製、機械工作、電気技術など様々ですね。朝の八時半から十七時まで、十時と十五時の小休憩、十二時からの一時間の昼休み以外は選択制の授業です」

「休みの日は」

「センター内で、自習やスポーツをして生活します」

「外出は」

「基本的に外出はできません」

理由はおわかりでしょ、と杉山が正門の方を顎でさす。

「それで、収容者に不満は出ませんか」

「収容者ではありません。訓練生です」

二人は校舎から渡り廊下を抜けて宿泊棟へ向かった。

こちらの棟では、狭い廊下の両側に宿泊室が並んでいる。

扉の小窓から中を覗くと、室内は通路の両側に三段ベッドが向かい合っている。

授業の合間なのか、ベッドで横になった訓練生たちが東郷に気づいた。

一斉に彼らの顔がこちらを向く。

なぜか生気を失い、睨み返すような視線が返ってきた。

「六人部屋ですか」

「そうです。この密度でないと訓練生たちを収容し切れません」

「彼らから不平や不満は」

「多少はあるでしょうが、そこは我慢してもらわないと。ところで、東郷さんは、訓練生の収容状況を調査に来られたのですか」

「彼らによるテロ事件が増えているのは事実ですから」

杉山の顔からみるみる好意が消え、代わりに疑念の色が浮かぶ。

「我々を責めるために」

「とんでもない。皆さんのご苦労はよく理解しているつもりです」

「よかった」と杉山が安堵(あんど)する。「失礼なもの言いだったかもしれませんが、我々から本音や愚痴を聞き出すために、引っかけようとする人たちもいるのです」

「どういう意味です」

「いやね。人権派の政党やマスコミがよく使う手なんです。正直、訓練生同士のもめ事など日常茶飯事です。真面目な連中が大半ですが、一部は、俺はこんなことのために日本に来たのではない、もっと報酬が欲しいと言いたい放題。自由に外出させろと訴えるくせに、外出させたらさせたで喧嘩、万引きなどのトラブルを起こす。ところがそれらはすべて、施設側の人権侵害のせいだと訴える。最初から答えを決めているんです」

　杉山が少しの間を置いた。

「東郷さん。人権派はやれ人権だとか、虐待だとか騒ぎますが、それは難民たちの実態を知らないからだ。難民が全員前向きで、真面目ならこんな施設は不要です。日本に送られてくる難民にはかなりの割合で、目を離せない、他人に危害を加える恐れのある連中が紛れているのです。我々は、そんな連中の面倒を見るわけですが、『人権』という言葉一つで、すべての管理責任を押しつけられても困る」

「どうすれば」

「五人組ですよ。つまり、難民の中に相互監視システムを作らせないと手に負えない状況です。ＥＵの『過激化認知ネットワーク』に似た組織を彼ら自身に作らせて運用させるのです。難民が難民社会を監視し、コントロールするシステムを作らないと、二〇一五年に起きたパリ同時多発テロと同じことが日本で起きる」

そろそろ東郷がここを訪れた理由を告げるときがきた。

「村瀬幸三をご存じですね」

ええ、と杉山が怪訝（けげん）そうな表情を作る。

「どんな人物でした」

「積極的に難民救済に取り組む真面目な人です」

「ここへもよく」

「はい。出所した難民のケアなどについて定期的に打ち合わせしていました」

「彼が昨年、火事で妻子をなくしたことはご存じですか」

「ええ」

「その後、村瀬氏になにか変化はありませんでしたか。なんでも構いません」

「そうですね。あまり笑わなくなったのは事実ですね」

「他には」

「言葉の端々に決意のようなものは感じました」

「決意ですか？」

「政府に裏切られようと難民救済の意思は変わらない、難民と仲間のためにできることをやるだけだと」

「政府への不満を漏らしていたことは」

「難民政策の転換には憤慨していました。ただ、それは我々も同じです。ところで、彼がどうかしたのですか」

「事情があって探しています。彼の連絡先をご存じですか」

杉山がスマホに登録していた村瀬の番号は、東郷も知るものだった。

「彼の友人や仲間をご存じないですか」

「時々、樋口（ひぐち）という男性も一緒でした」

「どんな人物ですか」

「帝国（ていこく）出版とかいう会社の社長で、いつも難民救済の必要性を訴える記事のネタ取りが目的でした。年齢は村瀬さんより年上に見えました」

「二人は仲が良かった？」

「そうですね。同志という感じでした」

「最後に村瀬氏に会ったのは」

「一月の末だったと思います」

「そのとき、変わった様子は」

「いつもどおりでした」

「正直にお聞きします。彼がなにかを企んでいる様子はありましたか」

「企んでいる？」

「テロとか」

馬鹿な、と杉山が不快な表情を向けた。

「彼はそんな人じゃない」

「おかしな様子や素ぶりは」

「ありません」

杉山がムキになる。

正義感に溢れ、冷静な人物。東郷が抱くイメージとも被っている。

「いや、失礼しました。忘れてください」

礼を述べて出口に向かう東郷は、並んで歩く杉山に問うた。

「杉山さんは、日本政府の難民政策をどうお考えですか」

「二〇一五年度、日本では八千人弱が難民認定を申請しました。ところが認定は二十七人にとどまった。これに対して、欧州や米国は数万から数十万人の規模で受け入れている。そこで二〇一六年五月、シリアからの難民と国内避難民百五十人を手始めに、それ以降継続的に受け入れを実施しています。ウクライナからの難民については特に積極的です」

日本が受け入れたウクライナ避難民は二〇二二年十二月時点で約二千人。一九八二年から二〇二一年までに日本政府が認定した難民の数はもちろんのこと、二〇二一年八月にタリバンが復権したアフガニスタンからの難民と比較しても遥かに多い。即時に短期滞在ビザを発給、政府専用機に搭乗させる異例の対応、来日後は就労可能な在留資格に切り換え、ウクライナ人限定の就職先や公営住宅の斡旋（あっせん）、生活費補助、日本語教育などの支援を行っている。

杉山が東郷の反応を見る。

「難民支援の財政面で、日本は大きな貢献を果たしています。ＵＮＨＣＲ（国連難民高等弁務官事務所）への拠出額は毎年世界でもトップレベルですし、イラク人、シリア人難民の支援や、中東とアフリカ地域の安定化への出資額は、いずれも数百億円規模にのぼります」

「では、どうして他国は我が国の難民政策が甘いと言うのでしょうか」

「受け入れ数が少ないからです。でも、彼らには彼らの国内事情があるように、我が国には我が国の事情がある。地形的に平地が少なく専用の居住地区を作る余裕はない。日本人が軒を並べて難民と暮らしてよいと言うなら別ですが、国土の狭い我が国には自ずと物理的な限界がある。そんな難しい状況でもなんとか受け入れ人数を拡大しようとしているときに、テロなどの事件が起き始めた。残念です」

「世間の目も厳しくなった」

　これは私の個人的な意見ですが、と断ってから杉山が言葉を繋ぐ。

「世界情勢の悪化を受け、昨年、日本には過去最多の十万人が難民認定を申請しました。ただ今の国内状況では、彼らを全員、教育することも管理することも不可能です。もはや限界です。村瀬さんにとってもジレンマだったはず」

　難民を取り巻く状況と日本の対応の難しさを痛感させられる。受け入れ派、排斥派それぞれに事情があり、それぞれが過激化しているのかもしれない。

「どうすれば」

「少なくとも、今の政策を元に戻してもらわないとどうしようもない」

「池田政権が再び難民政策を転換するとは思えない」

「ならば政権交代か、もしくは」

「もしくは？」

「今の難民政策がいかに不合理なものか、世間に示すしかない」

政策の矛盾を世間に示す。それが村瀬の目的なのか。

「もし村瀬氏から連絡があったらお知らせください」

杉山に見送られて、東郷は施設の門を出た。

二章　潜伏

七月二十五日　金曜日　午前十時
東京都　港区新橋二丁目　新橋駅前

新しいアジトを探しながら、雑賀は新橋駅西口のＳＬ広場を歩いていた。

夏の陽に照らされる広場は灼熱地獄だった。女性はハンディファンで顔に風を送り、上着を小脇に抱えた男性はハンカチで首周りを拭う。じっとしていても、背筋に沿って汗が滴り落ちた。

いつものようにＮＢＡのキャップを被ってはいるが、クソ暑いのでマスクは外した。

東に新橋駅、南にニュー新橋ビル、西側を雑居ビルに囲まれた広場は、夜になればマスコミがサラリーマンにインタビューする、まさに『聖地』となる。

その広場が、やけに騒がしかった。

選挙カーを思わせる白い改造車が広場西側の通りに横づけし、屋根のデッキで白装束の男が拡声器片手にわめいている。

どうやら、説法をしているつもりらしい。

「八百万の神はおっしゃられている。この国に多民族は不要だと。現に、難民を受け入れてからテロが多発し、数え切れない大和民族の血が流された」

数人が立ち止まって話に聞き入っている。

そのとき、バックパックを背負い、痩せた男が雑賀の前を横切った。雑賀は、その男の何度もうしろを振り向く動きが気になった。

「我が大聖人は教義どおり、人間界の悪世を正す法を説かれている。人の道は唯一、浄土に通じ、仏の御心に背いてはならないと。どれだけ仏が慈悲寛大であろうと、民の心が汚れていれば、此岸は地獄の炎に焼かれることになる」

八百万の神に浄土、どうやら神仏混淆の新しい宗教らしい。

「すべての罪を懺悔し、功徳を積み、地獄への道を塞ぐのです。我が教えを唱え、邪悪な者たちに天罰を下すため、この世をお清めしなくてはならない」

ここ数年、温暖化の影響で北半球の熱収支バランスが崩れたために、ヒマラヤから中国へ抜ける偏西風の流れが変わり、日本から梅雨がなくなった。六月にほとんど雨が降らなかったせいで、日本中が深刻な干ばつと水不足に悩まされている。今日も都心の地表はフライパンのように空気を焦がし、陽炎と熱波の中で人々は亡者のようにビルの谷間を行進していた。

際限のないストレスに晒される人々の心の隙間に、怪しげな教えが入り込もうとしていた。

教祖が広場を見回す。どこからか現れた教祖と同じ白装束の一団が、広場一杯に広がって踊り始めた。これはこれで異様な光景だった。

そのときだった。

教祖の車の前で、さっきの痩せぎすの男が万歳するように両手を挙げた。

鼓膜を揺るがす大音響と灰や煙が辺りを包み、雑賀は駅の壁まで吹き飛ばされた。

背中からコンクリートの壁に叩きつけられ、意識が朦朧とする。背骨を打ちつけた鈍く重い痛みに、雑賀はうめきながら歩道の上で身をよじる。歩道にうつ伏せになると、耳鳴りと同時に口から胃液が噴き出た。

両手を歩道につく。膝を曲げ、背中を丸め、腕に力を込める。

どうにか四つん這いになった雑賀は頭を振った。

辺りの状況が目に飛び込んできた。

広場一面にバラバラになった死体が散乱し、ビルの窓が吹き飛ばされ、フレームだけになった教祖の車が飴(あめ)のように変形して燃え上がっている。

なにかが焦げる臭いが鼻をつく。

雑賀の目の前に、黒く焼け焦げ、引きちぎれた足が転がっていた。

雑賀の中であの悪(あ)しき感情が芽生えた。

もし、手の中に銃があれば、広場中に乱射したい衝動が湧き上がる。

ふと気がつくと、広場の北に建つビルの陰で阿鼻叫喚(あびきょうかん)の現場を見つめる男がいた。

左頬に大きな切り傷のある男だった。

背筋を悪寒が駆け上がる。

頭の中でぞっとする記憶が弾ける。

あの男だ。

間違いない。

スイッチボックスの男。

動揺のかけらもなく、数え切れない死を見下ろす冷酷さを感じた。

駅へ向かうつもりらしく、男が早足でこちらへ向かってくる。

ふらつく足で立ち上がった雑賀を、「どけ!」と男が突き飛ばした。

「殺せ」

鏡の中の男が命じた。

男の腕を摑んだ雑賀は、小内刈りの要領で相手のかかとをすくうように払った。

前のめりに転倒した男が歩道に肩を打ちつける。

倒れたまま体を翻した男が、雑賀を蹴り上げる。

その足をかわした雑賀が、男の頭を踏みつける。

「久しぶりだな。こんなところで会うとは思わなかった」

男が悲鳴を上げた。

駅前広場から逃げ出そうとしていた人々の一部が足を止めた。死の恐怖より犯人への怒りを感じているのは雑賀だけではない。

「こいつが犯人か」「誰だ、あの男は」

二人を取り囲む殺気立った輪が、次第に大きくなっていく。

男の首に喉輪を決めた雑賀は、その体を歩道に押しつけた。

「もうちょっとで殺されるところだった。今の爆発はお前がやったのか」

「……放せ」

体をよじって男がもがく。

「もう一度聞く。お前がやったのか」

強く奥歯を嚙みしめた男が、突然、苦しみ出した。

両足をバタつかせ、反り返った男が口から血の混じった泡を噴く。

男の動きが止まった。

雑賀は立ち上がった。

疑念と恐怖に満ちた幾つもの視線が雑賀に集まり始めた。口を覆っている女性、こちらを睨みつけた中年男、その横で学生風の男がスマホでどこかに電話する。

「どいてくれ。どけよ」

慌ててマスクをつけた雑賀は混乱の人垣をかき分ける。

外堀通りに出た。西の方角には霞が関ビル、反対に、東にはＪＲの高架と汐留の高層ビル群が見える。両側をオフィスビルが埋め尽くす外堀通りの歩道で雑賀は一瞬躊躇した。

東からサイレンの音が聞こえてきた。

人の流れに逆らい、雑賀は外堀通りを虎ノ門の方向に走った。

午後四時
東京都　港区赤坂二丁目　美和商事ビル

いつものように、今日までの捜査結果をもとに状況を分析すべく、東郷、新井田と八人の捜査員は第一会議室に集まった。

日に日に部屋が狭くなっていく気がする。

追い込まれていく一係長にふさわしい居場所だった。

まず新井田が、全員の情報を取りまとめた捜査状況の報告を行う。

「二月初め、全国難民支援連絡会の銀行口座に三千万円が入金されたあと、数百万円単位で金の出し入れが行われています。過去五年間に村瀬の周辺でこのような激しい金の動きはありませんでした」

「どこから振り込まれた」

「直接、村瀬が現金を持ち込んでいます」

暗殺計画を準備するにしても、組織を再編するにしても、先立つものは金だろう。しかしそんな大金を村瀬はどこで調達したのか。

「活動資金か、もしくは暗殺者への報酬か」

「どちらも、ありえますすね」

「樋口は」

「樋口輝、六十三歳。帝国出版社の社長で、難民問題を取り上げた特集や取材を通じて村瀬と親しかったようです。連絡会の活動にも協力して、支援する記事を多数書いています。以前お伝えした、今年の二月に『新世代に向けて』と題した村瀬のインタビュー記事を載せた雑誌は、帝国出版が発刊しています。樋口は、七月の頭から中東に出張中で二十九日に帰国予定です」

もう一つあります、と新井田が報告を続ける。

「二月十日、樋口の銀行口座に五百万円が入金されています。入金したのは樋口自身ですが、村瀬から渡ったものかもしれません」

中嶋の身辺からは大した情報を得ることはできなかった。かたや、岩下に女がいてその身元が割れた。

田崎礼子、二十三歳。現在、彼女は立川駅北口のスナックで働いている。

「何事も陰に女ありというわけか」

「男は女で身を滅ぼすわけですね」

新井田が思わせぶりに呟く。

「言うじゃないか。まさかお前もか」

「ローンを背負って、嫁さんに愚痴られ、自分のパンツを娘に洗濯機からつまみ出される。そんなしけた話、本気で聞きたいですか」

新井田が口先を尖らせる。

ひととき、室内が笑いに満たされ、場が和んだ。しかしそれも僅かな間のことだった。一人、また一人と笑顔が引き締まった表情に戻っていく。

「話を脱線させてすまなかった」

さてと、と東郷は仕切り直した。

「田崎のところには俺が行く。それから新井田、田崎と樋口の電話、メール、ラインなどの盗聴を準備しろ」

「よろしいのですか」

驚いた新井田が東郷の決意を測る。

「今、言ったとおりだよ」

部下たちに東郷の心境の変化を説明する必要はない。必要なのは明確な指示だ。

そしてもう一つ。

ターゲットを追い込むルートは複数必要だ。

「暗殺者のリストアップはどうなった」

「各国に問い合わせましたが、該当する者に動きはありません。ここ半年のあいだ、傭兵(ようへい)などの視察対象が入国した形跡もありません」

東郷は真顔に戻る。

「ここ一年の不審死、未解決事件をすべてリストアップしてくれ」

「なにか気がかりなことでも」

「一見、暗殺者は足跡も匂いも残さずに動いている。ただ、人間のやることだ。必ずその痕跡は闇に紛れている」

市中に放たれた邪悪な存在がなにかしでかしていないか、公安警察官ゆえの胸騒ぎだった。

ちょっとトイレに行ってきます、と室伏が席を外した。

自分のデスクに戻るため東郷が会議室を出ると、廊下の奥にある書庫の前で室伏がスマホをいじっていた。

今どきの若い奴らはスマホで生きている。

午後六時

東郷と新井田は山崎の前に座っていた。

「樋口輝なる帝国出版社社長と田崎礼子という女性、二人のメール、スマホの盗聴を許可願います」

東郷はいきなり切り出した。

「馬鹿を言うな」

山崎の仏頂面も見飽きた。

「そうおっしゃるとは思いました」

「おまえ、自分の言っていることがわかっているのか」

「一応」

「一応だと。これは、違法性を疑う問題ではない。完全に違法行為だ。容疑者でもない民間人に対する電話やメールの盗聴行為など認めるわけにはいかない」

山崎の怒りはもっともだった。そもそも組織的犯罪対策関連三法案の一つとして施行された改正通信傍受法の適用対象が、組織的犯罪にかぎられるのは文字どおりだった。組織的犯罪とは、銃器、薬物、密入国、組織的な犯罪の四種類であって、通信傍受法もこれらの犯罪の捜査にかぎり適用されるべきものだ。

東郷は頭をかいてとぼける。

「わからん奴だな。そもそもこんな話を上にできるわけがないだろう。それに万が一、このことがマスコミにバレでもしたら総監の首が飛ぶぞ」

「上げて頂かなくて結構です。私の独断ですから」

「くどい。君は組織の一員だ。組織に属する者の不祥事は、組織のトップが償わねばならぬ」

マスコミが感づいた日には、やれ公安の横暴だの、国家暴力だのと書き立てるに違いなかった。そもそも警備・公安警察は『国民』を守るための警察活動であり、自分たちはそんな国家警察としての誇りとともに職務を遂行してきた。にもかかわらず世間の公安を見る目は冷たい。

「なら、そのご意見を他の連中にもお伝えになったらいかがですか」

「なんだと」

「佐々木たち二係の動きを認めていらっしゃるということは、違法性より犯人逮捕を優先されているからに他なりません。いつもはハゲタカを冷ややかに見ているドンガメが、ここまで腹を括った意味をお察しください」

「昨日まで原理原則に拘ってきたにもかかわらず、今日に限って君のやり方が唯一無

「この山を登るには、最初から道は一本だけ。しかも残された時間はわずかです。公安の首は山ほどありますが、首相の命は一つだけです」

「私を脅すつもりか！」

山崎がヘソを曲げる。

「先日おっしゃった暗殺者の存在を、課長は信じていらっしゃいますか」

「当然だ」

「なら、その男を追うためにも、他に手はありません。山頂を目指すために地形、天候などすべての要素を検討した結果、どのルートも危険で、それでも登らねばならないならリスクを冒すしかありません」

「リスク？」

「自身が招くリスク、相手がもたらすリスク、二つありますが、少なくとも自身の招くリスクはコントロールできます」

「相手のリスクは」

「飛んでくる弾をよけるぐらいです」

「東郷。君は、村瀬の存在を恐れているのか」

「プロの我々にも尻尾を摑ませないことが、只者でないことを意味しています。今まで、そんな奴はいなかった」

一瞬、山崎が言葉を喪失した。東郷は公安五課長の怖じ気をついた。

邪悪なものをあぶり出すため、なりふり構わず情報収集を行う。それは雨上がりに苔むした丸太橋を渡るようなものだが、橋を渡らねば向こう岸には着けない。

「課長。一度だけ頷いて頂ければ、この話は忘れてくださって結構です」

警察官というのも因果な商売だ。結果を出して当たり前の立場。一旦ドジを踏もうものなら、様々な特権を有する存在ゆえに、世間の風当たりは厳しいものがある。

山崎が飄々とした東郷の顔を見つめながら思案にくれていた。

「……わかった、認めよう。ただし田崎だけだぞ。樋口はだめだ」

憮然たる表情の山崎が横を向いた。

失礼します、と部屋を出ようとした二人に、「東郷は残れ」と山崎が呼び止めた。

新井田が外すのを二人は待った。

山崎が仕切り直す。

「官邸が苛立っている」

「はい」

「君の覚悟をもう一度教えろ」

「と申しますと」

「違法捜査に手を染めても事件を解決に導く腹を決めたのか」

「事件解決の意思と違法捜査の選択は別問題です」

頑固な奴だ、と山崎が顔の前で指を組んだ。

「では、捜査の責任者としての君に問う。この先、君は何度か厳しい決断を迫られるだろう。そのとき、迷わず、感情に流されず必要な、つまり事件を解決に導く判断をできる自信はあるか」

「はい」

「誰かを犠牲にすることになっても」

「それは愚問です。捜査の過程で、部下の犠牲を前提にしたことなどありません」

山崎が頬に空気を溜めた。

「官邸が求めているのは事件を解決できるリーダーだ。官邸は寛容ではない。彼らが求めるのは努力ではなく結果だ。君では不十分だと判断した瞬間、官邸に情け容赦はないぞ」

「心しております」

東郷の言葉に、山崎が背もたれに寄りかかった。

「官邸は梯子を外すなどという手ぬるいことはしない。ある日突然、すべてを失うことになる。君は譲れないものは譲れないと突っ張る。ならば、その信条を結果で証明しろ。捜査を任された以上言い訳は許さん」

七月二十六日　土曜日　午後四時
東京都　港区六本木五丁目　外苑東通り

いつものように顔を隠した雑賀は、池袋と同じく表通りから距離があり、目立たず、食料が調達しやすい場所を探していた。ただ、当てがあるわけでもない。

新橋でのトラブルに巻き込まれた翌日、雑賀は外苑東通りを、飯倉片町から待ち合わせ場所の六本木五丁目交差点に向かって歩いていた。

夜は煌びやかな電飾に溢れる街も、昼間はどこにでもある雑駁なビル街だった。なんの秩序もない不揃いなビルが通り沿いに建ち並び、気だるそうな男たちがスマホをいじりながらタバコに火をつける。

うつむいたままの雑賀は、彼らのあいだをすり抜けていく。

雑賀は友達の山田と待ち合わせしていた。

交差点の手前に小太りでツイストパーマ頭の若者が立っていた。相手がこちらに気づく。

「雑賀。久しぶりじゃないか。生きてたのか。コンビニを襲ってから行方がわからなくなって心配してたんだぞ」

昼間から酔っているらしく山田の顔が赤い。

「どこにバックレてた」

山田が雑賀の顔に鼻を寄せる。

酒臭い息が雑賀の顔に吹きかかる。

「山田。お前こそ元気だったか」

雑賀は無愛想に応える。

「なんだよ、雑賀。しけた顔してるな。仕事は山ほどあるぞ。丁度、ダチの今野がパクられて困ってたとこだ。手伝ってくれ」

「仕事？」

「組から指示されたいつものやつだよ」

「おい。その話はここではまずい」

雑賀の舌打ちに、山田が周囲に目をやる。

「よし、じゃあ俺の家に来い」

山田のオーデコロン、酒と、タバコの匂いに村瀬以前の過去の記憶が蘇る。救いようがない人生と絶望の記憶だった。

外苑東通りを引き返しながら並んで歩く山田が声をかける。

「雑賀。お前どこに行ってた」

「……」

山田がぽかんと口を開ける。

「もしかして、お前もお務めに行ってたのか」

「似たようなもんだ」

「すげーじゃん。家に着いたら話を聞かせろよ」

先を歩く山田が六本木五丁目交差点の一つ先の脇道を左に入る。交差点から二百メートルほど入ると次第に道が狭くなり、やがて山田が三階建てのマンションの前で立ち止まった。

「ここだよ」

山田がエントランスのオートロックにセキュリティ番号を打ち込む。

山田の背後から、雑賀はセキュリティ番号を記憶した。

二人はエレベーターで三階に上がる。

「さあ、入ってくれ」と、山田が部屋のドアを開ける。

玄関のすぐ奥に洗面所、浴室とキッチンが向かい合い、その向こうがリビングになっている。十畳のリビングは右手にテレビ、左手にベッドが置かれている。

雑賀は室内を見回した。

「ここへは、お前のダチも来るのか？」

「いや。用心のためにここは組の人間以外には教えていない」

「用心？」

「今野みたいに誰かがパクられたとき、芋ヅル式にやられないためだよ」

「それじゃ仲間との連絡はどうしてる」

「ラインだ」

「近いうちに誰かと会う予定は」

「ねーよ。でも、なんでそんなこと聞くんだ」

「ちょっと事情があって、俺は他の連中には会いたくない」

「追われてるのか」

「そうだ」

「物騒だな。まあいい。雑賀、まずは再会を祝して乾杯しようぜ」

山田がキッチンの冷蔵庫から取り出したビールを持ってリビングへ移動する。組の指示で山田とつるんでいたときのことを思い出す。カツアゲ、オヤジ狩り、オレオレ詐欺(さぎ)、薬の横流し。やりたい放題だった。

「俺。ここにしばらくいられるか」

「もちろんだ。その代わり、仕事手伝えよ」

山田がゲップを吐き出す。

「このところ上納金のノルマが果たせていない。ちょっとやばくてな」

「幾ら足りない」

「三百万」

「きついな」

「ああ。今月も未達ならさすがに、なにをされるかわからない。だから稼ぐしかない。手伝ってくれ」

山田が真顔になる。

「悪いが他の仕事を頼まれているから無理だ」

「なんだって。じゃあ、金貨せよ。親父さんの遺産が少しは残ってんじゃないのか」

「あるわけないだろ」

苛立ちに満ちた表情で山田が口端を歪める。

「山田。俺だって好きでやってるわけじゃない」

「どっか他の組に鞍替えしたのか」

「お前、今日死ぬかもって考えたことあるか。体が爆発するんだ」

なに言ってんだよ、と山田が目を丸くする。

「体内に爆弾を仕かけられた。逆らえばその瞬間、爆発する」

「マジかよ」

山田の顔色が変わった。

「冗談言ってなんの得になる。誰かいい医者知らねーか」

「知るわけねーだろ。それより、組に相談しようぜ」

「できねーよ」

雑賀の突然の怒りに会話が途切れる。

やがて山田が口を開いた。

「雑賀。悪いが出て行ってくれ。仕事も手伝わない。おまけに爆弾を仕かけられているだと。ふざけるな」

「なんだと」

「俺を巻き込むな。さっさと出て行け！」

立ち上がった山田が冷蔵庫から二本目の缶を抜き取る。

「さあ、早く」と山田が背中で愛想尽かしをする。

「それがお前の答えか」

「面倒を持ち込むな。馬鹿野郎が」

山田の愛想尽かしに、耳鳴りと吐き気が襲ってきた。

悪しき感情が目覚める。

「殺せ」

鏡の男が命じる。

雑賀は、ずだ袋から拳銃を取り出した。

「なんだよ。お前」

振り返った山田が目を丸くする。

室内に銃声がこもる。

真ん中を撃ち抜かれたアルミ缶から噴水のごとくビールが噴き出す。

床に広がる黄色い液体に、山田の心臓から溢れ出た鮮血が混じり合う。

薬が切れる。

首筋から冷や汗が噴き出て背中を伝う。

このところ症状が激しくなっていく一方だ。

雑賀は、ずだ袋から投薬瓶を取り出す。

背中のカテーテルに手を伸ばして、先端のチューブジョイントに投薬瓶のチューブを繋ぐ。

薬が体内に流れ込むと、体の深い部分でなにかがうごめく。

あるときは蛇のようにとぐろを巻き、あるときはなにかが体中を駆け回る。

弾けるポップコーンのごとく口から溢れ出そうになっていた悪寒を、薬が和らげてくれた。

七月二十八日　月曜日　午後六時
東京都　立川市曙町二丁目　立川駅北口

東郷は立川駅北口のロータリーに立っていた。村瀬の事務所がある南口とは異なり、再開発が進んだ北口は駅前のビル越しに洒落(しゃれ)た建物が並ぶ。駅から北へ向かってまっすぐ延びる表通りの並木が美しい。

駅前のロータリーがやけに騒がしかった。ここでも、難民排斥派と受け入れ推進派がもめている。もはや見慣れた光景になりつつある。

どちらも運動員が道行く人々にビラを配り、その後ろに控える街宣車の上でリーダーらしき男女が、マイクで自らの主張を大声でわめき立てる。最初はロータリーをはさんで互いを挑発していたが、やがて、運動員同士の取っ組み合いが始まった。

公安警察官の東郷にすれば、かつて日本の政治勢力は過激な集団と、融通が利かない偏屈な集団という構図だった。今は両方が先鋭化し、鉢合わせした途端、罵(のの)り合いと取っ組み合いが始まる。シングルイシューでしか物事を主張できない稚拙(ちせつ)さ、権利は主張するが義務にはそっぽを向く風潮が、もともとすべてを国のせいにする日本人の悪癖を増長させている。

お互いの主張が正しいかどうかを競うのではなく、叩き潰(つぶ)す相手を探しているとしか思えない。それは思想や主義の問題ではなく品格の問題だった。いかにも乱暴で物騒な社会情勢が日本に生まれつつあった。

スマホを片手にたたずんでいた東郷は、やがて高架沿いに昭和記念公園へ続く道を歩き始めた。二百メートルほど進んだところで車道を横断して脇道に入る。うらぶれたスナックが何軒か並んでいる。

　東郷は手前から二軒目の店で立ち止まった。

　見上げると傾いた看板に当て字で『来夢（ライム）』とあった。田崎の勤めるスナックだった。

　ドアを開けて中に入ると、店内はカウンター席のみのこぢんまりした作りになっている。プリント合板の壁にはお品書きがベタベタと貼られ、閉め切られた店内はやたらと薄暗い。

「いらっしゃいませ」

　奥からママらしき女性が姿を現した。

　歳の頃は五十代半ばに見えた。背が低く小太りで、いかにも水商売の女が好みそうな花柄のワンピースを身につけている。

「お独りですか」

　安物の化粧の臭いが東郷の鼻をつく。

「うん、田崎さんいる」

「礼子ちゃんのお知り合い」

　そのとき、奥からもう一人、赤いパンプスを履き、黒いタンクトップに水玉模様のスカートの女が出て来た。こちらはショートボブで化粧っけのない、だるそうで蓮っ葉な娘だった。

「礼子ちゃん、お客さんよ」

「田崎さんですか」

「そうですけど」

客用の愛想笑いを浮かべながら、彼女は東郷にさし出すグラスを手に取った。

「岩下卓也を知ってるね」

東郷はいきなり切り出した。

グラスを持つ田崎の手が止まる。東郷の質問には答えず、グラスをカウンターの布巾の上に戻した。

「最近彼と会った？」

田崎を見据えたまま東郷は重ねて聞いた。

「全然。一月末に会ったきりよ。それより、あんた誰」

「ちょっと。穏やかじゃないわね」

気まずい雰囲気を察したママが二人のあいだに割って入る。

ママを遮った田崎が東郷を睨む。

「ごめん、ごめん。怪しい者じゃないよ。警察の者さ。心配しなくていいから」

スーツの内ポケットから警察手帳を取り出した東郷は、カウンターに置いた。

「わかった。でもほんとになにも知らないわよ」

「そのとき、彼、なにか言ってた？」

「今度、引っ越すと言ってたわ。それ以外はなにも。こっちもあんなシケた奴のことなんか興味ないから、それ以上聞かなかった」

「行き先については聞いてないの？　家族から捜索願が出ているんだよ」

「さあね」

「ぜんぜん？」

しつこいわね、という顔で田崎がプイと横を向く。

「お母さんの話だと、最近は電話も通じないらしくて、すごく心配されているんだ。彼、番号を変えちゃったみたいだけど」

「知らない」

「そうか……。もし彼を捜すとしたらどんなところがいいかな。どこか思いつかない？」

「わかんない」

潮時を感じた東郷は、今はここまでと見切りをつけた。

「岩下から連絡があったらここへ知らせて欲しい」と電話番号を裏書きした名刺を田崎に渡して店を出た。

路地を出て大通りの角を曲がったところで立ち止まる。

「始めろ」とスマホで連絡を入れてから、東郷は駅へ向かった。

午後八時
東京都　立川市曙町一丁目

夜、東郷は再び田崎の店を訪れた。

ドアを開けると、カウンターの向こうでママが洗い物をしている最中だった。

「またあなた。今度はなんのご用」

布巾で手を拭いながら、ママがうんざりした表情で愛想をつかす。

「田崎さんに会いたいんだけど」

「礼子ちゃん、さっきの警察の人よ」

精一杯の不快感を顔ににじませながら、ママが田崎を呼ぶ。

田崎が、むくれた顔で奥から出てきた。

「なんの用です。さっき話したこと以外……」

「あのあと、岩下に電話したね」

ずばり東郷が切り込むと、田崎はぎょっとして口をつぐんだ。

東郷が店を出たあと、田崎は一本の電話を入れていた。

「まずいな、僕に話してくれたことと違うね。事と次第によっては署まで来てもらうことになるよ」

「私はなにも……」

田崎が言いよどんだ。

「岩下に連絡を取ろうとしたこと自体が問題だ。君は彼の電話番号を知らないと言ってたじゃないか」

追い込まれた田崎の頰が紅潮し始め、その目には涙が浮かぶ。

「警察をなめるんじゃない。警官の前で話したことはすべて証拠になる。嘘をついた場合は即、偽証罪に問われるんだ。僕は遊びに来てるんじゃないよ」

「ちょっと、穏やかじゃないわね。もっと……」

「僕はこの娘に話してるんだ。ママさん、あんたも僕が帰ったあと、彼女が岩下に電話しているところを見ていたはずだ。事情聴取に応じてもらうよ」

　東郷はママを会話から排除した。

「だってあいつはスマホの電源を切ってるみたいで繋がらなかった。だから話もしてない」

　田崎の目から大粒の涙がこぼれ始めた。

「なぜ奴の新しい電話番号を知ってるのかな」

「最後に会ったとき、電話番号を置いていったのよ。それだけよ！」

「嘘はよくないな。奴が番号を変えたのは二月だよ。最後に会ったのは一月じゃなかったのか」

　苦し紛れの言いわけが墓穴を掘った。ほころび始めた言い逃れをさりげなく繕えるほど、機転の利く女ではない。

「仕方がない。署まで同行してもらおう」

　田崎が肩を揺らしてしゃくり上げ始めた。

「ごめん……、ごめんなさい」

「次、いつ会う約束をしたんだ」

「そんな約束してないもん」

「まだわかってないな。僕たちは岩下を追っている。奴を逮捕するためには君の尾行と電話の盗聴を徹底的に行うよ。もし君が奴の居所を知っていた、という証拠が挙がれば犯人隠避罪で逮捕する。君、昼間は保険外交の仕事もしてるんだって？　場合によっては、そっちの会社にも事情聴取させてもらうよ」

「知らないっていったら知らないわよ！」

カウンターのポーチを摑んだ田崎が店を飛び出した。

止まり木の椅子に座り直した東郷は、そろりと店の奥へ姿を消そうとするママを呼び止めた。

「まだ、話は終わってないよ」

「私？　私はなにも知らないわよ」

「岩下が番号を変えてから連絡してきたこと、ママも知ってたな」

「別に隠してたわけじゃないわ」

「じゃ、思い出してもらおう。奴は重大事件の容疑者だ。ママも証拠隠滅と偽証の罪に問われることになる。事件の大きさからしてマスコミが押しかける。店の名前なんてすぐ表に出ちゃうよ」

「汚いわね。あなたって」

「これは取引だよ。協力するよう彼女を説得してくれるかな」

しばらく考えてママが口を開いた。

「あなた、信用できるんでしょうね」

午後八時
東京都　港区六本木三丁目

雑賀は、山田のマンションに潜伏していた。

1LDKの室内は、雑賀が主となる前から山田の洗濯物や酒の空き瓶が散らかっていた。それに加えて、床には山田の血を拭き取った新聞紙とティッシュが散乱し、使い終わった食器がキッチンの洗い場に山積みされ、ゴミ箱は生ゴミで溢れている。

室内は腐敗臭と血の臭いでむせ返るようだった。それだけではない。日がな一日寝転がっているベッドのシーツからも汗とカビの臭いが漂っていた。

山田の死体は解体して一部はトイレに流し、一部は冷蔵庫に押し込んだ。

山田のスマホに、雑賀と二人の写真が残されていた。どこかの居酒屋で数人の連れと肩を組み、ふざけている写真。いつ、どこで、撮ったものかは覚えていない。

夜、カーテンを閉めた窓を緊急車両の赤色灯が通り過ぎる。

その瞬間、どこか薄暗い部屋と強烈なライトが頭に蘇り、おぞましい悪寒が全身を駆け巡る。

痛みの記憶が薬を求める。

最近、妙に喉が渇くようになった。おそらく、薬の副作用に違いない。

死体と腐臭と悪寒。

こんな人生がこれからも続くかと思うと体が震えた。

だから薬を使う。

「どうだ。落ち着いたか」鏡の男が問う。

「お前の命令で三人殺(や)った」

「雑賀。お前は従順だ。俺には逆らえない」

男が笑った。

「大きなお世話だ」

「親父のことを覚えているか」

「ああ」

「親父の最期を」

「昨日のことのように覚えている」

雑賀の中に、父親の会社が倒産したときの記憶が蘇る。

いつものように夜遊びして帰宅すると、夜の十時だというのに家の中が騒がしかった。

雑賀は高三だった。

誰かに電話をかけまくる父親を母親が心配そうに見つめていた。

「おたくと取引はありませんでしたがお願いします。そこをなんとか」「急なお願いで申し訳ありませんが、明日、融資をお願いできませんか」「返済を少し猶予して頂きたいのです。もちろん、金はすぐに準備します」

雑賀を小さい時から可愛（かわい）がってくれていた部長が玄関口に立っていた。雑賀は彼に「一体なにがあった」と小声で問うた。

「明日、不渡りが出ます。社長は今、主要な取引先に支援を願い出ているところです」

何本目かの電話でようやく父親に安堵（あんど）の表情が見えた。

「東島（とうじま）物産が支援してくれるそうだ」

良かったわ、と涙目の母親が手を合わせた。

精根尽きたのか父親が床に座り込んだ。

ところがそれから一時間ほどすると、自宅に併設する工場に数十台のトラックが乗りつけた。

外から父親と誰かが言い争う声が聞こえてきた。

「やめろ。約束が違う。支援してくれるんじゃなかったのか」

「俺たちは言われたとおりに商品を運び出すだけだ。どいてくれ。邪魔だ」

ボディに東島物産と描かれたトラックから降りてきた男たちが、倉庫から在庫品の一切合切を荷台に積み込んで行く。

翌日、不渡りに驚いた他の債権者が駆けつけたときには、倉庫にはなにも残っていなかった。

支援するなんて真っ赤な嘘だった。

他の債権者が来る前に、東島物産は金になるものすべてをかっさらっていた。

空っぽになった倉庫の前で父親が債権者に土下座していた。

三日後のことだった。夜、父親に呼ばれた。

「壮志。もう、なにが起きたかはわかっているな」

　雑賀は頷いた。

　中途半端な日々を送っていたとはいえ、雑賀は男気のある父親をどこかで認めていた。

「これから厳しい日々がやってくるが負けるな。お前ならやれる」

「親父はどうする」

「借金はできるだけ減らす。お前になにも残してやれないが勘弁してくれ」

　質問には答えないまま、父親が雑賀に頭を下げた。

　その二日後、父親は倉庫で割腹自殺した。

「どうなってんだよ」「このまま帰れるわけないだろ」「いつになったら残りの金を作るんだ」

　父親の自殺など関係ない、と連日家に押しかけて借金の返済を要求する債権者たちに母親が対応していた。

　一週間後、父親の後を追うように母親が倉庫で首を吊った。

　葬式を出す金もない。区に頼んで荼毘（だび）に付すのが精一杯だった。

　部長が紹介してくれた弁護士の配慮で、雑賀は相続放棄すると同時に、両親の保険金を借金の返済に充てることでなんとか苦境を凌（しの）いだ。

「お前の父親はとんでもない奴だ」「お前の父親のせいで、俺の会社まで潰れそうだ」と債権者から罵声や嫌みを浴びせられた。

金の前では、人は獣になる。

憐れみと蔑みが雑賀を取り巻いた。それまで揉み手をしていた友だちが掌返しするのを見て、雑賀は札つきのワルとしての道を歩き始めた。

「今のお前はあの時から始まった」

「それとこれとは話が違う」

「追い込まれているのは同じだ」

「嫌だ。俺はごめんだ。ここから抜け出す」

「無駄な抵抗だ」

「やってやる。見てろ」

雑賀は体内爆弾を取り出そうと、衝動的に左手にナイフを突き刺した。

傷口から鮮血が滴り落ちる。

痛みを堪え、ゆっくりナイフの刃先を食い込ませる。

スマホが鳴る。

くそったれ、と叫びながら雑賀はナイフを部屋の隅に投げつけた。

（村瀬からの伝言だ。君に最初の任務がある）

「……任務」

（二次試験だ。ある男を処分してもらう）

「殺るのは首相だけじゃないのか」

（状況が変わった）

「待てよ。約束が違う」

（お前の仕事は首相の暗殺だけだなどと言った覚えはない）

「下手に動いて足がついたらどうする」

（私の言うとおりにすれば問題ない）

雑賀は躊躇した。

（なにを怖じ気づいている）

「もう嫌だ」

（お前はすでに五人殺している。今さら遅いんだよ）

「しかし」

（断ることは許されない。詳細は後で連絡する）

そこで電話が切れた。

七月二十九日　火曜日　午後五時
東京都　港区赤坂二丁目　美和商事ビル

夕刻、いつものように会議室に全員が集まっていた。

牛歩とはいえ、捜査は進捗(しんちょく)している。

東郷はそう考えていた。

「室伏。樋口に連絡は取れたのか」

会議の最後に新井田が室伏の報告を求める。

室伏は樋口のアポ取りを指示されていた。

「はい。先ほど電話しました」

「アポは取れたのか」

「明日の九時です」

「今日じゃないのかよ」

西岡が問う。

「はい」

「なんで」

「起き抜けとおぼしきかすれた声で、海外から帰ったばかりでクタクタだから、今日は勘弁してくれとのことでした」

「呑気だな」

「そんな言い方しないでくださいよ。任意なんだから、断られたら仕方ないでしょ。明日、行ってきます」

まるで友人と会うかのような気軽さを感じさせる。未だに本件の捜査の重要度が理解できていないのか。

「室伏。お前はいい。俺が行く」

樋口の事情聴取は室伏には任せられない。

東郷の判断だった。

午後九時
東京都　文京区音羽一丁目　スカイマンション

雑賀は文京区音羽にいた。

準備された宅配便の制服を着て帽子を目深に被り、マスクをつけ、教えられた番号でエントランスのセキュリティを抜け、エレベーターで七階に上がる。

廊下をまっすぐに進む。

七一三号室。

インターホンのスイッチを押す。

（はい）

マスクを取った雑賀はドアスコープの前に立つ。

「宅配便です」

（誰から）

「村瀬さんからです」と、電話で教えられたとおりに告げる。

（村瀬……、しかもこんな夜遅くに。おかしいな）

「こちらが伝票ですので確認して頂けますか」

伝票をドアスコープにかざす。

（遠くて、見えないよ）

ドアスコープに伝票を近づけながら、雑賀はベルトの背中にさし込んでいた拳銃を抜いた。

伝票の裏で銃口を上げる。

「これで見えますか」

「ああ」

伝票越しに雑賀はドアスコープに向かって引き金を引いた。

ドアの向こうでなにかが倒れる音が聞こえた。

やがて、ドアと床の隙間から血溜まりが広がってきた。

七月三十日　水曜日　午前八時五十分
東京都　文京区音羽一丁目　スカイマンション

東郷と新井田は音羽にある樋口のマンション前に車を停めた。

マンションは八階建てで、樋口の部屋は七階の七一三号室だ。

ロビーからインターホンで樋口を呼んでも応答がない。

悪い予感がする。

管理人に玄関のドアを開けさせた二人はロビーを駆け抜けて、エレベーターに飛び込んだ。

行き先階のボタンを押すと、箱がゆっくり動き始めた。

腕時計に目をやると午前八時五十七分。

約束の時間まで三分。エレベーターは今にも止まりそうな速度で上昇を続け、やがてつまずいたように停止した。

開き始めたドアからすり抜けるようにエレベーターを降りた二人は、人気（ひとけ）のない廊下を進み、七一三号室の前までやって来た。

東郷は顔が硬直するのを感じた。

ドアスコープが室内に向かって陥没し、はめ込まれていたはずのレンズは跡形もなく消えていた。

足下に視線を落とすと、東郷のつま先に丸く黒い染みが広がっている。そしてそれは間違いなく不吉の前兆だ。どこからそれが流れ出しているのかは一目でわかる。

「これは……」

新井田の顔が引きつった。

東郷はズボンのポケットから取り出したハンカチで右手を覆い、ドアノブを掴む。

鍵がかかっている。

扉を開けさせることなく、室内に踏み込むことなくターゲットを射殺している。

見事な腕だった。

午後三時四十分
東京都　文京区音羽二丁目　大塚警察署　遺体安置所

大塚警察署は署員数およそ百六十名の警察署で、警視庁第五方面に属し、護国寺をはじめとする寺院、お茶の水女子大学、筑波大学附属小・中・高等学校など、数多くの学び舎がある文京区の西部を管轄している。

地下の遺体安置所のキャリアに載せられた樋口の遺体は、ペンキで塗られたように真白だった。オゾンによって除染と脱臭の処置が行われているのに、遺体から死臭が漂っている。

顔の右半分がざくろのように裂け、眼球は視床下部の部分から脱落している。右目から頭部に侵入した弾丸は間脳と脳幹の間で炸裂した。

このため、視床、中脳、橋、延髄などの中枢部分が破壊されただけでなく、内部からの衝撃で頭蓋骨はえぐられたように吹き飛び、髄膜がその縁にこびりついていた。

とても昨日まで生きていた人間とは思えない。

樋口の遺体から回収された破片とドアの貫通孔からして、使用されたのは7・62ミリ炸裂弾と断定。貫通力を高めるために徹甲弾と組み合わせてあった。炸裂弾とは『エキスプロッシブ』と呼ばれ、弾頭内に少量の爆薬と単純な慣性式起爆装置を詰めたものだ。

間違いない。プロの仕業だ。犯人はインターホンで樋口を玄関まで呼び出して、ドアスコープから覗（のぞ）いたところを銃撃した。

それにしても、なぜ村瀬は樋口を殺害したのか。

新井田が、樋口の顔だった部分に白布をかけてやる。

「高い授業料だったな」

新井田が背中で室伏に語りかけた。

「まさかこんなことになるなんて思いもしませんでした」

「相手も必死だ。捜査中は常に気を張っていろと言ったはずだ」

「そんな言い方はないでしょ。私はいつも集中して捜査に当たってます」

「なら、なんでこんなことになったんだ！」

振り返った新井田が、室伏の両襟を掴む。

「昨日のうちに樋口に会えばこんなことにはならなかったはずだろうが」

「でも、それは私だけの責任じゃありません。昨日の会議で皆さんは、今日のアポ取りを承諾されたじゃないですか」

「他人に話を振るな」

もういい、と東郷は新井田をなだめた。

新井田が室伏から手を離す。

「係長。捜査方針は会議の合意で決まると、私は思ってました」

室伏が東郷に救いを求める。

室伏の小賢(こざか)しさが鼻につく。

「室伏。もしお前が独りの力で村瀬を逮捕しても、捜査員全員の成果だと言えるか」

「当然です」

「ねーよ。お前が村瀬を逮捕できるわけがない」

腹立ち紛れに新井田が毒づく。

「なんで、そう決めつけるのですか」

「村瀬を追い込める奴が、みすみす重要参考人を殺られるかよ」

「だから、それは……」

「また言い訳かよ」

「なんですか。どうして、私一人を責めるんですか」

「お前がトロいからだよ」

「失礼な。私は……」

「もういい！」

思わず語気を強めた。重要参考人の仏の前で交わす会話か。

室伏、これだけは言っておく、と東郷は感情を押し殺した。

「二度と同じ過ちは犯すな。いいな」

「わかってます」

「お前に必要なのは言葉じゃない。実行だ。他人の話をする前に自分を見つめなおせ」


東郷たち三人は美和商事ビルに戻った。

道中、室伏は終始無言だった。

剖検(ぼうけん)の結果、犯行時刻は昨夜の二十時から二十二時のあいだと推定された。

「敷鑑(しきかん)は継続中ですが、今のところ遺留品(リュウ)もなし。見事な仕事です」

それにしても、と東郷は天井を見上げた。

「村瀬の動機は？　どうやってこんな凄腕(すごうで)の暗殺者とコンタクトを取れたのか」

村瀬は善意の活動家だ。裏の世界に通じたことなどない。殺人やテロ、暗殺とは無縁の男だ。そんな村瀬が自身で暗殺計画を段取りしたのか。そしてなぜ盟友を殺したのか。

妻子を殺された異質の怒りと憎しみで、理想にこだわろうとしていたはずの村瀬は裏の世界と通じるようになったのか。

どこかで声がした。

「村瀬が……。係長、聞いてます？」と新井田が頬を膨らませている。

「ああ」と東郷は気のない返事をした。

「村瀬は信念の男です。そんな彼が周到な準備のもとで動いたなら、その行動に明確な目的と意思があるのでしょう。中途半端な行いを嫌う彼が、池田首相の暗殺を決断したのなら、命をかけてでも目的を果たそうとする」

「彼はすでに失うものがない」

「我々の捜査と併走するように、事件が起きているのが気になります」

たぐり寄せようとする縦糸に、妙な横糸が絡み始め、手を伸ばそうとするほどに、手がかりが闇の中へ引きずり込まれていく。編糸がもつれてしまう前に、手を打たねばならない。

「俺の宿題はどうなった」

こちらをご覧ください、と新井田がタブレットに一枚の写真を呼び出した。

「これは樋口のマンションの防犯カメラに映った犯人らしき男です。マスクをして宅配便の配達を装っています。身長は、百八十センチ弱と推定されます」

「それで」

「別の写真をお見せします。まずこちらをご覧ください」

新井田がタブレットにアップしたのは、二枚の顔写真だった。

「この二人は、二月十五日に新宿一丁目のコンビニで強盗に射殺されました」

「この二人が今回の事件と関係があるのか」

二人を射殺した犯人がこちらです、と新井田が別の顔写真に入れ替える。

「コンビニの防犯カメラによれば、ＮＢＡのキャップを被り、マスクをした強盗殺人犯の身長は百八十センチ弱で体格も樋口を殺った男に似ています」

「事件は？」

「未解決です。というのもこの男は、犯行直後に店の前で何者かに連れ去られました」

次はこちらをお願いします、と新井田が防犯カメラの映像らしき画像を呼び出す。

「七月十七日の夜、池袋二丁目で男が二人射殺されました。一人は胸に二発撃ち込まれ、一人は眉間を見事に撃ち抜かれています。この殺人事件の犯人も身長は百八十センチ前後、マスクをしていますがコンビニ強盗と同じキャップを被っています」

最後はこちらです、と新井田がタブレットをタップする。

「七月二十五日、新橋の自爆テロ現場で男二人が揉めていました。一人は服毒自殺し、一人は現場から立ち去りました。立ち去った男も身長は百八十センチ前後、しかもコンビニ強盗と同じキャップを被っています。ただ、この男はマスクをしていません。防犯カメラだけでなく、二人が揉めている現場をインスタにアップした投稿者からも顔写真が手に入りました。現在、目の周りのデータから最初の三枚の写真と顔認証中です。もうまもなく犯人を特定できると思います」

「同一犯ということか」

「私はそう思います」

「コンビニを襲った直後に何者かに拉致された男が再び現れ、池袋で人を殺し、樋口を射殺し、新橋の自爆テロ現場で写真を撮られていたと」
「はい」
何者だ。
東郷の周りで、百舌鳥の群れのように謎が飛び回る。
東郷は写真を見つめた。
ＮＢＡのキャップにマスクをした長身の男。
こいつが冷酷な暗殺者なのか。
捜査の過程で、東郷は言葉にならない違和感を覚え始めていた。

七月三十一日　木曜日　午後三時
東京都　港区赤坂二丁目　美和商事ビル

第一会議室。
この部屋にこもり始めて二週間が経った。壁にはメモ用紙や村瀬たちの顔写真などが所狭しと張りつけられ、壁際に積み上げられたダンボール箱には昨日までの捜査で集められた資料や報告書が無造作に投げ込まれていた。

瓦石のごとき資料ばかりなのに、一向に処分されないのは警官の悲しい性ゆえだ。

そんな会議室を抜け出して、東郷はオフィスに戻った。

椅子に深く腰かけ、机の上で組んだ両手に顎を乗せた。

なんとなく周りの空気に居心地の悪さを感じる。ものぐさで陰気な東郷の素ぶりのせいではなく、敵意に近い緊張感が室内に満ちていた。

二係の捜査員たちは、東郷と距離を置くか、素知らぬふりを決め込んでいるが、時折こちらを向く視線は尖っていた。東郷の特権が気に入らないのか。

根気と焦燥が東郷の頭上で舞っている。

そのとき、事務方の職員が、「失礼します」と扉を開けて顔を出した。

「東郷係長にお届け物です」

「俺に」

職員が風呂敷包みを東郷に手渡した。配膳室に場所を替えた。東郷は包みをほどいた。スーツ、シャツと下着の着替え、新しい洗面道具などが要領よくまとめてあった。

さらに封筒が一通。東郷は中の便箋を取り出した。

『家にも戻れないほどお忙しいご様子なので、さし出がましいとは思いましたが身の回りの品をお届けします。くれぐれも体調にはお気遣いください。

由美子』

どうやら離婚した後も、時々、家の様子を気にかけてくれているらしい。
こんな自分勝手で薄情な男に……。
張り詰めていた気持ちが僅かに緩んだ。
由美子の気遣いが、もう一つの人生を教えてくれる。
警官の道ばかりを歩いていると、いつのまにか人の道を忘れている。
人の道を歩いているつもりが、他人（ひと）のために歩く道があることに気づかない。
他人（ひと）のために道を歩くなら、人を信じる意味を知らねばならない。
この事件が終われば、一度、立ち止まって考えてみようと思う。
由美子と一緒に。
きっと、彼女ならわかってくれる。
そうすれば、なにかが変わるかもしれない。
便箋を戻した封筒を、東郷は内ポケットに押し込んだ。
廊下に出ると、新井田がやってきた。

新井田が周囲に気を使う。

「どうした」

「ちょっと、室伏の件でご相談が」

現実が戻ってきた。

「今ならいいぞ」

「ここではちょっと。向こうでお願いします」

廊下の奥を視線で指してから新井田が踵（きびす）を返す。

突然、会議室のドアが勢いよく開け放たれた。

メモを片手に西岡が東郷と新井田を呼ぶ。

「ママからたった今連絡が入りました。土曜日の十三時半に大宮（おおみや）のソニックシティで岩下と田崎が待ち合わせだそうです」

午後八時
東京都　港区六本木三丁目

三日に一度、食料と薬が部屋の前に置かれ、集合郵便受けには資料が投げ込まれていた。それらを取り込むのは、他の住民と顔を合わせない深夜だから、誰が届けているかはわからない。少なくとも残飯を漁る生活からは抜け出せた。

このところ、視覚が色彩を失い、物が白黒に見えるようになった。

いつも鏡の男が側にいる。

鏡の男と語り合うのが日常になった。

村瀬が届ける玄米飯、肉と野菜が適度に配分されたバランス食とプロテイン入りの牛乳は、病院の食事なみに淡白な味つけだから食欲をそそりはしないが、「美味しい」という感覚、食事を楽しむという感覚を忘れた雑賀は気にもしない。

最新の資料は狙撃ポイントにかんする情報だった。

日本の警察、公安がすでに雑賀の追跡を開始していることは覚悟していた。村瀬には射撃や格闘の訓練だけでなく、公安の捜査方法、あらゆる状況を想定した攪乱・逃走方法なども叩き込まれてきた。

資料チェックの合間、雑賀は自分の過去を知っている人物がいないか、山田のスマホに記録されている番号、メルアド、履歴をチェックした。

つけっ放しにしていたパソコンのチャイムが鳴った。インターネット電話が雑賀を呼んでいる。ウェブカメラを自分に向けた雑賀は、画面のロックを解除した。

いつものように、相手の画像は届かない。

（先日は見事だった。ところで、宿題は進んで……）

んっ、と村瀬が怪訝（けげん）そうな声を出す。

（ずいぶんと部屋が汚れているな。後ろの壁の染みはなんだ）

山田を処分したときの痕跡に気づかれた。

「なんでもない。最初からついていた」

（そんな部屋にいると体調を崩すぞ）

「俺にはこれぐらいがちょうどよい」

再び、ディスプレイが沈黙する。

（それはそうと、狙撃ポイントは決めたのか）

「ああ」

（標的を確実に仕留める君のポイントは）

「当然警備は厳しいが、見通しの良いところから狙う」

雑賀は手元に置いていた迎賓館（げいひんかん）周辺の航空写真と地図を取り出した。警察が自分たちの動きを察知しているなら当然、首相の行動範囲を限定してくる。

（永田町（ながたちょう）の青山通り沿いは）

「だめだ。守る方は固めるだろう。新宿通りも同じだ。ビルからのヒットポイントは多いけれど、連中もそれは承知している」

（首相の移動経路がどこになるかは未定だ。しかし一度は迎賓館から皇居へ移動する）

「そのときを狙う。選択肢は新宿通りルートか青山通りルートだけ。奴らはおそらく青山通りルートを選ぶ」

村瀬から見えるよう、カメラに向けた地図の上をなぞった雑賀は、一点で指先を止めた。

「ここだ」

赤坂見附（あかさかみつけ）の交差点。

（いい選択だ）

満足そうな声が抜けてくる。

一つ教えてくれ、と雑賀は問うた。

「首相は色々なイベントに出席する。なぜG20、そして迎賓館なんだ」

雑賀は八月末に開催されるG20の場、しかも迎賓館に向かう経路で首相を狙うように指示されていた。

（首相が自身の失政で殺されたことを世界中に見せつける必要がある）

「失政？」

（政権の延命のために命を翻弄したことだ。機会と場所が派手であればあるほど、我々の怒りを世界中に見せつけることができる）

どうやら、村瀬には雑賀が思いもつかない動機があるらしい。

（ところで、下に停めてある車に素晴らしいものを用意した。木箱が二つ。君にとっては宝の箱だ。車と一緒に受け取ってくれたまえ）

「木箱……」

（君なら中身の使い方など、すぐに覚えてしまうだろうな）

「暗殺に成功すれば解放してもらえるんだろうな」

（十分な報酬もだ）

八月二日　土曜日　午前八時
埼玉県　さいたま市大宮区錦町　大宮駅指令室

借り切った大宮駅の会議室で最終の打ち合わせが行われていた。

作戦の目的は岩下の発見と追跡で逮捕ではない。指揮を執るのは新井田。岩下発見には一係八人に加えて、尾行に馴れた公安二課の協力を得る。

『岩下のスマホが使用されたのは宇都宮市内。そして大宮まではJR宇都宮線で行くと田崎に伝えている。よって作戦のポイントは大宮駅構内だ」

十八人の公安捜査員を三班にわける。

「まず一班六人は、大宮駅構内の担当だ。二班六人は、駅からソニックシティまでの道筋を担当。そして三班六人は、ソニックシティのイベント広場を担当する。一班の班長は渡辺巡査部長、二班は二課の江口巡査部長、そして三班は西岡巡査部長だ。そして新井田は、大宮駅構内の指令室から捜査の状況を把握しつつ指示を出せ」

捜査員全員を目の前にして、ホワイトボードに描かれた大宮駅周辺の地図を指さしながら、東郷が作戦の内容を説明する。

その先は新井田が説明を引き継ぐ。

「駅構内で一班が岩下を確認した場合はただちに無線で報告しろ。その後、一班は改札口まで目標を追跡してから二班に引き継ぐ。二班は目標と十メートル程度の距離を保ちつつ、尾行を開始する。そして目標がソニックシティに入ることを確認してから三班に引き継ぐ」

「三班は、岩下を目視できる物陰からその位置を確認しておくこと。岩下が広場に入ったあと、二班は三人一組にわかれて待機。岩下が広場を出たらただちに尾行を再開する。岩下が駅を出たあと、一班は改札内で待機。最大のポイントは帰路の大宮駅になる。心してかかってくれ。なにか質問は」

「ＪＲが遅延した場合は」

「そのときは各自、臨機応変に対応しろ」

渡辺が手を挙げた。

「容疑者が帰路に大宮駅以外へ向かう場合もあると思いますが」

「その場合は二班が追跡を続行する。他の班は待機」

「タクシーの場合は」

今度は西岡だ。

「その場合は覆面で追跡する」

「途中で逮捕命令が出ることは」

江口だ。

「ありえる」

一通りの質問が終わったあと、もう一度作戦の内容が確認された。

東郷は最後尾の椅子に座った。

村瀬たちの居場所を割り出す手がかりが見つからない現状では、岩下を見失うことは捜査が振り出しに戻ることを意味する。

この作戦が失敗に終わっても、奴が立川に現れる可能性は残されているかもしれない。しかしそれは空しく、そして屈辱的な希望だった。

午後一時半
埼玉県　さいたま市大宮区錦町　大宮駅指令室

朝からぐんぐん気温が上昇する大宮の街に公安の網が張られていく。

ソニックシティは大宮の人気スポットで、休みともなれば家族連れやカップルで賑わいをみせる。

雑踏に紛れ込んだ捜査員たちは、周りの色と匂いに擬態することで自らの存在を消し去る。彼らの横を通り過ぎる茶髪の若者たちも、今日にかぎっては岩下から身を隠す最高の隠れ蓑だった。

岩下は十三時十二分大宮駅着の宇都宮線快速電車から姿を現した。

一班から岩下発見の一報が入る。東郷は駅構内の監視カメラのモニター画面を新井田の背後から覗き込む。各ホームから改札への通路が映し出され、岩下と同じ電車で到着した乗客たちが画面を通り過ぎていく。

「奴です」

モニターの端を指さしながら新井田が振り返った。

確かに岩下だった。写真で何度も確認した顔。小柄で猫背ぎみの胴の上に、どこか抜けたような猿顔がのっている。ワックスで逆立てた髪の毛、右の耳だけにはめられたピアス。派手な柄のプリントTシャツにダブダブのショートパンツ、手にはセカンドバッグ、そして、ナイキ製のスニーカー。本人はラッパー気取りでクールに決めたらしいが、東郷たちから見れば地球に墜ちてきた異星人だった。

「二班は」

「準備完了です」

新井田が、モニター画面を改札のカメラに切り換えた。

西口改札を抜けた岩下が、ペデストリアンデッキの人混みを歩く。目一杯気分を出して、だらだらとガニ股で歩く姿は滑稽だ。

十メートルほどの距離を置いて、二班が追跡を開始する。あれだけハデな格好なら見失うことなどありえない。追う方からすれば「ごっつあん」の標的は、自分がつけられていることに気づく様子もなく、ソニックシティのイベント広場へ向かった。

獲物が入った網の口を閉めるも緩めるも、すべては新井田の判断に委ねられる。

広場の時計に目をやった岩下が、鼻の下を伸ばしながら電子タバコをくわえる。この時点で、半径二十メートルの包囲網に収まった岩下は、全方位から完璧に捕捉されていた。

（三班配置完了です）と報告が入る。

十分が経ち、二十分が経ち、ついに約束の時間から三十分が過ぎた。

田崎は来ない。

バッグから摑み出したスマホを、岩下がしきりに操作している。

二本目の電子タバコを口にしながら、岩下がなにやら毒づいた。

カートリッジを床に投げつけた岩下が歩き出す。

モニターの中で私服捜査員が弾かれたように動き始める。

広場からの状況報告を確認した新井田が、ただちに一班、二班に対してスクランブルの指令を出した。

足早に駅まで戻った岩下が、中央自由通路から改札口を入ってすぐの売店で立ち止まった。

追手には気づいていない。

渡辺刑事らは人混みに紛れて様子を窺（うかが）っている。

スポーツ新聞を買ってから岩下が売店を離れる。

高崎（たかさき）線の上り電車が到着する六、七番線のホームに続く階段で立ち止まる。

どうやら東京へ向かうつもりらしい。

階段を下りた岩下が七番線ホームの中程に立ち、そこで新聞を広げた。

休日のせいかホームに人影はまばらだ。少し離れた待合椅子には、酔った中年男がぶつぶつ独り言を呟きながら、へたり込んでいる。

階段を下りた渡辺たちが、目で合図を交わすと二手にわかれた。

一組は岩下の背後を通り過ぎて東京側に位置を取る。渡辺が二十メートル程の距離を置いて、岩下の高崎側に位置を取った。

午後二時二十九分
埼玉県　さいたま市大宮区錦町　大宮駅六番線

もうまもなく、十四時三十三分発の伊東行き普通列車が到着する。

岩下が新聞を手の中で乱暴にたたんだ。

そのとき、ホームの下り方向から怒声が響いてきた。

酔った中年男と、髪をメッシュに染めた若者が揉めていた。

中年男が大声で叫びながら、メッシュの胸ぐらを摑んで激しく揺する。

（なんだ、おまえ！）（うるせーんだよ！）

周りの乗客が遠巻きに見つめるなかで、二人の取っ組み合いが始まった。

ホームが騒然となる。二人の周りに人が集まり始めた。

メッシュが中年男を殴り倒す。仰向けに倒れた拍子に後頭部を強打した男が、そのまま線路に転がり落ちた。

（どいてください）

野次馬をかき分ける若い駅員の苛立った声が人の壁にはね返る。

（なにしてるんですか）

若い駅員が体当たりするようにメッシュの腕を摑んだ。

メッシュがその手を振り払いながら応酬する。

北から入線して来る電車が見えた。

（そんなことより人が線路に落ちたぞ！）（そこだよ、そこ）

乗客が叫ぶ。

ようやく駅員が状況を把握した。

野次馬を押し退けて柱に駆け寄った駅員が、非常停止ボタンを押す。

上り電車はすでにホームの手前まで進入していた。

ブレーキの金切り音が響き渡る。

「まにあわない」

誰かが叫ぶ。警笛音を引きずりながら電車が通り過ぎる。

隣の九番線ホームからは、宇都宮行き快速電車の到着時刻を知らせるアナウンスが聞こえてきた。

埼玉県　さいたま市大宮区錦町　大宮駅指令室

今まで呆気に取られて事故の様子を眺めていた岩下が、九番線ホームを見た。七番線ホームでは駅員たちが転落場所に集まって、しきりになにか叫んでいる。

その騒動を横目にそろりと踵を返した岩下が七番線のホームから飛び降りる。どうやら東京行きを諦めて、宇都宮に戻るつもりらしい。

「止めますか」

新井田が振り返る。

「いや。そのまま行かせろ」

東郷の指示に周りの捜査員たちが、「えっ」と目を見開いた。

「一班が岩下を見失ってしまいますよ」

「構わん。奴が渡り切るまで待て」

猫のように線路を素早く横切った岩下が八番線ホームにかじりつく。

騒ぎに気を取られていた一班全員が岩下の行動を見落としている。

岩下が線路を横切り終えたことを確認してから、東郷は新井田の手からマイクを抜き取った。

「渡辺。どこを見てる。岩下が移動したぞ」

渡辺が振り返る。血相を変えて周囲を捜す一班の捜査員たち。

「よく見ろ。九番線だ。追え」

東郷の無線に渡辺が九番線ホームに立つ岩下を発見した。対面の八番線には通過列車が、九番線には宇都宮行きの普通列車が進入し始めている。

　一班全員が全速力で階段を駆け上がり始めた。

「二班を走らせますか」

　新井田が、東郷を振り返る。

「狼狽えてフォーメーションを崩すな」

　新井田が監視カメラの映像を切り換える。

　九番線のホームでは、到着した電車から客が降り始める。

　彼らを追い立てるように発車ベルが鳴り響いた。

　モニター内で、七番線の階段を上り切った渡辺らが通路を駆け抜けて八、九番線へ通じる階段にさしかかる。

　前方からは二班が駆け寄って来た。

　右手を上げて二班を制した渡辺が一班だけを引き連れて階段を駆け下り始めた。

　ところが同じ頃、到着した電車から吐き出された乗客が最悪のタイミングで階段を上がって来る。

「どいてください」

　強引にその人混みをかき分けようとする渡辺たちに、「なんだお前ら」と数人の客が食ってかかる。階段の中程で一班全員が人混みに飲み込まれているうちに、発車ベルが鳴り終わった。

「まにあわない」

新井田の瞳孔が全開になる。

無線を切り換えた東郷は、大宮駅の列車運行管理室を呼び出す。

「東郷です。九番線から発車する宇都宮線下りの快速、一分の延発お願いします」

東郷の指示で、一度青になった信号が赤に変わる。

東郷が無線で渡辺を呼ぶ。

「一班へ。電車は一分の延発、慌てるな。気づかれることなくホームへ下り、予定どおり行動せよ。二班は通路で待機」

九番線では発車ベルが断続的に鳴り響く。

ようやく人混みから抜け出た一班が岩下に気づかれることなく、彼の乗った四号車と、その前後の三、五号車に分乗した。定刻を一分過ぎた十四時四十二分。宇都宮線下りの快速電車はホームを離れていった。

新井田が両手で顔を覆った。

「係長。ありがとうございます」

「いい勉強になっただろ」

東郷は新井田にマイクを戻した。

八月六日　水曜日　午後五時
栃木県　宇都宮市下戸祭一丁目　宇都宮中央警察署

机に頬杖をついた東郷は、窓の外に広がる夏空に隆々と盛り上がる入道雲を見ていた。

八月二日、宇都宮駅で電車を降りた岩下は、メイン通りを西へ歩きながら田川(たがわ)の橋を渡り、通りの両側に少しくたびれた低層の商店や飲食店が並ぶ大通り三丁目二番で、メイン通りから脇道へ入ったところにあるビル内の事務所へ戻った。

東郷と新井田たちは、栃木県内では筆頭警察署の宇都宮中央警察署に指揮所を移すと、岩下の視察を続けていた。

捜査員は根気強く事務所を視察し、周辺の地取りを行う。

宇都宮中央警察署の協力を得て、駅構内、駅前のロータリーには私服捜査員が、ビル近くのメイン通りには覆面パトカーが二台配置され、二十四時間態勢で遠張りを続けていた。

岩下は午前と午後の二回、決まって外出する。

その度に私服捜査員が後をつけるものの、彼の行き先は近くのコンビニか食堂で、用を済ますと事務所に戻るという単調な生活を繰り返していた。夜は夜で外出もせずに事務所で過ごしている。

他には誰も姿を見せない。一日三交代で張り込んでいる捜査員たちも、昨日あたりからは手持ちぶさたな様子で、なんとなく諦めムードが漂い始めていた。岩下を発見したときの勢いはすっかり萎(な)えて、心の隅に疑念が浮かび始めている。

新井田が、うんともすんとも言わない無線機を睨みつけていた。

事務所にも動きはないが、岩下のスマホにもコールは入らなかった。

「大きな定置網を仕かけたにもかかわらず、中には小魚一匹だけですか」

新井田の自虐ネタに、一分が呆(あき)れるほどゆっくりと過ぎていく。それなのに、一日はあっというまに過ぎ去った。

時計が午後五時を回る頃、新井田が東郷にコーヒーを手渡した。

朝からすでに十杯は超えている。

「今日も現れませんね」

新井田が東郷の目をちらりと見た。

待機している他の捜査員も、なんとなく東郷の様子を窺っている。それは不漁続きの船長と船員の関係に近い。迷える船長は答えなかった。G20の開幕は八月三十日。タイムリミットが迫りつつあった。ただ、岩下を逮捕しても奴がなんの情報も持っていなければ今までの苦労は水の泡となる。日々、岩下が事務所で過ごしている事実が、なんとなくその予感の正しさを暗示している。

決断をくださねばならないのは東郷だった。

そのとき、スマホを見ていた室伏が「あっ」と声を上げた。

「やばい。樋口の件がマスコミに漏れた」

室伏がスマホを東郷に向ける。

『去る七月二十九日、音羽のマンションで出版社の社長がドア越しに射殺されました。猟奇的な殺人事件に、周辺住民に不安が広がっています』

記事には、マンションの管理人のインタビューまで添えられていた。

机の電話が鳴った。素早く受話器を取った新井田が、送話口を押さえながら東郷に囁(ささや)いた。

「課長からです」

もしや、といった表情で椅子から身を起こした東郷は、新井田から受話器を受け取った。

「東郷です」

（いつまでそこで油を売っている！）

顔をしかめた東郷は受話器を耳から遠ざけた。山崎の怒声が受話器を抜けて来る。

（樋口の件がマスコミに漏れた。猟奇殺人犯が現れたと騒いでいるぞ）

「知っています。ただ、それを私に言われても……」

（村瀬はどうなった）

「現れません」

（岩下はまだ事務所にいるのか）

「そうです。奴は確かにビルにいます」

（岩下をただちに拘束しろ）

「しかし、まだ可能性としては……」

（聞こえんのか。岩下を拘束して、村瀬の居場所と暗殺者の素性を吐かせろ）

「もし彼が知らなければ、そこで村瀬へのルートが途切れてしまいます」

（それをなんとかするのが、君の仕事だ。くだらんことを聞くな）

そこで電話が切れた。

「聞こえただろ。岩下を挙げるぞ」

受話器を置いた東郷は、部屋中に聞こえる声で言った。

一線を越えると、物事は坂道を転がり始める。後戻りできない状況で東郷の警官としての誇りと意地が問われている。

佐々木の背中がすぐそこに見えていた。

八月七日　木曜日　午前十時
東京都　港区赤坂二丁目　美和商事ビル

「だから、昨日しゃべったこと以外はなんも知らねーよ」

取り調べ室の中央に座らされた岩下が貧乏揺すりしながら新井田と向き合っていた。

大宮駅での過失往来危険罪と鉄道営業法第三十七条違反の疑いで同行を求め、昨夜のうちにこの場所へ移送された岩下に対して、さっそく尋問を始めたが結果は空振りだった。

明らかになったことといえば、立川近くの福生で生まれた岩下は両親の離婚をきっかけに、中学生の半ば頃からグレ始め、高校中退後は立川の暴走族に入って無免許でバイクを乗り回していたこと。三十路も近くなると現実が見えてきたらしい。暴走族も引退の歳となり、人生の目的を失いつつあった頃、偶然村瀬と出会い、なんとなく彼の連絡会に出入りするようになったことぐらいだ。

一旦暗箱（あんばこ）に戻された岩下に対して、この日は朝の八時から尋問を再開した。

「二月十日に引っ越してからどこへ行ってた」

新井田の尋問が本題に入っていく。

「引っ越しの荷物運びを手伝っただけだ。それが終われば帰れるはずだったのに、留守番頼まれたおかげで、ずっと事務所で寝泊まりしてた」

「独りでか」

「六月までは中嶋のおっさんと一緒だった」

「村瀬は」

「同じだよ。なんでも、新しい連絡会の立ち上げで色々やることがあるから、しばらく留守にすると言ってた」

「そのあいだ、村瀬からの連絡は」

「おっさんにはあったようだけど俺は聞いてない」

「いつも中嶋と二人きりだったのか」

「いいや。おっさんも時々、なにかの準備があるからと二、三日事務所を空けてた」

「樋口という男を知ってるか」

「村瀬の友達だろ。知ってる」

「先週殺されたよ」新井田がさらりと流す。「お前、最近何回か電話しているが、これは村瀬の番号か」

「……ああ、繋がらなかったけどな」

他のことを考えていたらしき岩下が不意を突かれたように答えた。

「それはいつものことか」

「ほとんどね。俺も必要ないときは電源を切れと言われてたし」

「変だとは思わなかったのか」

「思ってたさ。でもおっさんから、村瀬は大事の前だからしばらく姿を消すと聞かされてた」

岩下がむきになる。

「連絡会の立ち上げでしばらく留守にするんじゃなかったのか」

「最初はそう言ってたけど、あんまり姿を見せないからおかしいと思って、おっさんに聞いたら、そう答えたんだよ」

「村瀬は、お前たちに行き先は明かさなかったのか」

「ああ」

「よく中嶋が納得したな」

「おっさんもだんだん苛立ってきて、六月に事務所を出て行ったきりだ」

正真正銘の雑魚だ。思想的なバックボーンもない元暴走族に、一世一代の大勝負を手伝わせるほど村瀬も甘くはない。

「それよりなんでそんなこと聞くんだよ。関係ねーだろ。だいたい線路を横切ったぐらいで逮捕されるのかよ。弁護士呼んでくれよ」

そのとき、取り調べ室のドアが開いて顔だけ覗かせた室伏が呼ぶ。

「係長、よろしいですか」

廊下に出た東郷の耳元で室伏が囁いた。

「中嶋が殺されました」

「なにっ」東郷は一瞬絶句した。「いつ」

「先程、栃木県警から連絡がありました。二日前に死体で発見されました」

「場所は」

「宇都宮の南西、群馬県境に近い佐野市田沼町の渓流へ釣りに出かけた男性が、川辺で一部が腐乱、白骨化した死体を発見しました。手配書にあった歯型との照合で中嶋と判明。身体外表の検査による所見、損傷などの異状の有無にかんする記録と写真によれば、遺体は頭部を撃ち抜かれ、死後一カ月程度と推定されています」

手渡された死体検案書によれば、外傷で顕著なのは頭部の銃創と切創とのこと。中嶋は不意を突かれたのか。

東郷は死体検案書を持って取り調べ室に戻った。尋問を続けている新井田の隣に座った東郷は、中嶋の変わり果てた写真を岩下の前に投げ出した。

今まで足を組み、斜に構え、精一杯かっこつけていた岩下の動きが止まった。

顎を上げた岩下が生唾をゴクリと飲み込む。

「お前、どうやら大変なことに首を突っ込んだようだな。村瀬は中嶋まで始末したぞ」

「なんでおっさんが殺られるんだよ」

岩下の舌がもつれる。

「村瀬はでかいヤマを踏もうとしている。そのために邪魔者は消す」

岩下の顔が歪んだ。鼻孔が拡大する。瞳の動きが落ち着かない。

「次に消されるのは、間違いなくお前だ」

「村瀬がそんなことするわけねーよ」

岩下が泣き声になる。

「するさ、現に長年のつき合いだった中嶋と樋口を始末した」

東郷は冷たく言い放った。

岩下の顔色が、自分の置かれた立場を理解しつつあると教えている。

「別に俺はヤクザなんか恐くねーよ」

絞り出すようなかすれ声で岩下が強がった。

「わかってないな」

「なにが」

「中嶋を殺ったのは筋ものじゃない。この写真を見てみろ。後頭部から脳幹部に一センチの狂いもなく弾をぶち込んでいる。おそらく背後から一撃で殴り倒した後、銃弾を見舞った」

「それがなぜ、ヤクザじゃないとわかる」

「筋ものは殺しが本業じゃない。だから、たまに殺しを請け負った連中は、めったやたらに銃をぶっ放す。射撃が専門じゃないから、いざというときは腹めがけないと当たらん。中嶋を殺った奴からすりゃ、筋ものはアマチュアだ」

「だからなんなんだよ」

精一杯力んで東郷を睨みつけた岩下の声がうわずる。

「まだわからんのか。用がなくなった中嶋は情け容赦のない暗殺者に惨殺された。連中がお前を見逃すわけがないだろう。もし俺たちがいなけりゃ、大宮から帰ったその日にもお前は消されていたはずだ。これから先、お前がどこへ隠れようと無駄だ。お前は中嶋と同じ運命をたどる。かわいそうに。もう逃げられんぞ。お前が助かる方法はただの一つ、俺たちに協力して連中が逮捕されるのを待つことだけだ」

「くそ、お前らのせいだぞ」

岩下が机に掌を叩きつけた瞬間、空元気が飛び散った。

「死にたいのか」

東郷は声にドスを利かせた。

岩下が押し黙った。うつむき、肩をすぼめ、悩み、そして怯(おび)えている。

やがて小声で答えた。

「本当に守ってくれるんだろうな」

東郷は岩下の前に関東甲信越地方の地図を広げた。

「まず、引っ越しの日の経路を教えろ」

立川から宇都宮。岩下の話では連中は国立インターから中央道、首都高を経由して東北道に乗った。この間の走行距離は百八十キロ。帰りが同行程なら、走行距離はしめて三百六十キロ。残りは百四十キロだった。

おそらく村瀬らは宇都宮からそう遠くない場所にいる。

「思い出すんだ岩下。なんでもいい。他になにかないか」

岩下が、はっと顔を上げた。

「そういえば」

八月十日　日曜日　午後零時十分
東北自動車道　岩槻インターチェンジ付近

東郷たちを乗せた覆面パトカーは東北自動車道を走る。

警官の運転で助手席に東郷、後席に岩下を挟んで新井田と警官が座る。岩下を連れた引き当たりのために東郷たちが目指す先は栃木県の佐野市田沼町だ。

今回、室伏は帯同させていない。

美和商事ビルを出て三十分が経った。

目的地に着くまでのあいだ、東郷は樋口殺害の実行犯と思われる男の捜査状況について報告を求めた。

「例の男の身元は。面は割れているのか」

ルームミラーの中の新井田に東郷は問うた。

「新橋の自爆テロ現場で撮られた写真をもとに顔認証で特定しました。雑賀壮志という男です」

後ろから肩越しに新井田が手渡した写真には、もやしのような長身で、ロングパーマに細面の顔をした男が写っていた。

「新宿の強盗殺人犯、池袋の射殺犯、新橋のテロ現場から立ち去った男、樋口の射殺犯、どれも雑賀です。雑賀は埼玉県川口市生まれの二十四歳。過去に暴行と薬物所持で検挙されています。半グレのワルです」

同級生や隣人からの聞き込みもあわせて、新井田が雑賀の経歴を紹介する。

雑賀は恵まれた家庭に生まれた。何不自由ない身分であったにもかかわらず、高校に進学すると、恐喝や万引きを繰り返す。高三の年に父親の会社が倒産している。さらに会社の倒産からしばらくして、両親が自殺した。

高校を中退し、組事務所に出入りするようになった雑賀は、札つきのワルとしての道を歩き始めた。

あとは坂道を転げ落ちるだけだ。

組事務所で知り合った連中とつるんで恐喝、薬の売人、オレオレ詐欺、あらゆる犯罪に手を染めた。それから六年。二度の逮捕を経るうち、帰る場所もなくなった雑賀は、いつのまにか、安アパートに隠れ住み、糞のような暮らしに染まっていたようだ。夏になれば自分の体臭で吐き気をもよおし、カラスに馬鹿にされ野良猫になじられる日々。稼ぎのない日はゴミ箱を漁り、ボランティアの炊き出しに並ぶうち、羞恥心（しゅうちしん）やプライドはズボンの綻（ほころ）びからこぼれ落ちてしまったのだろう。

裕福な家庭、ドロップアウト、家業の倒産、両親の自殺、その後の転落人生。ここまで見事に堕ちていった男も珍しい。

「顔認証だけではありません。半年前に起きたコンビニ強盗殺人事件の現場から採取された犯人のDNAと血液型が雑賀のそれと一致しました」

「雑賀と村瀬の関係は」

問題はそこです、と新井田が真顔を返した。

「昨年、村瀬の難民救済施設が放火された事件を覚えてらっしゃいますよね」

「もちろんだ」

「あの事件で雑賀は容疑者として逮捕されましたが、その後、容疑不十分とのことで釈放されています」

「なんだと」

放火事件の容疑者だった雑賀を村瀬は暗殺犯に選んだのか。復讐のため？　そうだとしてもどうやって操り、どうやって教育したのか。なぜ雑賀は村瀬の指示に従うのか。

「雑賀の行方は」

「今、追っています」

車は東北道を飛ばす。

新井田の報告が中嶋の話題に変わる。

岩下の記憶では、宇都宮に引っ越したあと、一度だけ村瀬から中嶋に連絡が入ったらしい。連絡もなく放っておかれていることに腹を立てた中嶋が、村瀬の所在を尋ねると、村瀬は「一年をかけた準備がようやく終わったので、後始末をしている最中だ」と答えた。「なぜ携帯が通じないのか、大事な相談事があるのにいつになったら姿を現すつもりか」と食い下がる中嶋に、「ここは山の中でどうしようもない。ただ、事務所から一時間ほどの場所だから、万が一の場合は駆けつける」と村瀬はかわした。電話を切ったあと、中嶋が「村瀬と会ってくる」と事務所を出て行ったそうだ。

「そうだったよな」という新井田の言葉に岩下が頷く。

中嶋のシャツと頭髪からヒマラヤ杉の木屑（きくず）が採取された。すでに朽ちて、相当の年月を経ている木屑。その大きさ、形状が一定しているため、県警ではチェーンソーによるものと推定している。

人目につかない山中、宇都宮から車で一時間、そしてヒマラヤ杉の木屑が発生する場所。これらのキーワードに合致したのは、佐野市田沼町の北部、群馬県境の山中で、中嶋が発見された渓流から沢二つ隔てた谷間に捨て置かれた製材所だった。

「中嶋も哀れな最期でしたね」

助手席の東郷に新井田が声をかけた。

梅雨を忘れた猛夏に襲われて関東平野は干ばつに喘（あえ）いでいる。彼方（かなた）には赤城山（あかぎやま）や日光（にっこう）連山が陽炎の中に浮かび上がり、その稜線（りょうせん）から放たれた雲一つない夏空が南の地平まで続く。干からびた水田では稲が立ち枯れし、土ぼこりが舞い上がる。

このままだと彼方の山々の緑が、死の色に褪（あ）せるまでいくばくもないだろう。

「最初は樋口、次に中嶋、そして仕上げは……」

東郷が振り返ると、岩下がむくれて横を向いた。

佐野藤岡インターで高速道路を降りた車は佐野市、そして田沼の町を抜けて山あいに入った。町から三十分も走ると車がなんとかすれ違えるほどの山道が沢沿いを縫って続く。辺りの山麓（さんろく）は林業が盛んな頃は美しい杉林であったろうに、今では下枝の伐採も行われず荒れ放題だった。

道路の舗装も途切れ、でこぼこの砂利道となってからさらに二十分ほどのぼっただろうか、周囲の林が道沿いから後退し始めると視界が開けた。

「ここですね」

沢の対面に広がるのは、貯木場の跡とおぼしき平地だった。

そこは長い時を経て、一面が密生する雑草で覆い尽くされた荒れ地に姿を変え、所々から赤錆（あかさ）びた鉄骨が突き出ている。そしてその奥、荒れ地を隔てた山裾に大小二つの建物がたたずんでいる。

沢にかかる錆びた鉄橋を渡り、覆いかぶさる雑草のあいだにかろうじて残された車道を抜ける。

捨ておかれた廃屋の前で東郷たちは車を降りた。

蟬の鳴き声がうるさかった。

見上げれば、沢の両側に迫る山々は屏風のようにそびえ立ち、その裾は上流、群馬県境の尾根に向かって重なり合うように閉じていた。熱気がこもる山あいの地は舌を出して喘ぐ犬のように息を潜めて東郷たちを迎えた。

「ここか」

立っているだけで汗が噴き出す。

一棟は二階建てのこぢんまりとした建物で事務所跡らしい。もう一棟は事務所棟よりも二回りは大きく、独特の三角屋根の形とその高さから、一目で木材加工用の工場だったとわかる。しかし外壁を覆うトタン板が所々ではがれ落ち、残りは錆びついて柱や屋根の一部が朽ちた外観は、この建物がいつ倒壊してもおかしくないことを予感させた。

「戦後、林業が盛んだった頃はこの辺りにも集落があって、結構、人が住んでいたようです。建物は昭和三十年の建築ですでに築七十年を超えている。閉鎖されたのも三十年以上前で、ちょっとしたロストワールドです」

ここまでの道中にも朽ちた一軒家が幾つもあった。こんな僻地に人が訪れることなどまずないだろうから、村瀬にはうってつけの場所だったに違いない。

両側の尾根に切り取られた青空から猛夏の陽射しが山腹を照らし、風が静かに木々を揺らしていた。遠く尾瀬へと連なる山々の懐に抱かれ、目の前はイワナの棲む沢。暗殺計画の準備場所としてはいかにも不釣り合いだった。

「係長」と工場の扉の前に立つ新井田が東郷を呼んだ。

「見てください」と新井田が扉の一部を指さす。「この板と釘はほとんど新品ですよ」

打ちつけられた筋交いの板は真新しく、釘も銀色に光っている。その封印が施されてからの経時は長くはない。

「開けてみよう」

東郷の指示に、車のトランクからレンチを取り出した警官が板をはがし、両手をかけた扉の取っ手を思いきり引いた。

錆びついた金具を引きちぎるように車輪が滑り始める。

砂ぼこりを巻き上げながら開け放たれた扉のすぐ内側は、コンクリートの土間だった。右側の壁際には下駄箱が並べられ、左側の壁には便所と書かれた木戸が見える。そして下駄箱の向こう、引き戸のちょうど右側は守衛室らしき小部屋に続いている。

正面奥は板壁で仕切られ、その中央に大きな引き戸が取りつけられていた。

まっすぐ奥へ進んだ東郷は、迷わず引き戸を開けて加工場へ足を踏み入れた。機械類がすべて撤去され、体育館のように広々とした空間に東郷の足音だけが響く。踏みしめる床には朽ちた木屑が散らばり、この場所が切り出した木材の加工場として活況を呈していた頃の面影がしのばれる。

東郷は床の木屑をすくい上げた。長きにわたって忠節を誓ってくれた盟友の頭を暗殺者に撃ち抜かせたのがここだというのか。

後ろから自分を呼ぶ声がした。

東郷が引き返すと新井田たちが守衛室の奥、頑丈そうな鉄扉の前に立っていた。

「地下室ですね」

開かれた扉の向こうは闇への階段になっていた。

「懐中電灯を持ってるか」

同行の警官が、手提げ鞄（かばん）から取り出した大型の懐中電灯を新井田に手渡した。ライトの先を暗闇に向けて階下の様子を窺ってから、新井田が「行きましょう」と先頭に立って階段を下り始めた。

足下に気をつけながら暗い階段を下り切ると、ドアが外れた入り口と、その奥は十畳程の隔室になっていた。天井は低く窓もない。四方をコンクリートで覆われた室内は石棺のようだった。

「なんですかここは」

新井田がうす気味悪そうに懐中電灯のライトを左右に振った。

湿気を含んだ暗闇に、カビの臭いと、なにかが腐乱した臭いが混ざりあって漂う。

東郷は思わずハンカチで口と鼻を押さえた。耐え難い臭気だった。

懐中電灯のライトでわずかに浮かび上がる室内が、かえって不気味な暗闇を強調する。なにか邪悪なものが潜んでいるかのごとき闇。

誰もが無言のまま、その場に立ち尽くしていた。

部屋の奥へ進もうとした新井田の肩を東郷は摑んだ。

新井田の体がビクリと反応した。

「脅かさないでくださいよ」

東郷は床の上を指さした。

懐中電灯に照らされた床に幾つもの足痕と、なにかを引きずった痕跡が残されている。コンクリートについた傷は、その白さからしてそれほど古くない。

「気をつけろ。村瀬の痕跡だぞ」

新井田が向きを変え、壁沿いにカニ歩きで奥へ進む。新井田の姿が次第に闇へ溶け込んでいく。懐中電灯のライトが通り過ぎたあとを、あっというまに闇が覆い尽くす。

ライトの動きが止まった。

部屋のちょうど中央辺り、床の上になにかが盛り上がっている。

壁際から近寄った新井田と東郷は、その物体をはさんでしゃがみ込んだ。

「なんですかね」

新井田が鉛筆でそれを突くと、わずかにほこりが舞い上がった。白く乾涸びた人糞のようにも見える。

「人間のゲロだな」

新井田から懐中電灯を受け取った東郷は、周囲の床を照らす。なぜこんなところに胃の内容物だけが残されているのか。

「係長、これを」

警官が部屋の奥から東郷を呼んだ。

部屋の突き当たり。ライトに照らされて、もう一つの扉が浮かび上がった。

開かずの間へ通じるような鉄扉。

じっとりした空気が肌にこびりつく。

警官が恐るおそる取っ手を手前に引くと、まるで昨日まで使われていたかのように滑らかな動きで扉が開いた。

　奥の部屋は手前の部屋より二回りほど小さく、周囲の壁はやはりコンクリートの打ち っ放し、明かりの設備はなく、対面の壁に開けられた格子窓からわずかな光がさし込んでいる。部屋の隅に錆びついた鉄製のベッドが置かれ、その上には腐ったマットが敷かれている。刑務所の独房を思わせた。

「陰気な部屋だな」

　東郷はベッドに近づいた。

　その脇の壁に規則的な引っかき傷が残されていた。これもまだ新しい。

　彫り込まれていたのは、複数の『×印』だった。

「日数を数えていた」

　新井田が壁の表面についたほこりを慎重に払いのける。

「ここに誰か監禁されていたな」

　普通の神経なら持たないだろう。

「マットも随分、汚れてますね」

　顔を近づけた新井田の表情が、酸味を含んだ臭いに歪む。

　床の上にしゃがみ込んだ東郷は周囲を調べる。やがて円を描くように床を這っていた懐中電灯のライトがなにかを捉える。

そこには浅く細い傷が何本か浮かび上がっていた。壁の傷より浅くて弱々しい。傷跡を追っていた東郷は目を大きく見開いた。その先端にはわずかな血痕らしき染みとはがれた爪の一部が残されている。

死人にうなじを撫でられたような悪寒が走った。

「まるで悪魔祓いの儀式の部屋ですね」

新井田が呟いた。

首を横に振りながら東郷は立ち上がった。

悪魔を払ったのではない。ここで悪魔が生まれたのだ。

二人は階段下まで戻った。

「岩下。おまえ、ここでなにが行われていたのか知らんのか」

「ここに来るのも初めてなのに知ってるわけないだろ。それよりこんな薄気味悪いところは早く出ようぜ」

我慢できない様子の岩下が階段を上り始めた。

建物から出た東郷たちも、深呼吸しながら口や鼻の穴にこびりついた異臭を吐き出す。

つい先日まで追われる者が眺めていた景色を今、追う者が眺めている。

同時刻
栃木県　佐野市田沼町　山中

南の空が黒い雲に覆われている。ここへも夕立がやって来るかもしれない。

「他を調べよう」

東郷と新井田は、何者かが確かな目的でここにいた痕跡を求めて、背の高い雑草に分け入った。植物でも邪魔者の生命力ほど逞しい。彼らは見栄えのしない種子をたわわに実らせて、稲穂よろしく頭を垂れながら風に揺れていた。からみつき、足下を払い、そしてむせ返る臭気で行く手を阻む雑草の群れをかき分けながら、二人は荒れ地の隅から隅までを根気よく調べた。

「なにもありません。なに一つ落ちてませんね」

新井田が上着についた雑草の種を払い落としながら戻って来た。下ろし立てのシャツの袖が草汁で緑色に変色していた。

東郷は手についた泥をハンカチで拭う。

「次だ」

「ここ以外で」

「もし狙撃の訓練をしたならここでは狭すぎる。見通しが利く場所が必要だ」

麓からここまでの道中に、東郷の思い描く場所はなかった。

両側の山腹にもそれらしい平地は見受けられない。

あとは沢の上流だけだ。

「行ってみるか」

ハンカチをポケットに突っ込んだ東郷は歩き始めた。製材所までの道路はここで途切れ、沢に沿って細い山道が延びている。

並んで歩き始めた二人の頭上で杉林が重なり始めると、物の怪の潜むような冷気が肌を撫でつける。目の前には日の光も通さない閉塞した山道が続く。下草を踏みつけ、急なのぼりを十五分ほど歩いた。周囲の状況に変化はない。そろそろ引き返そうかと思い始めた二人の目の前に、突然砂防ダムが現れた。

この辺りまで来ると沢の流れも細々としたもので、ダムからは滴るように水が流れ落ちているだけ。高さが五メートルはある堤体に阻まれて、東郷たちの位置から上流の様子を見通すことはできなかった。

伐採された杉の切り株が一面のシダに覆われた斜面に、辛うじて階段状になった場所がある。

「のぼってみよう」

「この靴で、ですか？」

「なんでこんな日にかぎってそんな上物、履いてるんだよ」

「まさか係長がこんなところに……」

東郷は狙いをつけた斜面へ食らいついた。安物とはいえ東郷も紳士靴であることに変わりはない。滴る水を含んだ粘土地盤を、底の平らな靴でのぼるのは至難の業だった。何度も足を取られ、なんとか周りの雑草や木の根っこを摑みながら這い上がる。

苦難の末、目の前に広がったのは砂と礫で埋め尽くされた扇状地だった。

「ここですか」

あとに続く新井田が、ズボンの泥を払い落としながら辺りを見回す。

扇状地は幅が五十メートル、長さが二百メートルはゆうにある。山あいからそよぐ風を頬に受けながら、二人は製材所からの山道とはまるで異なる光景にしばし言葉を忘れていた。

「あれは」新井田が扇状地のかなたを指さした。

沢に転がる礫石のあいだから散乱した木箱が覗いている。車も近寄れないあんなところに、木箱が放置されていること自体、訳ありなのは一目瞭然だった。

「行ってみよう」と東郷は堤体の上から河川敷に回り込んだ。

したたかに水を含んだ川砂に足を取られ、大きな転石や流木を踏み越えながら沢を歩く。靴の中は水浸しになり、ズボンの裾が濡れ雑巾のごとく足首にまとわりつく。

ダムから二百メートル。扇状地の最も奥にあたる河原一面に、木箱やガラス瓶の破片、そして空き缶が散乱していた。キャンプの跡ではない。砂の上にしゃがみ込んで残骸を調べる新井田が、その一つを拾い上げた。

「弾痕ですね。どれも同じです」

何者かが確かな目的でここにいた痕跡の一つだった。

驚くべきことに、どの缶もその中央が綺麗に撃ち抜かれている。この貫通孔は短銃ではない。

「お前は沢の向こう岸を頼む」

日の傾き始めた谷で、もう一つの捜し物を見落とすまいと、二人は用心深く沢沿いを下る。砂の上、流れの中を覗き込み、立ち止まりながらゆっくり沢を下る。

「あったぞ」

捜し物はダム近くの岩陰に落ちていた。東郷は砂に転がる薬莢にシャーペンをさして拾い上げた。長さ五センチほどの金色に輝く筒。東郷はポケットからゲージを取り出して、その口径と長さを測る。7・62ミリ×54ミリR、リムド型薬莢だった。

「ライフルですね」

ああ、と東郷は上流の標的に目を移した。

「どう思う」

「大した腕ですね」新井田が短く口笛を鳴らす。

標的までの距離は二百メートル。ここからあの空き缶の中央を貫通させたことになる。

まぐれではあるまい。

「雑賀はここで教育されたのですね」

内ポケットから取り出したポリ袋に薬莢を詰めながら、新井田が呟いた。

「村瀬は放火事件の容疑者だった雑賀を、なんらかの方法で仲間に引き入れ、暗殺者として教育した」

どうやら、村瀬たちはここですべての準備を整えたらしい。

日暮れはもうそこまで迫っていた。

村瀬が準備した暗殺者は雑賀だ。
間違いない。

三章　追跡

八月十一日　月曜日　午後七時半　G20開幕まで十九日
東京都　新宿区高田馬場一丁目　駅前広場

高田馬場駅は、東京都新宿区高田馬場一丁目にある、JR東日本・西武鉄道・東京メトロの駅で、駅前は早稲田大学に通じる早稲田通りだ。早稲田通り沿いは、学生向けの飲食店や古本屋などが建ち並び、周辺には専門学校も多い。早稲田口の東側にはロータリーがあり、タクシーや都営バスが発着する。ロータリー南側にはビッグボックス、東側には書店などが入ったFIビル、北側には飲食店が入った稲門ビルがある。今夜も武藤と田村は、稲門ビル前の歩道脇に座り込んで缶チューハイを飲んでいた。

ようやく日が暮れた。

砂漠化が進むかのように乾燥した東京の空は土ぼこりに覆われ、東からのぼった月は霞がかかったようにぼやけている。

早稲田通りの向こうには、客待ちのタクシーや都バスが並ぶロータリーと、その中央に立つ平和の女神像が見える。

駅前は表面上、いつものように賑わっていた。ところが緊張はすぐそこにある。政府によって都内全域に緊急事態宣言が発せられてから、警視庁内に緊急事態対策本部が設置され、第一から第九までの全機動隊が銃器対策部隊、特殊部隊も含めて二十四時間の警戒態勢に入っている。

主な交差点には実弾を装塡した小銃で武装した自衛隊が配備され、警察の交通課は職務質問に投入された。なにかマシになったことを探せば、街から違法駐車の車が消えたことぐらいだ。

また、公安一課、捜一からなる特別合同捜査本部による不穏分子の摘発が強化され、モグラとの関係が疑われる難民を中心に任意同行と称した強制的な拘束が続いていた。主な駅の周囲では数人の警官が逃げる難民を追いかけて取り押さえ、警察車両に引きずっていく光景が日常茶飯事となった。手錠に縄をかけられて連行される難民たちは皆、悪態をつき、唾を吐き、怒りに燃えた目で遠巻きにしている通行人を睨みつける。

突然、上空を警戒のヘリが飛び過ぎる。

「おい、田村よー。これからどうする」

「ビッグボックスでも行くか。それとも闇カジノで引っかけるか」

近くのコンビニのゴミ箱目がけて、武藤は空き缶を放り投げた。すると、異様に大きな目で頬がこけ、顎が尖った、まるでカマキリを思い起こさせる男と目が合った。痩せて手が長く、おまけに猫背で長身の男だった。

おい、と武藤は田村の脇腹を小突いた。

そのとき、足下が揺れた。

軽い地響きが尻に伝わる。

「地震か」

尻を浮かせながら二人は顔を見合わせた。

突然、爆発音とともに車道脇の下水マンホールの蓋が高々と跳ね上がった。金物でロックされているはずの蓋が次々と吹き飛ばされ、フリスビーのように空中を舞う。マンホールから煙突のように白煙が上がる。

「なんなんだ」

こわごわ這い寄った武藤は、マンホールを覗き込む。渇水のせいで水位が下がっている下水道で黒い物がうごめいている。

「おい、なにかいるぞ」「やばい。上がって来る」「なんだ、こいつら」

二人は後ずさりする。

マンホールからボロ布を被(かぶ)った頭が覗く。それが揺れている。

やがて、異様な集団が次々と溢(あふ)れ出た。

薄汚れた麻袋を思わせるボロ着をまとい、同じく布製の覆面を頭からスッポリ被った一団が地下から現れた。

「モグラだ。逃げろ」

両手をだらりと下げ、ナックルウォークするチンパンジーのように前かがみで小走りするモグラたちが早稲田通りと駅前広場を埋める。

交差点で立ち往生する車からクラクションが鳴り響く。

ロータリーの南にある交番から警官が飛び出す。

モグラたちが一斉に、ボロ布の下から機関銃を取り出した。

四方に向けて乱射が始まった。

バス待ちの乗客が慌てて駅へ駆け出すと、それをきっかけに他の通行人たちも蜘蛛(くも)の子を散らすように逃げ惑い始める。

駅に逃げ込もうとする通行人たち、車を乗り捨てて車道を走る人々に、銃弾が襲いかかる。物陰に身を隠す者、地面に伏せる者。慌てふためく人々が入り乱れた駅前はたちまち恐怖と混乱に包まれた。

東の方角からサイレンが聞こえる。赤色灯を回転させたパトカーを先頭に、装甲車を思わせる青の車体に白のラインが入った特型警備車が交差点に進入して来る。警戒に当たっていた第四方面本部の警視庁警備部に所属する第八機動隊とSATだった。

モグラが機関銃の掃射をSATの車両に向ける。

銃弾を浴びながらも、特型警備車がモグラと駅のあいだに割って入る。

後部ドアが開いて隊員が飛び出す。彼らはアサルトスーツの上に防弾ベストを装着しているが、機関銃の弾が腕や足に命中すればひとたまりもない。

一人の隊員が、肩から血しぶきを上げて道路上に吹き飛ばされた。

車の陰に陣取ったSATと、ロータリーのガードレールやバスの陰に隠れたモグラのあいだで激しい銃撃戦が始まった。

SATの隊員は、MP5A5と八九式5・56ミリ小銃で応戦する。

モグラの激しい銃撃に、何人かのSATが倒れる。

「どうした、応答しろ」「一人撃たれました」「救急車を呼べ。早く!」

救命措置のために同僚が走り回り、その脇で別の隊員が無線に叫んでいた。

SATも黙ってはいない。

車の陰から、狙撃隊員が六四式狙撃銃でモグラを狙い撃ちする。

ロータリーのモグラに向けてスタングレネード弾が投げられた。

平和の女神像の前で発光が炸裂する。

ロータリーでは、数人のモグラが腹を押さえて倒れる。アスファルトに叩きつけられた頭部から血が噴き出す。SATの銃弾が別のモグラの腹にめりこんだ。すぐ後ろにいた仲間が撃たれたモグラの足を摑んで引き戻す。

特型警備車の陰から隊員たちがガード沿いに、ロータリーを狙える位置まで匍匐前進を始める。

モグラがそれを狙う。

SATの隊員が伏せたまま反撃する。

ロータリーの中央でコンクリートの粉塵が舞い上がった。だらりと手すりに寄りかかったモグラの腕から銃がポトリと落ちた。

駅構内では、通行人たちが恐怖に顔を歪め、悲鳴と怒号が飛び交い、あちらこちらで人がぶつかり合い、弾き飛ばされ、階段に倒れ込む。

「危ないですから伏せてください！」

SATの隊員が両手を振り回しながら構内で絶叫する。

そのとき、ロータリーで笛が鳴り響いた。

モグラの攻撃が一斉に止んだ。

誰一人置き去りにはしたくないのか、負傷した者だけでなく、息絶えた者まで肩に担いだモグラたちが、次々とマンホールから下水道に姿を消す。

モグラが消えた駅前広場に、撃たれた通行人のうめき声だけが残った。

八月十二日　火曜日　午前九時　G20開幕まで十八日
東京都　港区赤坂二丁目　美和商事ビル

高田馬場のテロ事件を受けて、難民排斥派の世論がより一層燃え上がった。

活動を活発化させるモグラに対して、有効な手が打てない警視庁に非難が集中していた。特別合同捜査本部は官邸からの叱責に右往左往している。しかし、厳しい立場に立たされているのは五課一係も同じだった。首相の暗殺計画の存在を確認できないまま、計画が実行されれば東郷の首どころでは済まない。

世の中は明日から盆休みという今日も暑い日だった。公務員に決まった盆休みというものはないが、そもそも一係には休日がなかった。

東郷は山崎の前に座っていた。いや、座らされていた。

雑賀にかんする報告を一とおり終えると、二人の話題は昨夜の高田馬場の事件に移った。

「昨夜の件でサッチョウは大騒ぎだ」

「先日の渋谷の件といい、特捜も大変ですね」

「もはや責任問題に発展するのは避けられない」

「トップの責任問題より特捜が機能していないことの方が気になります」

「異なる血が混ざったとき、効果を発揮することもあれば拒否反応を示すこともある。君なら捌けるか」

「寝られない日々が続くのは間違いありませんね」

「君の部下への信頼は無限か」

「信頼は相互に必要です。私がどれだけ部下を信頼しようと、私に部下からの信頼がなければ組織は機能しません」

「君はモグラをどう思う」

「世界的な潮流から見れば、極右かもしれません。極右の問題では、ドイツは我が国の先を行っています」

山崎が頷いた。

二〇二二年、ドイツで国家転覆を狙ったクーデターを計画したとして、極右の二十五人が逮捕された。彼らは国会議事堂を襲撃し、首相を処刑する計画だったという。首謀者はハインリッヒ十三世という貴族で、主要メンバーには現役の軍人や特殊部隊隊員が含まれていたとして世界を震撼させた。このテロ組織のメンバーは、アメリカに端を発する陰謀論組織「QAnon」や右翼過激派「ライヒスビュルガー」などと同じ思想を持つ人物らで構成されていた。

「その件は、SNSによりドイツ国内外で勢力を増しつつある右翼過激派に自制を求めるためのドイツ検察当局による警告だという意見もある。当局に、ドイツ国内の右翼過激派の連帯を阻止する狙いがあったというのだ」

いずれにしても、ヨーロッパにおける中道右派政党の弱体化と左派に対する失望が、この問題の根底にある。

「第二次世界大戦以降、ヨーロッパ政界で主導的な役割を果たしてきたのはキリスト教民主主義だったが、移民問題や、規制緩和と経済自由化が引き起こしたEU内での経済格差に端を発したナショナリズムの台頭が、既存の中道右派政党や左派政党の弱体化を引き起こした。つまり、理念が不満の受け皿にならなくなったのだ」

「既存政党が弱体化することで、反ＥＵ、反グローバリズムを掲げる保守勢力が台頭したわけですね」

「すべての問題を解決してくれるはずだったグローバリズムの化けの皮がはがれたのだ。王政復古、キリスト教復権主義、反移民、反ＥＵ、反グローバリズムなど、既存の政治勢力に対する様々な不満の受け皿の一つとして極右が勢いを盛り返した」

　こうした流れはＥＵだけではない。例えば、右派ポピュリストであるトランプの支持母体といわれるＣＰＡＣ（保守政治行動会議）、イギリス独立党やブリテン・ファースト、イタリアの同胞なども同じだ。

「日本も同じ道を歩んでいるとお考えですか」

「ついに我が国にも、社会不安を引き起こすテロ組織が現れた。モグラの正体ははっきりしないが、国への不満が根底にあるのは間違いない。もし難民による組織なら叩き潰さねばならないし、極右の仕業なら厳しく取り締まる必要がある」

「極右ならやっかいですね」

「そうだ。取り締まりは困難を極め、万が一首相が暗殺されるようなことがあれば極右の活動は燃え盛り、止められなくなる」

　唇に軽く指を当てた山崎が言葉を選んでいた。

「明日十三日付で特捜の頭を務めている捜一課長と係長、捜査本部に回されていた一課の坂上係長が更迭される」

「……きついですね」

東郷は彼らの無念を思った。

こんな中途半端な日付で異動させられると、誰が見ても首を切られたことは明白だ。紛れもなく見せしめ人事なのだ。三人のキャリアと残りの人生にとって厳しい結果だった。

「結果が出ない以上、トップが責任を取るのは当たり前だ」

「坂上は十分に結果を出していました」

「だから特捜に呼ばれた。しかし、そこで結果は出せなかった」

「これで、課長の芽もないわけですね」

「組織を率いるべく昇進を望む連中は、我こそふさわしいと意欲や決意を訴える。しかし、できます、という言葉だけでは事件を解決に導くことも、犯人を逮捕することもできない。組織を率いることを許されるのは結果を出せる者だけだ」

「坂上は口だけの人間ではありません。なにもそこまでしなくても」

「たしかに、二人の係長までというのは尋常じゃない。国内の治安状況についてそれほど官邸が焦っている証拠だ。すでに歯止めが利かなくなっている」

「一連のテロを受けて官邸に対策室が設置され、池田首相、前山官房長官以下の関係閣僚が情報収集と対応に当たっています。本来なら警視庁に任せるはずが、まるで有事の対応です」

「政権の維持に最も重要なのは、不安定要因を排除することだ。昔からそうだ」

「官邸は追い込まれているのですか」

「だからこそ力を見せつける必要があると考えている。彼らは不安定要因を排除するに足る正当な理由を探している」

東郷は沈黙で応えた。

「どうした。気になることでもあるのか」

山崎が東郷の胸の内に気づいた。

「こちらの動きを先取りされている気がします」

「というと」

「我々を囲い込むような政府の動き。なにより我々が村瀬を追うにつれて、逃げ水のように重要参考人が死んでいきます」

「情報が漏れていると」

「はい」

「どこから」

「本件にかんする情報を知り得るのは、我々と連絡調整会議のメンバーだけです」

連絡調整会議とはＧ20に向けて関係省庁の担当者が出席する会議のことだ。

「彼らを疑うのか」

「捜査の責任者として当然かと」

山崎が上目遣いに東郷を見た。

「東郷。そんなことより自分の心配をしろ。特捜だけではない。すでに我々も首に縄を巻かれている状況だ」

「誰が踏み台を蹴飛ばすのですか」

「縄をかけるのは官房長官だが、踏み台を蹴飛ばすのは世論だ」

「覚えておきます」

課長室を辞すために東郷は立ち上がった。

体が重く感じる。

もう一つ、と山崎が声をかける。

「君のところの捜査員から、パワハラを受けたと投書があったぞ」

「パワハラですか？」

「仕事上のことで理不尽に叱責され、暴行を受けたとのことだ」

あの男か。

また厄介ごとを持ち込みやがって、と東郷はわずかに口を尖らせた。

「お騒がせしました。本人と話します」

「投書は匿名だぞ。誰かわかるのか」

「はい」

部屋を出ようとした東郷に山崎の駄目押しが飛んできた。

「係長たるもの、部下の不満ぐらいはうまく捌け」

同時刻
東京都　港区六本木三丁目

雑賀はいつもの部屋にこもっていた。

部屋中にゴミが散らばり、ベッドの周りには足の踏み場もない。流しには洗いかけの鍋や食器が積み上がっていた。

ちょっとしたことで興奮するようになった。

夜になると不安と恐怖が襲ってくる。

夜が怖いから薬を使う。

そして、鏡の男と語り合う。

「雑賀。もうちょっとだ」

「俺がやらねばならないのか」

「他に誰がいる」

「俺は親父と同じ道を歩んでいるのか」

「お前の親父は自滅しただけだ」

「違う。取引先に嵌められただけだ」

「お前の親父は弱い人間だった」

鏡の男が吐き捨てる。

中学生になってから父親との会話は減った。

母親にはよく叱りつけられた。

でも、補導された警察への出迎えはいつも父親だった。もしかしたら、祖父との記憶がそうさせたのかもしれない。

警察署から自宅までの車の中で、父親はなにも言わなかった。

そんな父親だった。

ところが。


「壮志。お前の夢はなんだ」

高三のときだった。ある日、問題ばかり起こす雑賀に父親が尋ねた。

「特にない」

雑賀はだるそうに答えた。いつも投げやりな言葉が口をつく。

「世間に迷惑をかけていることをどう思っている」

「別に」

「今の人生をこれからも続けるつもりか」

「そんな先のことは考えていない」

父親に怒鳴りつけられるかと思った。

父親が静かに目を閉じた。

「父さんも若いときはヤンチャだった。親父の会社を継ぐレールに反発して、何度もトラブルを起こした。あるとき、警察に補導された父さんを親父が引き取りに来た。

担当の警官に、二度とこのようなことは起こさせません、と頭を下げ、二人で警察署を出た帰り道、親父は父さんに言った。会社を継ぐ気がないなら、それはそれで構わない。しかし、自分の人生を見つけろと」

父親が遠い目をした。

「世の中で生きていくのに大事なルールが一つある。わかるか」

雑賀は面倒くさそうに首を横に振った。

「人に迷惑をかけないことだ。理由は簡単だ。人に迷惑をかけるたびに自分の人生は壊れていく。壊すのではない、人生を作れ。自分にしかできない人生をだ。親父は父さんにそう言いたかったんだと思う」

「話はそれだけ」

「それだけだ」

雑賀は自分の部屋に戻った。

ベッドの上に横になって、頭の下で腕を組み、天井を見上げた。

その夜は寝られなかった。

二週間後、父親の会社は倒産した。

父親が自殺した三日後、期日指定の封筒が雑賀に届いた。封を切ると手紙が入っていた。

「壮志
父さんには時間がない。うまく言えないが、これだけは伝えておく。

自分の人生を生きぬけ。

もう一つ。

男は一生のあいだに二度、高い山に出会う。それを乗り越えねばならない。今、壮志の前には最初の山がそびえている。越えろ。人生の波に飲まれるな。

力になってやれない父さんを許してくれ。

父」


手紙の末尾に記されていた日付は、父親が自殺する前日だった。


「思い出していたのか」

鏡の男が問う。

「いや」

「嘘をつくな」

達だ。


「不安なんだ」

「なら人を殺せ。ほら。誰かやってきた」

テーブルの上に置いていたライトが点灯した。玄関のドア向こうの荷物置きに仕かけた、釣り糸と錘で作った手製のセンサーが反応した。いつもの生活必需品と薬の配

足音を忍ばせて玄関に歩み寄る。

勢いよく扉を開けると、荷物を届けに来ていた男が押し倒された。

すかさず襟首を摑んだ雑賀は、男を部屋に引きずり込んだ。

「放せ！」

男が抵抗する。年の頃は二十歳前後か。デニムのパンツに白いTシャツを着た男は、痩せて頰骨が張り、浅黒い顔をしている。中東系の難民か。

「おとなしくしろ」

雑賀は男の額に銃口を突きつけた。

男をリビングまで引きずっていく。

立たせた男の背後に回り、銃口を右のこめかみに当てた雑賀はネット電話で村瀬を呼び出す。

村瀬がすぐに応答した。

（どうした急に）

「話がある。この男は人質だ」

男が雑賀の腕の中で暴れる。

（放してやれ）

村瀬は落ち着いている。

「あんたが俺の要求を飲めば放してやる」

（要求だと）

「この計画から抜けたい」

（許さん）

「ならせめて体内の爆弾を取ってくれ」

（だめだ）

「なぜ」

（お前を信用できないからだ。お前は昨日まで刹那的な理由、利己的な理由で罪を犯し、人を殺してきた。そんなお前は、いざというとき保身から逃げ出す）

「なぜ俺なんだ」

（お前は私の家族を殺したからだ。私の妻子は煙と炎にまかれて恐怖に震えながら焼け死んだ。お前はその罰を受けねばならない）

雑賀は男のこめかみに銃口を食い込ませた。

「この男を撃つぞ」

（撃ってみろ。その瞬間、お前の体内爆弾がすべて爆発する。私の家族と同じように、お前は死の恐怖に震え、もがき苦しみながら死ぬ。それはそれで私にとって本望だ）

「これは脅しじゃない」

そのときだった。

「撃つなら撃て」

腕の中の男が言った。

「なんだと」

「俺の家族もあの火事で焼き殺された。お前は俺たちの覚悟を知らない。夢を踏みにじられ、国に裏切られ、家族を殺された絶望がお前にわかるか。俺たちの仲間は、誰も死など恐れていない。自身の死より、罰を受けるべき者がのうのうと生きていることの方が苦痛だ。奴らに罰を与えられるなら、俺たちは喜んで命を捧(ささ)げる」

そのとき、雑賀の左腕と右足の甲に激痛が走った。マイクロ爆弾が爆発した。

「お前の負けだな」

鏡の男が呟いた。

床に倒れこんだ雑賀は、悲鳴を上げながら堪え難い痛みに身をよじる。

捕えた男が玄関から駆け出して行った。

八月十三日　水曜日　午前十時　G20開幕まで十七日
東京都　港区赤坂二丁目　美和商事ビル

まず初めに宇都宮の事務所の鑑識結果について新井田が報告を行う。

事務所の床から、製材所周辺と同じ組成で、かつ杉の花粉を含んだ泥が採取された。

一方、不動産会社によれば事務所の契約者は上村健三なる人物で、契約は昨年の六月一日に交わされている。気前よく敷金、礼金、一年半分の家賃が現金で支払われていた。その上村なる人物は大田区に実在したが、宇都宮に事務所など借りた覚えはないと証言している。

「係長。村瀬が宇都宮に事務所を段取りした理由はなんでしょうか」

西岡が素朴な疑問を口にする。

「雑賀を製材所で教育するための下準備、および中継基地としてだろうな。リース品などは足がつかないように宇都宮で調達するため、下準備中の仮の宿、車の仮置場、目的は色々ある」

村瀬は、一年二カ月前から動き始めていた。

ならば彼は放火事件から二カ月で復讐（ふくしゅう）を誓い、準備を始めたのか。

眠気を覚える目を擦りながら東郷は、手元のコーヒーカップに目をやった。

「製材所の地下室の汚物は、予想どおり胃の内容物と判明しました。内容物の中身はおそらくパンと牛乳で、それらに混ざった血液、さらに奥の小部屋に残された爪のかけら、ベッドに付着していた血痕、いずれのＤＮＡも血液型も雑賀のそれと一致しました」

さらに、ベッドの血痕から少量ではあるがメスカリンが検出された。

「メスカリンはフェネチルアミン系の幻覚剤の一種で、自白剤にも用いられます」

メスカリンは中枢神経に働いて興奮状態を作り出す。身体的には瞳孔の散大、心拍数の増加、不眠、体の震えなどの症状が現れる。使用した人間は様々な幻覚を体験するだけでなく、極めて深刻な憂鬱（ゆううつ）状態、激しい不安、焦燥、過去の再燃現象（フラッシュバック）が発生する。

破滅までの時限爆弾。およそまっとうな人間が手を出す代物ではない。

「薬漬けにされていたわけですか」

一般人には処方箋があっても手に入らない代物だ。

報告書はさらに続く。

地下室の床の傷はその深さからして、五十キロ程度の重量物を引きずった痕と推定される。また地下室そして建物周辺から五人分の足痕跡が発見された。サイズは二十六センチから二十九センチまで。二つは革靴。残りはスニーカーと断定。

「革靴の足痕跡が、七月二十五日に新橋で起きた自爆テロの際、雑賀と争ったあとに服毒自殺した男のものと一致しました」

また、製材所前の空き地に残されたタイヤのトレッド跡は、引っ越しに使った四トントラックのものと同じだった。もう一つ、車のタイヤとは異なる細い轍も発見された。これは工事現場などで使用されるゼネレータと呼ばれる発電機のものだった。

「アジトで試射に使われたライフルも割れました」

新井田が報告する。

山中で見つけた薬莢は、ロシア製の高性能スナイパーライフル『ＳＶＤ　ドラグノフ』のものと防衛研究所が断定した。

旧ワルシャワ条約機構各国軍が採用したセミ・オートマチック・ライフル。作動形式はガス圧利用式で、軽量化のために大きく穴を開けた合板製のスケルトン・ストックと、697ミリの長い銃身が特徴だ。口径は7・62ミリで全長は1220ミリ、重量は4300グラム、装弾数は十発とのこと。

これだけの事実が明らかになってもなお、疑問が次々と湧き上がってくる。

村瀬が雑賀を拉致して、強迫や薬物漬けなどの手段で彼を暗殺者に仕立て上げたとして、なぜ雑賀は村瀬の指示に従うのか。なぜ村瀬がこれだけの計画の準備を短時間で行えたのか。

もう一つある。

新橋の自爆テロがモグラの仕業なら、その場になぜ田沼町の製材所に足跡を残した男がいたのか。

今、確かなことは、村瀬の手で雑賀が暗殺者に生まれ変わったことだけだ。

東郷は胸の前で腕を組んだ。

悩みは深くなるばかりだった。

一課の情報が必要だ。

東郷は禁じ手を使うことを決断せざるを得なかった。

今日の情報をもとに、班ごとに打ち合わせを終えた捜査員たちが会議室を出て行く。

最後に部屋から出ようとした新井田が立ち止まった。

なにか言いたそうに新井田が振り返る。

「どうした」

いつものように東郷は壁際のコーヒーメーカーからコーヒーを注ぐ。

「余計なこととは思いましたが、室伏について、ちょっと探ってみました」

「探る？」

「なぜあんな思考回路なんだろうと思いましてね。結果からいうと、私生活に問題ありです。キャバクラ通いが日常で、金遣いも荒いというのが同僚の評価ですね」

パワハラの投書の件は新井田にも告げていない。

「女好きなのはあいつだけでもない」

「仲間からの評判も芳しくありません。上から目線で態度がでかいとのことです」

東郷にしても、室伏に対する同僚の評価はさもありなんだった。

「彼は相当の自信家ですね。常に評価されることを欲している者は、指導や批判に対しては敏感です。まあ、私の個人的な思いだと聞き流してください」

新井田が会議室を出て行く。

一気にコーヒーを飲み干した東郷は、スマホで室伏の番号を押した。

二十分後。

居心地が悪そうな室伏が東郷の前に腰かけていた。

ときどき目線が泳ぐ。

「室伏。俺のやり方は間違っているか」

なぜ自分が呼ばれたのか、室伏が察したようだ。

「……私が不満を抱いているのは係長ではありません」

「新井田の上司は私だ」

室伏は無言だった。

「なにがパワハラか難しいのは、する方は指導していると考えていることだ。もし、お前が指導ではなく、強制なり、ある種のいじめだと感じているなら正直に言え」

「その質問こそがパワハラだと思いますけど」

室伏の顔に敵意を思わせる色が浮かぶ。

「お前にとってパワハラとはなんだ」

「優越的な地位の乱用です」

まさに教科書に載っている答えが返ってきた。東郷や新井田は平成の時代の価値観を強要しているつもりはないが、時代は変わるということらしい。本音では、「刑事は一匹狼なのだから自分で学べ、それができないなら注意されるし、評価されないのも当たり前」と考えているが、今の時代、それは口には出せない。

「では、俺や新井田から見てお前が至らない部分を指導するにはどう伝えればいい」

「指導する前に、もっと自主性と能力を評価してください」

「評価している。だから私の手元に置いている」

「でも、上手くやっても褒められないのに、上手くいかなければ叱責されます」

お前の捜査でなにが上手くいったというのか、という苛立ちを東郷は飲み込んだ。

「お前には期待している。満足するレベルに達するまでに時間がかかることも覚悟している。ところが、お前は早急な評価を求める」

「私にも自身の希望を主張する権利はあるはずです」

権利を主張する者に限って責任には言及しない。

室伏は評価されないことへの不満を、評価者からのパワハラ問題にすり替える。組織内の上下関係にかんする不平を被害者としての目線でしか捉えられない。

もちろん、世の中に悪質なパワハラが存在することに異論はない。

しかし、室伏には該当しないという確信がある。

東郷は体の深い部分に疲れを感じた。

八月十四日　木曜日　午後三時　G20開幕まで十六日
埼玉県　所沢市牛沼　国道４６３号線

雑賀は浦和所沢バイパスを西に車を飛ばしていた。

村瀬の用意したトヨタライトエースの荷台にはあの荷物が積み込まれている。ただ、人目があるから山田のマンションに運び込むわけにはいかないし、車の中に置いたままだと巡回中の警官が不審に思う可能性が高い。

関越道の所沢インターを過ぎたバイパスは、のどかな田園地帯を抜ける並木道となる。関越道をオーバーブリッジで越え、牛沼の交差点までやって来ると、雑賀は信号を左折して脇道に入った。この辺りは農地の中に、産廃処理業者の工場が点在する。そのうちの一軒、『荒木工業』と書かれた看板が出たスクラップ工場が目指す場所だった。

工場の周囲はトタン板の壁で囲まれ、中の様子は窺い知れない。

錆びついたゲートを抜けて、雑賀は工場の中へ車を進める。場内はのどかな外とは打って変わって殺伐としている。舗装もされずにぬかるみだらけの地面、幾つかのブロックに仕切られてうずたかく積み上げられた廃車や廃材。赤茶けて錆びついた廃品から流れ出す油や汚水が、所々に溜まりをつくっていた。スクラップの山のあいだを走り抜けた雑賀は、場内の一番奥にある、これまたトタン張りの建物の前で車を停めた。

奥に事務所らしき一角が見える。

背後に人の気配を感じた雑賀は、そっと懐に右手をさし込んだ。そのままゆっくり振り返る。

五十歳前後の小太りの男が、油で汚れた手をタオルで拭きながら近寄って来た。

「どちらさん」

「あんたは」

「ここの社長だよ」

顔は日に焼けて真黒、おまけに頭はパンチパーマ。街で出会えばその筋の人間かと勘ぐる、おどしの利いた顔の男が、ここの社長らしい。

「村瀬からの紹介だ」

無愛想に雑賀は自己紹介した。そして何気ない動作で懐から右手を引き抜いた。

社長の顔から警戒心が引いていく。

「ああ、話は聞いているよ」

「荷物をしばらく置きたい」と、雑賀は車のリアハッチを開けた。

「別に構わないけど、雨に濡れてもいいのか」

入道雲のせいで薄暗くなりつつある空を、社長が指さした。

雑賀は頷く。

「じゃ、どこでも空いているところでいいよ」

「向こうに置くぞ」

雑賀は建物から少し離れた目立たない場所を選んで、車の荷物を運び始めた。

「手伝ってやろうか」

「いや。独りでやる」

腕を組んだ社長がこちらを見ている。

「悪いが外してくれ」

「なんだよ。見てちゃいけないのか」

「そうだ」

「そんな大事な物なのか」

「あんたが知る必要はない」

「荷崩れ起こしても助けてやらんぞ」

「余計なお節介だ」

雑賀の邪険な態度に、口を尖らせた社長が事務所の方へ戻って行く。

すべての箱を自分で運び終わると用意していたブルーシートをかけた。

雑賀は社長の所へ戻った。

「いつ頃まで預かっておけばいいの」

「数日」

「おやすいご用だ」

手数料の前金を渡した雑賀は車に乗って走り出す。

車を走らせながら雑賀はルームミラーに視線を移す。

肩をすくめ、太った体を揺すりながら仕事に戻ろうとする社長が途中で立ち止まり、雑賀の荷物を一瞥（いちべつ）したが、やがて首を横に振りながらスクラップの山に消えていった。

八月十五日　金曜日　午後一時　G20開幕まで十五日
東京都　千代田区霞が関二丁目一番　警視庁本部庁舎

警視庁本部庁舎は、東京都千代田区霞が関にある警視庁の本丸だ。桜田通りとお濠沿いに走る内堀通りが交差する場所に建っている。

首都である東京都を管轄する警察本部で、お濠を挟んで桜田門の南側に建つことから『桜田門』とも呼ばれる。

東郷は本庁の西、警察総合庁舎との間の中庭に公安一課の坂上係長を呼び出した。更迭後、総務課に預けられていたが、九月一日付で、坂上は新潟県警察の公安課に異動する。

東郷よりも少し背が低く、丸顔に丸い眼鏡をかけた優しい顔をしている。いつもはマクドナルドの愛想の良い店長を思わせる坂上も、さすがに意気消沈していた。

東郷と坂上は時々、飲みながら情報交換する仲だった。東郷は強行犯捜査のプロとして、坂上を高く評価していた。

「大変だったな」

東郷の労いに坂上は無言だった。

「お前のせいじゃない」

「もういいんだよ」

坂上の表情。言葉とは裏腹に、腸は煮えくり返っているようだ。

「なにがあった」

「聞いてるだろ。一連のモグラによるテロを防げなかった責任を取らされたということだ」

「捜一の課長はわかるが、なぜお前まで」

「一課からも生贄が欲しかったんだよ」

「矢口課長は守ってくれなかったのか」

矢口は警視庁公安部公安第一課長だ。

「今回の人事は官邸からの直轄だ。課長ごときに逆らえるわけがない」

「官邸の直轄？」

「そうだ。政府の面目を保つために、あいつらは俺たちを切りやがった。捜査のことなど、ど素人のくせに、早く結果を出せ、モグラの正体は突き止めたのか、今週一杯にモグラを壊滅させろ。ふざけるな！」

官邸が、省庁の幹部人事に口を挟むことはある。しかし、一係長の更迭まで指示す

ると は。

「張本人は天野か」

「内閣人事局への影響力をバックに、各省庁の人事に口出ししているのは有名だ」

「役所の中にも天野へすり寄る連中がいるのは事実だ」

「課長もな。情けない」

「腐るな。政権が代わればもちろんだが、少なくとも内閣改造が行われれば天野も代わる。天野が代われば課長の考えも変わる。いつかリベンジのチャンスが来る」

「わかってる。でも、今回の人事に課長が抵抗しなかったことは許せない」

坂上が唇の端を噛んだ。

東郷はふっとため息を吐き出した。

「課長は、ある女の件で嫁さんともめてる。しかも、女の店の払いを協力者の会社に回しているぞ」

「本当か？　でもお前がなぜ、そんな話を」

「課長のガードが甘すぎる。今の時代、どこから情報が漏れるかわからん」

公安は協力者を取り込むために様々な情報を収集する。それは役所が出先の事務所を使って、政治家のネタを集めるのと同じだ。スキャンダルのネタをため込んでおいて、いざというときの交渉カードに使うのだ。

それは身内であっても同じだ。

「どう使うかはお前の好きにしろ」

こんなことで坂上の気が晴れるとも思えないが、東郷からの精一杯の餞別だった。

「東郷。ところで、俺を呼んだのは慰めるためか」

「正直に言う。情報が欲しい」

「なんの」

「村瀬だ。ついでにモグラの資料もあればありがたい」

「なぜモグラの資料まで」

「新橋の自爆テロの現場でモグラの関係者と思われる男が服毒自殺したよな」

「なぜお前が知っている」

「その男が自殺する前に村瀬が段取りした暗殺犯と揉めていた。男の名前は雑賀だ」

「村瀬がモグラに関係していると？」

「村瀬が雑賀を暗殺者として教育したのは栃木県の山中だ。その場所に服毒自殺した男がいた」

「マジか。背後に、モグラと暗殺計画を結びつけるなんらかの組織があると」

「俺の空想だがな」

「東郷。もしかして俺たちはとんでもないことに首を突っ込んだのか」

「かもな」

坂上が考え込む。

「……やってみよう」

ところで、と坂上がVの字に広げた右の人さし指と中指を東郷に向けた。

「東郷。さっきは面白いネタをありがとな。ただお前も気をつけろ。今は、どこで話を聞かれ、どこで写真を撮られているかわからない」

「俺はねーよ」

「なに言ってんだよ。今だってそうじゃねーか」

午後八時
東京都　千代田区霞が関二丁目一番　警視庁本部庁舎

三十分前、坂上に警視庁裏の中庭へ呼び出された。

坂上がポケットから、一本のＵＳＢメモリをさし出した。

「依頼の品だ」

「すまんな」

東郷は頭を下げる。

「これがバレれば懲戒免職だ」

「お前一人に責任を取らせはしない」

「東郷。今の時代をどう思う」

「我々は生きにくくなった」

東郷は星空を見上げた。

「なにを拠り所にすればいい」

坂上が問う。

「警官としての誇りだ」

「いつも誰かに見られている。なにかあればスマホで撮られる。気に入らないことがあれば、ないことないことＳＮＳに書かれる。どうやって誇りを持てばいい」

「誇りは内なるもの。外の評価で揺らぐものではない」

「どれだけ誇りを積み上げても退職金が増えるわけじゃない。俺は強行犯を挙げるスキルを積み上げてきた。犯人逮捕のために手荒なこともするが、実績には自信はあった。やることはやってきた。でも、あっさり梯子(はしご)を外された」

「お前の能力を買っている人は多い」

それがなんになる、と坂上が吐き捨てる。

「なんのリスクも冒さず、大した成果も上げていないのに、上に従順というだけで階段を上っていく連中に抜かれるんだぞ。俺の人生はなんだったんだ」

坂上の無念は察するに余りある。

そして、東郷も同じ世界で生きている。

「お前のことを見ているのは公安部長や一課長だけではない。無関心に見えても、組織は意外と人を見ているものだ。できる者には必ず声がかかる。必ず出番がやってくる。しばらく待て。お前は大丈夫だ」

「家族になんと説明していいのか」

「馬鹿な上のせいで、しばらく身を隠すことになったと嫁さんに言ったら怒られるのか」

「仕事のために家庭を犠牲にし、あいつに迷惑をかけてきたのに」

二人の周りを夜風が吹き抜ける。

「東郷。お前はなんで離婚したんだ」

「公安刑事のクソみたいな人生に彼女を巻き込みたくなかった」

「なぜそれが離婚なんだ」

東郷は視線を落とした。

「あのときはその選択しかなかった。でも……」

「でも？」

「俺が退職して、まだ嫁さんにその気があるなら、よりを戻してくれと頼むかもしれない」

「女は現実的な生き物だ。甘いぞ」

「わかっている。俺のくだらない妄想だ。坂上、お前は家族を大事にしろよ」

「最後は家庭か」

「上しか見ていない連中は退職したとき、自分の周りに誰もいないことを悟る。老いぼれてベッドで息を引き取るとき、横に居てくれるのは嫁さんだ。俺にはその嫁さんすらいない。だからせめて、たった一人の死に際で自分はよくやったと胸を張りたい」

「お前らしいよ」

笑みを浮かべた坂上が踵（きびす）を返す。

坂上が立ち止まった。

「東郷。俺の仇(かたき)を取ってくれ」

「任せろ」

東郷は強く頷いた。

午後八時四十分
東京都　港区赤坂二丁目　美和商事ビル

東郷は美和商事ビルに戻った。

メモリを新井田に渡す。

「これは」

「それが今、手に入る情報のすべてだ。ファイルを開けるのに係のＰＣには繋(つな)ぐな」

「誰からですか？」

「聞くな」

新井田が自分のタブレットにメモリを挿し込む。

メモリの中には五十を超える文書とＰＤＦファイルが収められていた。

新井田が一つひとつをチェックしていく。

やがて。

「これはすごい」

ある資料を開いた新井田が目を丸くした。

それは、新橋の自爆テロで雑賀と揉めたあと服毒自殺した、頰に傷のある男の捜査結果だった。男の名前は山内泰介。山内が新橋のテロ事件の首謀者と断定した一課は、彼の身辺調査と家宅捜査を行っていた。

報告書によれば、山内は『百年政策研究所』なる小さなコンサルの社員だった。百年政策研究所は資本金千万円、従業員五人、昨年度の売り上げは七千万円、HPによると日本が直面する経済・安全保障にかんする課題の解決に向け調査研究、政策決定、戦略構築、施策立案を支援している、と記されていた。

代表は蒲田智之なる男だ。資料に、異様に大きな目で頰がこけ、顎が尖った、まるでカマキリを思い起こさせる蒲田の写真が張りつけられていた。

特捜は山内が武器を調達し、難民の中からモグラのメンバーを募り、渋谷、新橋、馬場のテロを指揮した可能性を挙げている。

「なぜ百年政策研究所の強制捜査に入らなかったのでしょうか」

「この程度の情報では無理だ。彼らが蒲田や研究所が関与する証拠を集めているあいだに、焦る官邸のせいで時間切れになったんだろう」

「でも、ここまで摑んでいたのなら、そのまま一課が担当するのが常道なのに、なぜ五課に担当替えしたのか不思議でなりません」

新井田の疑問はもっともだ。ただ、上の真意を勘ぐっても仕方ない。

「蒲田の所在は」

「村瀬たちと同じく、姿を消しているとのことです」

さもありなんということか。

「これを見てください」と新井田が次の資料を指さす。「これって田沼町の製材所ですよね」

山内のマンションから押収された資料の中に、田沼町の製材所の地図が含まれていた。しかもそこには、ゼネレータなど山内が揃えた備品の一覧表が添えられている。

「こっちの備品一覧はなんですか」

そこには、メス、鉗子、剪刀、麻酔器などの手術道具と思しき器具が記されている。

「なんらかの外科手術を施したのかもしれない」

「雑賀にですか」

「それしかあるまい」

坂上の情報で村瀬、雑賀とモグラが繋がった。

『それにしても特捜は、もっと早くこの情報を教えてくれればいいものを』

「この一枚の地図の意味を、特捜は気づいていなかっただけだ。俺たちにも責任はある」

縦割り組織とはこんなものだ。

ただ、東郷の疑問が一つ解けた。

なんですかこれは、と新井田が資料の一部を拡大する。

「Sに対する島皮質への施術完了とあります」

急いで新井田が島皮質について調べる。

島皮質は、大脳皮質の一領域だ。脳葉の一つとして島葉と呼ばれたり、脳回の一つとして島回と呼ばれたりする。島皮質は脳の外側面の奥、側頭葉と頭頂葉下部を分ける外側溝の中に位置している。島皮質は前頭葉、側頭葉および、頭頂葉の一部である弁蓋と呼ばれる領域によって覆われている。

「脳卒中や交通事故によって、脳の構造に変化が生じると感情にも変化が生じて、場合によっては人格の変容が生じるそうです」

「人格が変わると」

「はい。島皮質を刺激すると怒りなどの興奮性の感情を感じやすくなる、つまり、島皮質周辺領域になんらかの外科処置を行うと、感情の感じ方が変わるそうです。また、島皮質は薬物乱用者の薬物への渇望にも関係しているとのことです」

村瀬たちは雑賀の頭の中をいじることで、彼の人格まで作り替えたのか。そこまで執拗(しつよう)に、入念に準備する必要がどこにある。

東郷は寒気すら覚えた。

「胸くそが悪くなります」

「俺たちの相手は、血も涙もない連中だということだ」

新井田がもう一つのフォルダを開いた。そこには、一課の村瀬視察班の資料がまとめられている。

自身の担当でない資料まで集めてくれたことが、坂上の決意を示していた。

「一課が村瀬の居場所を摑めていないのは嘘ではありません」

「村瀬と接触するために使えそうな人物はいないか」

待ってください、と新井田が視察対象、協力者候補、事情聴取対象者の名簿をチェックしていく。やがて画面をスクロールする指が止まった。新井田がディスプレイに顔を近づける。
「佐藤という男がいますね。全国難民支援連絡会とは異なる支援組織を運営していま
す。村瀬の身内ですが、彼と行動は共にしていません」
「村瀬が信頼する男なのか」
「佐藤は村瀬の亡くなった奥さんの弟、つまり義弟です」
「我々の捜査線上には浮かばなかったのか」
「確か、西岡が話を聞いています。警察と知った途端構えてしまって、非協力的だっ
たとのことでした」
「佐藤は村瀬と連絡を取り合っているのか」
「資料によれば、姿を消してからの村瀬が唯一、連絡を取る可能性がある人物とのこ
とで、視察班も目をつけていますね」
　さて、どうする。
　村瀬が姿を消した理由。暗殺計画を段取りし、準備が整ったあとは、どこかにこも
って雑賀をコントロールする。計画が成功するまで、外との関係を絶つ腹なのだろう。
「奴は覚悟を決めた。いずれ俺たちが居場所を突き止めることは覚悟のうえで、籠（ろう）
城（じょう）しているに違いない。踏み込んだら必死で抵抗するだろう」

なにが起きるかなど二の次なのだ」

「村瀬にとって、暗殺計画の成功がすべてなのだ。自身の命、計画が成功したあとに

「用心深くどこかにこもっているなら、外に誘い出すしかありません」

東郷は髭(ひげ)の剃(そ)り残しが目立つ顎に手を当てた。

村瀬を誘い出す手とは。

「新井田。放火現場の原因調査とその後はどうなった」

新井田が急いで資料を取り出す。

「あの事案は長官火災調査が行われ、建物内の複数箇所に仕かけられた可燃物が同時に爆発することで一斉に火災が発生し、加えて爆薬で柱を破壊することで建物を倒壊させたと結論づけています」

多数の死者が発生するなど、社会的影響が極めて大きい火災事件が発生した場合、原因を突き止めるために、消防法第三十五条の三の二に基づいて消防庁長官直轄の『長官火災原因調査』が、警察庁と消防庁との共同で行われる。同時に、当該事案の原因究明および責任追及を行う警察の捜査にも協力する。

「調査は終了しているんだな」

「死を覚悟していると」

「はい」

「調査の最中に発見された証拠品や遺品はどうなっている」

「持ち主が特定されたものは遺族に返還されています」

「村瀬の家族の遺品はあるのか」

「奥さんの名前が書かれたメガネケースが残されていますね」

「その取り扱いは」

「村瀬と連絡が取れないため、他の物とまとめて、近いうちに処分されます」

事件からすでに一年以上が経っている。やむを得ない措置だった。

東郷は僅かな可能性に賭けてみることにした。

「朝刊に、西池袋の放火事件後に行われた調査の際に現場で収集され、保管されていた証拠品が処分されることになった、と載せろ」

「承知しました」

「その後、村瀬に連絡が取れないので、廃棄前の最終確認で見つかった奥さんのメガネケースを引き取って欲しい、と池袋署から佐藤に連絡を入れさせろ」

「こっちで佐藤を使うことに一課がウンとは言わないでしょう」

「仁義を切る必要はない。それにこの際、そんなことは言っていられない」

「ケースを受け取った佐藤は村瀬に連絡しますかね」

「賭けるしかない」

「空振りだったら」

「誰かが雑賀を探し出して処分する」

「なんかこう自分ながら、奥さんの遺品に頼らざるを得ない捜査が情けないと思います」

　生真面目な新井田らしい。

「この捜査は特別だ」

「と申しますと」

「我々の知らないなにかが潜んでいる。村瀬だけに気を取られているとなにかを見落とす」

「それは」

「俺にもまだわからない」

八月十九日　火曜日　午後一時　G20開幕まで十一日
東京都　千代田区　日比谷公園

日比谷公園は『日比谷』の地名を冠する施設・エリアの一つで、霞が関、有楽町、内幸町と隣接し、銀座にも近い。東京都心部に位置する都立公園で、公園面積は16・2ヘクタール。園内の主要な施設として、市政会館および日比谷公会堂、野音の聖地である大小の野外音楽堂、日比谷図書文化館、売店などがある。また園内に生える多くの樹木と大小の花壇が、四季折々の花と緑で都市生活者や観光客の目を楽しませている。

公園を取り囲む高層ビルの多くは、日出ずる国の象徴だった有名企業の本社ビルや中央官庁だ。公園の北東、丸の内の銀行や証券会社の本店は見ようによってはマネーゲームという名のロシアンルーレットで、自らの頭を撃ち抜いた山師が眠る巨大な棺桶だった。そんな時代の盛衰を見上げる公園の色褪せたベンチは、変わることなく人々を受け入れてきた。変わったのはそこに腰かける人間の方だ。

佐藤が動いた。

午後一時に日比谷公園で待ち合わせをした佐藤は、その場で奥さんの遺品を村瀬に渡すつもりだ。

東郷たちは日比谷公園霞門前に停めた特殊移動現場指揮車の中で、待ち合わせ場所周辺に設置したカメラの映像に見入っていた。

太陽に焦がされたベンチ。

水が涸れた噴水。

ベンチの周りでは乾涸びた木々が虫の息だった。

東郷は今回の捜査で、今までにない感情を味わっていた。

それは『恐怖』だった。

過去の捜査で人の死に出合ったことは何度もある。

内ゲバで頭をカチ割られた左翼活動家、アパートの室内に飛び散った血糊の臭いに吐き気を覚えた。シマ争いで腹をえぐられた右翼活動家。殉教という名の下に服毒を強要され、胸をかきむしり、のたうち回って絶命した教祖の妻。地獄から見上げるように見開かれた目と、肌に食い込んだ爪。その酸鼻な光景に寒気を覚えた。しかし、どれもこれも狭い内輪の世界で起こった事件だった。一皮むけた向こうにはなにもない。端から底は見えていた。

ところが、この事件は違う。

事件の奥に潜むなにかが、東郷を怯えさせた。もはや、個人的な怨恨による暗殺事件とは思えない。周到な計画と入念な準備、非情な粛清。そして、モグラとの関係。東郷にとって経験したことがない闇だった。

「来ました」

ディスプレイの前に座る室伏が告げる。

スリムな体形、ロマンスグレーの髪、筋の通った鼻に温厚な視線、数学科の大学教授を思わせる風貌（ふうぼう）だった。このクソ暑い日中にクールビズとはいえスーツを着て、上着を小脇に抱えている。肩からショルダーバッグをかけていた。

「佐藤は」

「まだ現れません」

「俺が行く。佐藤が現れたら足止めしておけ」

後部のスライドドアから東郷は車を降りた。

門から公園に入る。公園の中央に続く道を歩く。

その先が開けた噴水広場になっていて、その脇のベンチに村瀬が腰かけていた。

「村瀬さんですね」

東郷の声に村瀬が振り返る。

事情を察したらしく辺りを見回すが、動揺した様子はない。

視線が東郷に戻ってきた。

「あなたは」

「東郷と申します」

東郷は警察手帳を掲げた。

「佐藤は」

「彼の代理です」

「私を逮捕すると」

「佐藤氏に代わってある物を届けにきた」

「妻の遺品ですね」

東郷は雑賀の写真を村瀬にさし出した。

村瀬が写真を見つめる。

「これを私に渡すために呼び出したと」

「この男を知っていますね」

「黙秘させてもらう」

「ならば、頼みがある」

「頼み？」

「雑賀を止めろ」

「断る」

村瀬が即答した。

「あなたの過去は熟知している。あなたの活動、主義主張には敬意を表する。しかし、今回の件だけはあなたは間違っている」

「東郷さんでしたっけ。今回は政権側にすべての責任があり、なにより重要なことは正義を行うためには悪を排除する必要があることだ。彼らに対する恨みは私だけのものではない。彼らに我々の怒りを思い知らせる」

「そんなことをしても、奥さんとお子さんは戻ってこない」

「ありきたりの説得ですね。二人を戻して欲しいとは言っていない。二人を殺した者に罪を問うているだけだ」

「首相の死で？」

「彼が責任を取れば、世間も私の怒りに気づくはず」

「あなたほどの方が感情に身を任せるべきではない」

村瀬の目に怒りが宿る。

「私は連絡会を立ち上げた。その当時、国はいかに調子がよかったことか。あなたの理念は素晴らしい。全面的に応援する。マスコミも私と私の組織のことを持ち上げた。しかし、テロが頻発し、世論が変わった途端、彼らは掌返しして、あたかも私の連絡会をテロ組織の巣窟のようになじった。ある日のことだ。立ち上げの時に全面支援を約束した天野官房副長官は私のことを邪険に扱い、愛想尽かしをした」

「難民支援に様々な障害があるのは日本だけではない。ドイツも同じだ。ドイツの難民支援組織も極右などの妨害に遭っている」

「少なくとも、ドイツは政府が難民支援にきちんとした制度を設けている」

ドイツでは、連邦内務省の直下に設立された連邦移民難民庁が難民の生活を支援している。加えて、難民のためのサービスセンターも設けられており、気軽に電話やメールができる環境が整備されている。

「日本とは大違いだ」

「あなたが言うとおり、日本政府に一貫性が乏しいのは事実だ」

「世論は浮草と同じだ。池田政権は浮草の上に乗っている。浮草も沈むことがあると教えてやるのです」

「結局は、個人的な恨みを言い訳にしている」

「妻子を失ったとき、私は自ら命を絶とうとした。それを思い留まらせたのが池田への怒りであることは事実です」

村瀬が揺るぎない意思を感じさせる視線を返す。

なにを考えている。

せっかくだから、と村瀬が東郷に問うた。

「警部。あなたにとって家族とは」

「守るべきもの」

「火事の日の朝。私と妻と息子は普通に食卓を囲みました。連絡会を手伝ってくれる二人と色々なことを話した。現状、課題、その対策。日々厳しい状況に陥っていくけれど、私たちの意思は固かった。彼らがいたから私は頑張れた。でもその数時間後にすべてを失いました」

「私も国民の安全を守る立場です。ご家族のことについては心からお悔やみを申し上げます。しかし、その悲しみが首相の命を狙う理由だというのはやはり間違っている」

「なら、あなたの奥さんが殺され、その犯人がのうのうと生きていたらどうします」

「司直の判断に委ねる」

「司直に命じる権限を持った者が犯人だったら」

「誰であろうと関係ない」

「雑賀を容疑不十分で釈放した池袋署に抗議した私に対して、署長がどんな態度を取ったか知りもしないで。我々一般人は泣き寝入りさせられるだけ。私は許さない」

「警察の行動と判断の基準はあくまでも法です。感情の問題は量刑に考慮されることはあってもそれは司法の仕事だ」

「私は間違っていない。間違っているのは法だ」

「私はあなたが罪を犯そうとするなら、法を守り、治安を維持するためになんとしても止める」

「殺してでも」

東郷は頷いた。

「なら、私の怒りとあなたの使命感、どちらが勝つかです」

「雑賀を選んだのは怒りから？」

「彼はそれだけの罪を犯した」

「モグラもあなたの組織か」

馬鹿な、と村瀬が冷めた笑いを浮かべる。

「私はあんな愚かな手法は取らない。罪のない人を巻き込むなど私の主義主張に反します」

「中嶋や樋口社長まで殺しておいて？」

「中嶋、樋口が？　なんの話ですか。二人は殺されたのですか」

一瞬、村瀬の体がふらついた。

肩からショルダーバッグが抜け落ちる。

「犯人は雑賀だ。知らないとは言わせない」

村瀬が押し黙る。とぼけているつもりか。

「村瀬さん。完璧な計画などない。必ず穴がある。穴の開いたグラスに水を注げば、漏れ出した水は周囲に広がっていく。その度に人が死ぬことになる」

東郷は押す。

「素人のあなたが、なぜこれほど周到な計画を立てられる」

村瀬が悄然(しょうぜん)とした顔を東郷に向ける。

その両目が潤んでいた。

「私の組織は私独りで成り立っているわけではありません」

「この二人ですね」

東郷は、山内と蒲田の写真を見せた。

「ノーコメントです」

「では百年政策研究所のことはご存じか」

「それがなにか」

「研究所はモグラの支援組織で、山内と蒲田はその中核をなしている」

村瀬の顔から血の気が引いた。

「活動資金も二人から？」

「知りたいのなら自分で調べることです。それが公安の仕事だと思いますが」

明らかに村瀬が動揺している。

「池田政権は国際的な世論に反し、難民を裏切り、私を見放し、家族を殺した。どれも政権維持が目的です。キリストでなくとも、行き先は地獄だと彼らに審判が下される」

村瀬がムキになる。

「誰かに操られていると感じたことは」

一瞬、村瀬が言葉を失った。

「……ありえない」

「計画の陰であなたの知らないなにかが動いている」

「そんなことはない」

「あなたは利用されているだけだ」

「黙れ！」

「雑賀はどこにいる！」

東郷の恫喝（どうかつ）に、村瀬が自身の頭を指さした。

「ここだ。しかし、あなたには取り出せない」

村瀬がショルダーバッグから拳銃を取り出す。

反射的に東郷は身構えた。

「池田首相に伝えることだ。最後の審判を受ける場所で私が待っていると」

村瀬が銃口を口にくわえた。

「やめろ！」

東郷は叫んだ。

辺りに銃声が響いた。

午後五時
東京都　千代田区霞が関二丁目　警視庁本部庁舎

Ｇ20を前に、警視庁大会議室で関係省庁の連絡調整会議が開催された。

東郷も山崎から同席を命じられた。

東郷は村瀬を失った。その責任を痛感する東郷にとって、とても会議どころではない。しかし、山崎は欠席することを許さなかった。

一係の任務である首相の暗殺計画の存在は確認した。東郷たちは任務を終えた。それでも、雑賀に繋がる首謀者を死なせてしまったことは取り返しのつかない失態だった。

東郷は雑賀を止める方法を見失ったのだ。

自責の念に、机の上で両の拳を握った東郷はうなだれていた。

この事件に関わることを命じられた七月十六日から一カ月が過ぎていた。

警察庁、警視庁、外務省、総務省、内閣官房の担当幹部が顔を揃えた。

まず、山崎から暗殺計画の実否にかんして報告が行われた。

Ｇ20の開催時期に池田首相の暗殺計画が進行していることは疑う余地のない事実であること。村瀬の組織の一名は身柄を拘束済みで、一名は殺害されたこと。ただ、村瀬の死は伏せた。上の判断とのことだ。

「で、肝心の雑賀なる暗殺者を逮捕する見通しはどうなんだ」

天野内閣官房副長官が口を開いた。

「担当する部署については再検討いたしますが、当然逮捕に向けて努力してまいります」

公安部長は引き続き五課が捜査を担当するかどうかの明言を避けた。

「ここまで捜査が進捗（しんちょく）しているなら、このまま五課で担当すべく警視庁で検討してくれ」

公安部長の腰が引けた発言に不安を感じたのか、天野が苛立ちを露（あら）わにする。

警察庁長官と警視総監がちらりと天野を見る。

「それでは、今日の会議の主題であるＧ20の開催について審議頂きたい」

天野が仕切り直す。

「Ｇ20の中止決定のリミットは本日と考えて頂きたい。結論から申し上げると、諸般の事情により中止は不可能です」

外務省の高橋欧州局長がいきなり結論を出したために、他の出席者たちは顔を見合わせた。

警察庁警備局の平井局長が背もたれから身を乗り出す。

「高橋局長、その判断は少し早計ではありませんか」

「我々としては、開催の是非と首相の身の安全を確保できるかどうかは、別の問題だと認識しています。どの国でも大なり小なり危険や問題は存在する。そんな国への訪問をすべて控えるというなら、国際会議など開けない。たった一人の不穏分子が首相の命を狙っているからといって、G20の中止など申し入れたら日本の沽券に関わる」

高橋が強気で応じる。しかもその言葉の裏には、問題はすべて警察側にあるという投げかけが、さりげなく仕込まれている。

公安部長が信じられない、といった表情で高橋に問い返した。

「首相の安全を確保できない可能性が高くてもですか」

「内憂にかんして、我々に問われても困ります。外務省としては、考えられるすべての不安要因を排除して頂きたいとしか申し上げられない」

「暗殺計画だけではありません。モグラのテロも懸念されます」

「そちらは警備部と特捜の問題だと認識している」

突き放すように高橋が言い放つ。

横柄で傲慢。

なんだこの野郎は。東郷は苛立ちを感じた。

「なぜ、そこまで開催にこだわられるのですか」

「部長。我が国の難民政策が批判に晒されているのはご存じのはず。だからこそ、我が国を混乱に陥れようとするテロリストを恐れてG20が中止されるようなことがあれば、彼らの思う壺。これが本件にかんする国是と思って頂きたい」

高橋の無理強いに、天野が公安部長を向いた。

「局長の意見に従うなら開催は予定どおり、引き続き山崎課長のところで暗殺者の逮捕に全力を挙げるということになる」

「直接、五課長に聞いてみたい。どうだ、山崎君」

警察庁長官が山崎の意向を問いただす。

「厳しいですね」

外した眼鏡を丁寧に机に置いた山崎が、顔の前で掌を合わせた。

「なぜ」警視総監が口を開いた。

「時間的に厳しいことは私にも理解できる。我々も協力することに、やぶさかではありませんよ」

高橋が一転、物わかりの良いふりで話をまとめにかかった。

「やってくれないか」

　警視総監が山崎に念を押した。

「五課一係の捜査員は十名です。とても人が足りない」

　山崎が渋る。

　動揺を隠せない公安部長が高橋を向いた。

「外務省から参加各国にこの事実を伝えた上で、注意を喚起して頂けませんか。雑賀はどんな手を使うかわかりません。加えてモグラのテロによって、各国の要人に被害がおよぶかもしれない」

「仮定だけでは正式な外交ルートを動かすことはできない。万が一、これが根も葉もない話なら、日本外交は一気に信頼を失う」

　まるで公安の申し入れを予期していたかのような受け答え。さすがは外務省の局長だ。巧みな抗弁で、この程度の難題をすり抜けることなどお手のものだった。

　この場の総意が、全責任を負って五課が担当すべきという結論に集約されつつあった。

「現状ではG20の開催は予定どおり。暗殺犯の捜査と逮捕は警視庁公安部五課、モグラの対応は特別捜査本部が引き続き担当するということでよろしいですね」

頃合いを見た天野が室内を見回す。

空虚な主張、他省庁への押しつけと責任回避。

村瀬を闇に突き落とし、村瀬が軽蔑した現実がここにある。

自分たちの器が社会不安を引き起こしていることには無頓着だった。

賽は投げられた。しかし、こんな連中のために東郷と部下たちは命をかけるのか。

一秒でも早くこの場を抜け出したい東郷は苛立ちを強める。

膨れ面で何度もため息をつく。

もはや我慢ならない、と席を引いた東郷の足を山崎が蹴った。

よろしいですか、と山崎が手を上げる。

「高橋局長。お聞きしたいことがあります」

「なんだね」

「私は長年公安警察官として働いてきました。そんな私でも、これほど深刻な事案は初めてです。対応を誤れば国家の屋台骨を揺るがしかねません。その認識は皆様におありですか」

「当然だ」

「ならば、どこが担当すべきかなどというキャッチボールではなく、それぞれの部署がそれぞれの責任を果たして頂きたい」

「言うじゃないか。共同責任だと言いたいのか。そんなものは公安の言い逃れだ」

目の前の連中は、いかに暗殺計画を阻止するかを議論しているのではない。

目の前の連中は、いかに厄介ごとを人に押しつけるかの綱引きをしている。

己を捨ててまで公安警察官の使命を全うする東郷の決意など、彼らにとってはどうでも良いのだ。

そんな奴らのために、東郷と部下たちは犯人を追っているわけではない。

東郷たちは警官の誇りを懸けている。

高橋たちはなに一つ失うつもりはない。

ここで行われているのは、愚かな駆け引きだ。

東郷の中でなにかが切れた。

「よろしいですか」

東郷は席から立ち上がった。すべての視線が東郷に集まる。

「君は」

「雑賀の捜査を担当した東郷警部です」

部長の紹介に高橋が不快感を露わにする。

「警部？　そんな者がなぜこの会議に出席している」

「まあまあ局長。東郷警部の話を聞いてみましょう」

天野が取りなす。

東郷はゆっくりと大会議室を見回した。

「先ほどからの議論をお聞きしていると、引き続き私に雑賀の捜査を引き受けろとの指示と理解いたしました。ならば、皆さんにお伝えしておくべきことがございます」

「それはなんだ」

高橋が余裕の表情を浮かべる。

「雑賀と村瀬を追う過程で、我々の動きに合わせるように村瀬の関係者が殺害されていきました。その理由は一つ。内部から情報が漏れていると考えます。当該捜査の情報を共有しているのは私の係以外では皆さんだけです。つまりこの中の誰かが、『職員は職務上知ることのできた秘密を漏らしてはならない』と定める国家公務員法第百条に違反した可能性は否定できません」

「いい加減に……」

「もう一点。首相の暗殺計画にモグラが関係している可能性があります。もし、それが事実なら皆さんにも危険がおよぶ事態が懸念されます」

出席者たちが顔を見合わせる。

なぜか天野だけが澄まし顔で冷静だった。

「渋谷、新橋や高田馬場で民間人を虐殺した連中です。次は政権幹部を標的にする可能性は否定できません。奴らは皆さんの住所データなどとっくに手に入れているはず。それはつまり、皆さんのご家族がある日、玄関先で血まみれになって倒れているあなた方に気づく事態を意味します」

「なら、雑賀を逮捕し、モグラを壊滅させろ」

高橋が挑発する。高圧的に指示するだけでなんの具体策も示せない。

「承知しました。その代わり、事件が解決するまでのあいだ、皆さんを私の視察下に置かせて頂きます」

「視察下だと」

「日々の行動を監視し、電話、メール、すべてを盗聴させて頂きます」

「なぜ君に私生活を覗かれなければならない」

「事件解決のためです」

「お前、自分の言っていることの意味がわかっているんだろうな。立場をわきまえろ」

高橋が気色ばむ。

「法令と倫理を遵守すべく、自分を律しながら私は任務に当たってきました。しかし、残された時間の中で雑賀を止めるには、超法規の判断と行動に踏み込んだ捜査が求められます。今回に限り私は自身の信条を曲げます。それだけではない。失敗すれば誰かが詰め腹を切らされる。私の捜査方針を飲んで頂く代わりに、私はトカゲの尻尾になります」

「すべてを君が引き受けると」

「はい」

「大した自信だな」

「私は公安捜査官ですから。ご不満なら、他の者に担当させてください」

失礼します、と一礼した東郷は出口に向かって歩き始めた。

唖然とした出席者が置き去りにされる。

「東郷」

廊下で呼び止める声に振り返ると山崎だった。

「誰に喧嘩を売ったのかわかっているんだろうな」

山崎が怒りを噛み殺している。

「首は覚悟の上です」

「お前が首になるのは雑賀を止めてからだ」

「冷たいですね」

「私が人情に厚いとでも思ったか」

山崎の突き放しに、一瞬、東郷は言葉に詰まった。

「なにか言いたそうだな」

東郷は額が触れ合うほど山崎に顔を寄せた。

「課長。腹は括りました。雑賀を必ず止めてみせます。その代わり、課長が梯子を途中で外さないでくださいよ」

捨て台詞を残して東郷は踵を返した。

とにかく胸糞が悪かった。

非常階段へ出て人気のない階段をのぼり、屋上へ通じる薄暗い機械室のドアを開ける。

真夏の光が迎えてくれた。

警視庁の屋上からは東には丸の内のビジネス街が見える。北から西へ目を向けると皇居からホテルニューオータニ、池袋や新宿新都心の高層ビルが建ち並ぶ。南には大崎、品川のビジネス街。その向こうは横浜だ。

この空の下、地平線まで続く大都会のどこかに暗殺者、いや猟奇殺人犯が潜んでいる。悪魔が街を徘徊しているのだ。

天を見上げて大きく息を吐く。

東郷は胸ポケットからスマホを取り出した。

ディスプレイに表示した妻の番号を見つめた。

「あなたご自身が恥じることはないと思っていらっしゃるのですか」

耳の中で妻の声が聞こえた。

短い瞬きのあいだに妻の笑顔が浮かぶ。

ディスプレイを掌で覆う。

「俺にやれるかな」

東郷は呟いた。

大きく息を吸った。

東郷はスマホをポケットに押し込んだ。

午後七時
東京都　港区赤坂二丁目　美和商事ビル

捜査員全員が会議室に集合した。

渡辺巡査部長と西岡巡査部長、そして新井田も東郷がなにを話すのか待ち構えていた。

東郷は今日までの捜査を総括した。暗殺計画の実態とモグラとの関連を明らかにし、雑賀、蒲田、山内を特定し、村瀬を追い込み、巨大な陰謀の存在を摑んだ。これらを一カ月でやってのけた捜査員の努力は賞賛に値する。

しかし、と東郷は続けた。「G20の開催は予定どおりとの決定が先ほどなされた。我々の新たな使命は雑賀を探し出し、その計画を阻止することだ」

うつむいている者、口を真一文字に結んでいる者、表情は様々だがすでに連絡調整会議の決定を聞かされていたのか、気持ちの整理はつけてきたようだった。

「そんなことだと思ってました」

新井田が背もたれから身を起こす。

渡辺が脚を組み替える。

「上は、今回の開催が大変なリスクを背負っていることを認識しているのですか」

「させたよ」

「それでも強行する理由は」

「俺が村瀬を死なせたからだ」

なるほどね、と納得したようにみんなが顔を見合わせる。

「なぜ上層部は、村瀬の死を伏せるのですか」

西岡の素朴な疑問だ。

「わからん」

「村瀬が死んだことを公表して、それを雑賀が知れば計画を諦めるのでは」

「可能性は低いだろうな。理由は簡単だ。この事件の首謀者が蒲田たちなら、村瀬が死んでも雑賀が抜けられない手は打ってあるはず」

「では、村瀬の死を報じることが、首相の暗殺計画が漏れることに繋がるのではという恐れでしょうか」

「さあな。ただ、情けないことに俺たちは道具だ。命令には従わねばならない。ただ、みんなの今日までの努力には頭が下がる。心から感謝している」

「やめてくださいよ。係長」

新井田が強い声を出す。

「それよりさっき、連絡調整会議の速記議事録を見ました。なんですか、あの天野と高橋とかいう野郎は」

「日本を率いているお偉いさんだ」

「西岡。お前、百年政策研究所に二人の住所教えてやれ」

新井田が西岡の椅子を軽く蹴った。

「マジで軽い連中だ」「でも、見栄とプライドだけは人一倍ですよ」「厄介ごとを人に押しつける無責任さもね」

渡辺が、西岡が、室伏までもが連絡調整会議の主役たちをいじり倒す。

言いたい放題の末、ようやく気が済んだらしい。

部下たちの思いが一つの方向に向き始める。

「この仕事は結果を出して当たり前。失敗したら罵声を浴びせられ、マスコミに叩かれ、左遷か降格だ。その覚悟はあるか」

東郷の言葉に室内の空気が高ぶっていく。

「もう一度俺について来るか」

全員が強く頷き返す。

公安刑事のプライドが室内に満ちていた。

よし、と東郷は手を打った。

「雑賀の潜伏場所を特定するぞ。まず、彼の交友関係はどうだ」

すぐさま渡辺が応える。

「雑賀は歌舞伎町に事務所を構える正木組に出入りしていました」

「組関係者で雑賀をよく知るのは」

「雑賀がいつもコンビを組んでいたのは、山田という準構成員です」

「山田に接触はしたのか」

渡辺が首を横に振る。

「最近、組事務所に顔を出していません。彼のダチも顔を見ていないということです」

いかにも匂う。

「山田のヤサは」

「彼は友人や知人には自宅の住所を告げていません」

室伏が答える。

「なら、組で聞くしかないということか。組には俺が行こう」

「我々は」

「渡辺班は蒲田智之を洗え」

「五反田にある百年政策研究所は事実上、閉鎖されています」

「奴を追え。雑賀に繋がるもう一つのルートは蒲田しかない」

それから、と東郷はつけ加える。

「西岡班は連絡調整会議出席者の通信傍受を準備。新井田は村瀬が死んだ痕跡を完全に消してくれ。どこからも漏れないようにしろ」

「連絡調整会議に出た連中は自分たちの携帯、メールが覗かれることを知っています。当然、用心すると思いますが」

「盗聴されることを知っているからこそ、やましい奴はおかしな動きをするものだ。それに、急に使われなくなったメルアドや電話番号こそ怪しい」

東郷は猟犬たちを野に放つ。

東郷自身も高橋たちのおかげで十分に奮い立たされた。

いずれ、けりはつけてやる。

「決して火中のクリを拾わない連中に、公安とはなにかを見せてやるぞ」

「久しぶりです」

新井田が悪戯(いたずら)っぽい笑みを浮かべた。

「なにが」

「本気になった係長の顔を見るのは」

八月二十日　水曜日　午前三時　G20開幕まで十日
東京都　港区六本木三丁目

雑賀は両腕を二人の男に支えられて、いつもの山あいの沢に立っていた。

部屋の鏡に映る自分は、強制収容所の政治犯のように痩せこけていた。

振り返って自分が匿(かくま)われている場所を眺めれば、それは板張りの古びた建物だった。打ち捨てられてから久しいのか、いたるところで壁が朽ち始め、窓ガラスの多くが割れていた。

両脇の男たちが幇助(ほうじょ)を解くと、一歩踏み出すごとに足裏から大地の軟らかな感触が伝わってくる。

足下を流れる清流の音と匂い。雑賀は右手で水をすくい、唇を寄せた。

「ではお願いしようか。今日の標的はあそこだよ」

使い馴れたセミ・オートマチック・ライフルが雑賀に手渡された。

訓練を始めて三カ月になる。

細身で全長は百二十センチほど。合板製のがっしりしたスケルトン・ストックの先に機関部の本体。さらにそこから、ハンドガードが取りつけられた七十センチはあろうかという狙撃銃独特の長くてほっそりとした銃身が伸びている。

銃を受け取った雑賀は、その黒光りするボディを眺めた。

綺麗だ。

撫でるように優しく抱え込むと、スナイパーライフルはおとなしく雑賀の懐に収まった。

ストックを肩にあて、チーク・ピースに頬を押しつけ、ハンドガードに左手を当てると銃を固定した。銃身を水平に倒して、トリガーに右手の人さし指をかけ、右目でスコープを覗くと百メートル向こうの標的が視界に入った。

その瞬間、雑賀の脳髄にアドレナリンが噴き出した。

額の血管が浮き上がり、痩せた両肩の筋肉が獲物を巻き込んだ蛇のように脈打ちながら盛り上がる。

距離、風向き、重力、神の与えたもうた課題を皮膚から感じ取り、自動的に弾道の補正を行って銃口の向きを決めた雑賀は引き金を引いた。
次の瞬間、彼方の標的が炸裂音とともに弾け飛んだ。
ブローバックと同時にダストカバーが開いて、空の薬莢が放出される。
立ち込める硝煙の匂いが鼻をつき、雑賀は甘美な香りに酔いしれていた。
今は、この満足感と充足感が雑賀の生きがいだった。
雑賀は銃口を下ろしてストックの部分をやさしく撫でてやった。
「もうちょっと撃ってみたまえ」
村瀬が慣れた手つきで雑賀の右腕に薬物を注射する。
雑賀は立て続けに三発の銃弾を発射した。
そして、そのすべてが標的を貫通した。
三発目を撃ち出したあと、雑賀は一瞬、陶酔状態に陥った。
このうえない一体感。
何度も訓練して覚え込んだ感覚が、麻薬のように心を癒してくれる。

目が醒めた。
雑賀はベッドの上にいた。

豆球に薄暗く照らし出された殺風景な室内。窓にかけられたカーテンが時折、表通りを走る車のヘッドライトで白く浮かび上がり、リビングに置かれたスタンドミラーの中で、鏡の男がこちらを見ている。

「雑賀。殺れるな」

「殺れる」

「怖くないか」

「怖くない」

「いい顔になったよ。俺はいつもお前の側にいる。安心しろ。だから殺せ」

雑賀は笑った。

雑賀はいつもの処置を始めた。

背中の管から薬が体内に送り込まれる。

午後二時
東京都　新宿区歌舞伎町一丁目

東郷は歌舞伎町の裏通りを歩いていた。

室伏が同行したいと願い出たけれど断った。

人通りが絶えた道端にゴミ袋が積み上げられ、生ゴミの臭いが漏れ出ている。夜行性のこの街は、昼間はゴーストタウンと化す。

数え切れない人生の表と裏を飲み込んだ歌舞伎町の外れで、一軒のパチンコ店の前を通りかかったとき、たまたま自動ドアが開くと、店内から安っぽい青色のスーツを着て、ワックスで髪をリーゼントに決めた男が出て来た。

店の近くに停まっていた黒いベンツに乗り込もうとしていた中年男と肩が触れた。

「おっさん、気をつけろ！」

肩をいからせながらリーゼント男が通り過ぎる。

ベンツから、スーツ姿の二人連れが降りた。一人は脂を搾（しぼ）り出されたように痩せた男で、もう一人は小柄で五分刈りだった。安物の夏用スーツと不釣り合いな鋭い視線、物腰。どうやら堅気ではなさそうだ。

「待ちな」

五分刈りが声をかける。

リーゼント男が振り返る。

二人に気づいた途端、顔色が変わった。

げる。

リーゼント男が駆け出した。

ベンツの二人が追う。

リーゼント男の前に回り込んだ五分刈りが行く手を遮(さえぎ)る。

五分刈りがリーゼント男の腹にパンチを叩きこむ。男が腹を抱えて前かがみになる。

後ろからリーゼント男の膝(ひざ)の内側を蹴って両足を広げさせ、痩せ男が股間を蹴り上げる。

「誰に口きいてんだよ」

急所を両手で押さえたリーゼント男の口からゲロが噴き出した。

痩せ男が、髪の毛をわし摑みにして上を向かせた男にビンタを食らわせた。

痩せ男に右腕を背中でひねり上げられたリーゼント男がどこかへ連れ去られる。

いつのまにか、野次馬たちが集まっていた。

笑いながらスマホを向ける者、ビルの前に座り込んだまま無表情な者、反対に「すげえ、すげえ」とはしゃぎながら拍手する者。

これがこの街の現実だった。

トラブルが起きた場所を通り過ぎた東郷は、その先の雑居ビルの前で足を止めた。

見上げると、錆びた看板に『正木興業』とある。

狭い階段を二階へ上がり、傾いたネームプレートのかかったドアを開ける。

二十畳ほどの部屋だった。右の壁沿いに流しがあり、中央に紫色の絨毯、その上にソファが置かれ、その向こうが衝立で仕切られている。ソファに数人の男が腰かけている。

「どなたさん？」

右手首に金のブレスレットを巻いたスキンヘッドの男が尋ねる。

東郷は警察手帳を掲げた。

「組長か若頭はいるか」

「若頭。警察の方が訪ねてきました」

スキンヘッドが衝立の向こうに声をかける。

椅子を引く音が聞こえた。

長身で柔道選手を思わせる体格、安物の白いスーツを着た男が姿を見せた。

スーツの袖から刺青が覗いている。

「私が若頭の小野寺です。警察の方がなんのご用でしょうか」

日に焼けて真っ黒な顔の真ん中で、ぎょろついた目だけが異様に光彩を放っている。

「聞きたいことがある」

「なんでしょうか」

「山田という準構成員がいるだろう」

「それが」

「住所を教えてくれ」

「ほー。奴がなにかしでかしたのですか」

警察がやって来たと思ったら、使いっ走りの住所を教えろ、という唐突さに小野寺が首を傾げる。

「彼の友人の件で聞きたいことがある」

そんなことは自分で調べろよ、と顔に書いてある小野寺がソファの連中に声をかける。

「おい。誰か山田の居場所を知ってるか」

「六本木です」

スマホを取り出した組員が、山田の住所を教える。

「小野寺さんよ。最近、山田と会った、もしくは連絡はあったかな」

「そういや、顔を見てないな。でも、それがどうしたんです」

「いや。ならいいよ。お手数でした」

東郷は事務所を出た。

東郷は赤坂の美和商事ビルに戻った。

五階でエレベーターの扉が開くと佐々木と鉢合わせになった。

小さく舌打ちする。

今日はついてない。

佐々木が難しそうな顔を作る。

「顔色が悪いな」

今は忙しい、と東郷は佐々木の横をすり抜けようとした。

「待てよ」

佐々木が呼び止める。

「お前一人で熱くなってるじゃねーか」

挑発に東郷は足を止めた。

「部下にも人生が、家庭がある。任務に失敗して飛ばされるのはお前だけにしろよ」

「放っておけ」

「ガキかよ、まったく」

佐々木が嘲り(あざけ)を強める。

「東郷。俺たちは山を捌くことができれば見たいものが見える。捌けなければ沈むだけだ。少なくとも俺にはいつも見たいものが見えている」

佐々木は組織の長として完璧らしい。

なるほど、と東郷は胸の前で腕を組んだ。

「佐々木。一つ教えてくれ」

「なんだよ」

「お前が二係をまとめているのは認めるよ。ただ、周りがお前のことを楽しげに噂しているのを聞いたことがない」

東郷は上目遣いに佐々木を見た。

「どうだ、お前の部下はお前が誘えば気軽に一杯つき合うか。まさか、今日はちょっと、といつも断られてるんじゃないだろうな」

「それがどうした」

「本当の正念場で、最後までお前についてくる部下は何人いる」

佐々木の横を抜けて東郷はオフィスに戻った。

八月二十一日　木曜日　午後一時　G20開幕まで九日
東京都　港区赤坂二丁目　美和商事ビル

雑賀の友人、山田隆が仲間の前から姿を消してから四週間ほどが過ぎていた。

昨日まで、渡辺班は山田がよく顔を出していた溜まり場をシラミ潰しに当たってきた。

「どこへ行った」「知らねーよ。あいつはよくバックレるし」「女のところか」「馬鹿言ってんじゃねーよ。あんなオカマ野郎にスケがいるわけねーだろ」

なにを聞いてもこんな答えしか返ってこなかった。薬の売人やカツアゲ仲間など所詮は冷めた関係だ。

正木組からの情報で、ようやく六本木にある山田のマンションを特定することができた。六本木五丁目交差点近くの脇道を二百メートルほど入った住宅街にある三階建てのマンションだ。山田の出入りは確認できないが、毎夜、部屋に明かりがともる。

新井田は周囲に完璧な監視態勢を敷いた。

「係長。踏み込みますか」

山田の部屋とマンションのエントランスを捉えたモニター画像を見ながら、新井田が指示を仰ぐ。

「準備は整っています」

前かがみになって机に両肘をついた東郷は顔の前で指を組んだ。

「狭いマンションだ。中にいるのが雑賀なら武装し、爆発物を仕かけているかもしれん。住人に危害がおよぶ可能性が高い」

「外で勝負ですね」

「外に出るなら誰かと接触する可能性が高い。それまで待とう」

午後二時
東京都　港区六本木三丁目

数枚しかない服から目立たないポロシャツとデニムを選び、財布と銃をバックパックに突っ込んだ雑賀は、村瀬が揃えてくれたスニーカーを履いて表に出た。

平日の街を歩くのは久しぶりだった。

同時刻
東京都　港区六本木四丁目　麻布警察署

雑賀が動いたとの一報が入った。待機していた捜査員に緊張が走る。

雑賀の追跡と逮捕に向けた作戦が始まる。

岩下のときと同じく指揮をとるのは新井田。投入される十八人の捜査員全員に指示が飛ぶ。岩下の場合と異なるのは、作戦の目的が雑賀の確保にあること。今回も捜査員は六人編成で三班に分けられた。

「一ブロックごとに各班がローテーションで雑賀を追う」

（各班の距離は？　街中ですから、なにが起きるかわかりません）

渡辺巡査部長が無線で返す。

「二十メートルの距離を空けて左右に散開。交差点では特に注意しろ」

（タクシーを拾った場合は覆面ですね）

今度は西岡だ。

「信号の間隔を調整するから慌てなくていい。お前たちは雑賀が死角になってから車両に収容する」

岩下のときもこうだった。入念に、慎重に、蟻（あり）の穴をも塞（ふさ）ぐように練られた計画。

自分たちの作戦にミスはない。……はずだ。

東郷はマイクを握る。

「いいか、今回の作戦は岩下のときとは違う。雑賀は冷酷な殺人鬼だ。逃亡するためには手段を選ばんだろう。一瞬たりとも気を抜くな」

午後二時三十分
東京都　港区六本木三丁目

熱波の中でビジネスマンが、日傘をさした主婦が、暑さに喘ぎながら行き交う。ビルのガラスに反射する陽光が街を炙り、遠くの景色が陽炎で揺らいでいる。点々と道端にホームレスが倒れている。生きているのか死んでいるのかさえわからない。

異臭を放つその懐から、誰かが財布を抜き取っている。

これが東京の現実だ。

殺伐とした都心で猛暑の中を無表情に歩く雑賀は、六本木から大江戸線で代々木へ出て山手線に乗り換えた。

外回りの十一号車、つまり最後尾車両に乗り込んだ雑賀は乗務員室の壁を背にして立った。この位置からだと車内の見通しが利く。

ドアのガラス越しに景色を眺めるふりをしながら、雑賀は周囲に対する注意を怠らなかった。

ＪＲ山手線　外回り十一号車

雑賀が乗った池袋方面行きの電車で、渡辺が率いる一班は同じ車両に、残りの班は一つ前の車両にわかれた。

彼らは乗客を装い、ある者は吊り革を摑み、ある者はシートに座って網を張る。

電車が駅に着く度に乗り込んで来る乗客を、捜査員たちがチェックする。

停車時間は十五秒しかない。

渡辺班の室伏は、カジュアルな上下のコーディネートにスニーカーで決めている。

ＪＲ山手線　外回り十一号車　乗務員室前

電車が新宿駅を発車すると、雑賀の視線はホーム上を流れる景色から車内に向かった。

不自然にラフな格好をして、それでいて体格のいい男はいないか。

人を見るときだけやたら目つきの鋭い奴はいないか。

車内に同じような身なりの連中が見当たらないか。

彼らの耳にイヤホンがはめられていないか。

村瀬の教えにあった官憲のフォーメーションだ。

いた。

今どきのツーブロックの髪型をした若い男が十号車との連結器の手前に立っている。

自分と似たポロシャツとアンクルパンツというカジュアルな上下のコーディネート、やたらと白さが目立つ国産のスニーカー。

柱にもたれかかり新聞を小脇に抱えた男は、わざとらしく車外を眺めていた。

犬の匂いがする。

雑賀の目とこちらを向く目がぶつかった。ツーブロックの男が素知らぬ顔で新聞を広げる。

その瞬間、男の耳からイヤホンがポロリと肩に落ちた。

雑賀はツーブロックの挙動を追いかけた。新大久保（しんおおくぼ）、高田馬場、目白（めじろ）、駅に着く直前だけわずかに新聞が下がり、その向こうからこちらを向いた目が透ける。

雑賀の心の疑念は確信となった。

（次は池袋……）

車内アナウンスが流れる。

乗客のあいだをすり抜けた雑賀は、ドアの横にある車内非常通報ボタンを押した。

電車が最も加速している区間でブレーキが作動した。

ロックした車輪が一斉に金切り声を上げる。電車が激しく減速する。

車両内のすべてが大きなマイナスGを受け、乗客は進行方向に向かって崩れるように倒れ込んだ。

網棚の荷物や手すりを掴み損ねた者が吹き飛ばされる。

あちらこちらで悲鳴が上がる。弾丸のごとくに飛んで来たキャリーバッグに頭を直撃された女性が床に叩きつけられた。

将棋倒しになった乗客の下からうめき声が漏れる。

混乱の極みを乗せた電車は、警笛を鳴らしながら池袋駅の手前で停車した。

騒然とした車内で、自分の身に起こったことを理解できない乗客たちがもがいていた。

倒れた老人を抱き起こす者。
頭から血を流し、意味もなく怒鳴り散らす者。
腹を押さえてうめき苦しむ者。
子供を抱きかかえて放心状態の母親。
窓を開けて外に飛び出そうとする紳士。
（どうかしましたか）（なにが起きたのですか）（返事してください！）
非常ボタン横のスピーカーから、殺気立った乗務員の声が抜けてくる。

東京都　港区六本木四丁目　麻布警察署

（雑賀の乗る電車が目白駅と池袋駅間で緊急停車しました）
無線で第三班から報告が入る。
「どういうことだ」新井田がマイクを摑む。
（ここからでは、わかりません）

「どうなってるんですか」

新井田がＪＲの総合指令室を呼ぶ。

（たった今、緊急信号が発信されています。現在、確認中ですが、山手線のいずれかの車両内で非常ボタンが押された模様です）

しばらくお待ちください、と係員が慌てる。

（池袋駅手前の山手線外回りで、なんらかの理由で電車が緊急停止しました）

新井田が無線を握る。

「二班と三班、聞こえるか。ただちに十一号車へ移動して一班を援護」

ＪＲ山手線　外回り十一号車　乗務員室前

「警察だ。動くな」

刑事らしき男がこちらに銃を向けた。

すっと左にずれて折り重なる乗客を盾にした雑賀は、バックパックからベレッタを取り出した。

十号車と繋がる連結器と最後尾の乗務員室前で、混乱する乗客をはさんで雑賀と刑事が睨み合う。
緊急停止による難を逃れた乗客が、刑事と雑賀のあいだで視線を行き来させる。
車内に乾いた音が響いた。
銃を向けていた刑事が腹を押さえて膝から崩れる。
床に叩きつけられた頭部からにぶい音が響く。
雑賀の銃弾が彼の腹にめりこんだ。
すぐ後ろにいた別の刑事が彼を十号車へ引き戻す。
その横でツーブロックの男は頭を抱えて、床に突っ伏している。
「ピストルだ」
乗客が叫ぶ。
慌ててシートの陰に身を隠す者、その場にしゃがみ込む者。
もう一度銃声が響いて二人目の刑事が倒れた。
誰かが無線に絶叫している。
「二人撃たれました」「銃使用の許可を願います」
応援の刑事たちの銃口が雑賀を向いた。
銃声と同時に硬質な金属音を立てて、雑賀の横で弾が跳ね返る。

足下に倒れていた年配の女性を無理やり立たせた雑賀は、彼女を盾に引き金を引く。
銃声が車内にこもる。
雑賀の左肩を銃弾が貫いた。
痛みが左脳を駆け上がる。
上出来じゃないか。
笑い声を上げながら雑賀は銃の引き金を引き続けた。
撃ち抜かれた右目を押さえながら、連結器に立っていた刑事が倒れる。
非常用コックを引いてドアを開けた雑賀は線路に飛び降りた。
俺を誰だと思っている。

四章　覚醒

八月二十二日　金曜日　午前十時　G20開幕まで八日
東京都　千代田区霞が関二丁目　国会議事堂近く

G20開幕まで八日となった。

今朝、国会前の交差点で内堀通りから国会正門へ向かう道が封鎖された。

桜田門から国会を目指す数千人規模のデモ隊が内堀通りを埋め尽くしている。交差点では高さが二メートルはある鋼鉄製の壁が道を遮断し、その前に逆T型のコンクリート製の車止めが二重に並べられている。車止めの前には警棒とポリカーボネート製の盾を持った数百人の機動隊員が隊列を組み、奥では高圧放水車を先頭に、パトカーや青の車体に白のラインが入った特型警備車がバリケードのごとく並んでいる。

「難民の受け入れを中止しろ」「日本に難民はいらない」

デモ隊は口々に難民排斥を訴える。このままでは日本人の雇用が奪われ、治安が維持できなくなると政府の無策を責め立てる。

　都心の治安が崩壊する危険は、もはや道端のそこかしこに転がっていた。

　今度は三宅坂(みやけざか)の方向から難民受け入れを訴える大規模なデモ隊が、内堀通りを南下して来る。

「難民を受け入れろ」「難民の人権を守れ」

　彼らは万人に等しく生きる権利を与え、国際貢献の重要性を訴える。

　両方のデモ隊が似ているのは、どちらも下品な文言のスローガンを掲げ、口汚く相手を罵(ののし)ることだ。目的が正反対とはいえ、たちの悪いデモ隊が睨(にら)み合って、国会前の交差点が騒然としていく。しだいにデモの参加者が興奮し、夏の猛暑を凌(しの)ぐ憎悪の熱気が交差点を包む。

　デモ隊の群れが息をするように膨張と収縮をくり返し、左右に揺れる。

　排斥派のデモ隊が機動隊の非常線を破って、官邸方面へなだれ込もうとした。それを機動隊が盾の壁で押し戻す。

「やめろ」「帰れ」と推進派のデモ隊が怒鳴る。

「失せろ」「薄汚い偽善者め」と排斥派がやり返す。

　推進派のデモ隊が排斥派に向かって投石を始める。

スクラムを組んだ排斥派が推進派に向かって火炎瓶を投げつける。

直撃された数人が燃え上がり、悲鳴を上げながら車道で転げ回る。火を消そうと仲間が上着で叩く。

「人殺し」「なにをしやがる」

推進派のデモ隊が排斥派に殴りかかる。

それをきっかけに両派の入り乱れた乱闘が始まった。服が引き裂かれ、バットで割られた頭を抱えた若者が道に倒れる。

血にまみれたシャツの女性が乱闘現場から仲間に担ぎ出される。

排斥派の行動がエスカレートしていく。

推進派のデモ隊を蹴散らし、非常線のバリケードに体当たりし、鋼鉄製の櫓にロープを巻いて引き倒すと、機動隊車両へ火炎瓶を投げつける。

高圧放水車から一斉に放水が始まる。

デモ隊が吹き飛ばされる。

怯んだ排斥派のデモ隊に、今度は推進派が襲いかかる。

「ぶっ殺してやる!」「死ね!」

怒号と悲鳴が飛び交い、憎悪が血を求める。

機動隊員の警棒がデモ隊に振り下ろされる。

車止めの前で二派のデモ隊と機動隊員が入り乱れる。

それはもはや暴動だった。

同時刻
東京都　港区赤坂二丁目　美和商事ビル

国会前の騒動とは裏腹に一係は凍りついていた。

悪い噂の足は早い。特に役所では。

周囲の東郷たちへの視線は、重罪人を見るかのごとく蔑(さげす)みと嘲笑(ちょうしょう)に満ちていた。彼らは東郷たちが誰をなんのために追っているのか、もちろん知りはしない。しかし東郷たちが担当している事件でドジを踏んだことだけは、衆目の知るところとなっていた。エレベーターの中で二係の捜査員たちが見下すような視線を投げる。廊下で東郷を見ながらひそひそ話をする連中の口元に冷笑が浮かぶ。

取り敢(あ)えず山手線の一件は逃走中の凶悪犯を発見、追跡中に発生した不測の事態だったと山崎は本庁に釈明した。記者会見で銃使用の是非について厳しく詰め寄る記者に、山崎は正当防衛の一点張りで押し切ったが、こんな無理がいつまでも通るわけはない。

もう一度同じことが起これば、山崎の防衛ラインは吹き飛ぶ。

東郷は課長室に呼び出されていた。

「機略に溺(おぼ)れた、ということか」なぜか山崎の口調は穏やかだった。「今回の失敗の原因はどこにある」

「雑賀が発砲した以上、こちらの応戦はやむを得ないと考えます」

「簡単に気づかれる配備だったのか」

「カモフラージュには万全を期したつもりでしたが、結果として……」

「気づかれたということは、万全ではなかったということだ」

二人のあいだの空気が張りつめる。

「作戦の失敗は私の責任です」

「くだらん。警察全体の責任だ。個人の責任問題などに興味はない。お互い傷をなめ合ったところでそんな感傷になんの意味がある。君たちはプロだぞ」

「申しわけございません」

「いつになったら結果が出る」

　東郷は沈黙で応えるしかない。

「そもそも根本的な疑問に答えてくれ。雑賀なる暗殺者は、村瀬に洗脳されて公安を翻弄（ほんろう）するほどの能力を身につけたのか」

　強烈な皮肉だった。

　東郷は両の拳を握りしめた。

　山崎が東郷と目を合わせない。

「東郷。気持ちの整理がついていないなら、改めて出直してこい」

「いえ。大丈夫です」

　東郷は大きく息を吸った。

「洗脳というより、マインドコントロールに近いと思います。拷問などで、無理やり精神構造を変えさせる洗脳に対して、マインドコントロールは、『本人自身に信じ込ませる』やり方です。ＩＳの戦闘員のように、人はマインドコントロールによって平気で人を殺すようになる。自分の意思だと信じ込んでしまうのです」

　カルト教団は事実上、信者を洗脳に近い形でマインドコントロールするが、それが可能な理由は『救いを求めている』、もしくは『孤独に悩んでいる』人たちの心の弱みにつけ込むからだ。おそらく村瀬は、放火事件の実行犯である雑賀の弱みにつけ込んだ。

「かつて、米国や中国の情報機関も、捕虜や政治犯の洗脳には失敗している」

「外部との情報を遮断した状態で、細かい行動までコントロールされ、徹底したすり込みによる思想のコントロールを受ける。薬を使い、脳への施術によって命令に従わないと恐ろしいことになると教えられ、感情までもコントロールされる」

雑賀のことを語れば語るほど、怒りと後悔が込み上げる。

息苦しさを感じた東郷は窓の外に視線を移した。

「具体的には」

山崎が東郷を呼び戻す。

「……おそらく。人は狭い部屋に閉じ込められると不安に陥ります。自分を守るために五感が鋭敏になると幻覚を見るようになる。さらに雑賀は飢餓と睡眠不足の状態に置かれたのでしょう。食事を制限されると人間は血糖値が下がりますし、極端な睡眠不足に陥ると意識が朦朧(もうろう)として混乱し、いずれも幻視や幻聴を感じるようになる。その状態で薬物を使用しながら解凍、変革、再凍結と呼ばれる三つのプロセスを経てマインドコントロールを実現したと想像します」

「三つのプロセスだと」

「激しい暴行と幻覚剤による催眠状態の中で身体への強烈な攻撃を執拗に繰り返すことで、暴力衝動を雑賀の潜在意識に焼きつけた。この『解凍』のプロセスで、雑賀の自己は完全に崩壊したと思われます」

「その次は」

懲罰のつもりなのか、山崎の質問は続く。

「『変革』のプロセスです。暴行の日々から一転して、穏やかな状態での村瀬による雑賀の自己の再定義。救世主たる村瀬を失うことへの恐怖心を巧みに利用しながら、外部情報との接触を絶った環境下で、新しい自己の段階的創造と移植なる処置が施されたはず。最後は『再凍結』のプロセス。首相暗殺という明確で唯一の目標を徹底的な教育で叩き込み、新しい雑賀の自己が強化されていったのでしょう」

「マインドコントロールだけで何人も殺すほど暴力的になれるとは思えない」

「強制ではなく、雑賀の意思なのです。薬物のせいで幻覚を見るようにもなる。さらに、彼の異常な暴力衝動は、脳の島皮質への施術によって引き起こされている可能性があります」

「田沼町のアジトで?」

「しかも、初期段階で……」

村瀬によるマインドコントロールの結果、雑賀は一秒毎に破滅へ向かって進んで行く殺人鬼に生まれ変わった。

「恐るべき敵が現れたな」

「……私も初めての経験です」

「雑賀に三人の部下を殺された。まさか君、怖じ気づいたんじゃないだろうな」

東郷に返す言葉はない。

「暗殺者の正体など知りもしない高橋局長は、私たちの失態を聞いて高笑いしているぞ」

山崎がちらりと視線を投げる。

「今回の事案はなぜ君なのか、なぜ私が君を選んだのか。その正しさを証明しろ。必要なら、私の首などいくらでもさし出してやる」

ようやく解放された。

廊下に出る。

呆然と東郷は後ろ手に閉めた扉にもたれかかった。

殉職した部下たちの顔が頭に浮かんだ。

痛恨の記憶。切り裂かれるような後悔。

決して償えない失態。

そのとき、エレベーターの到着灯が点灯した。

慌てて東郷は背筋を伸ばす。

佐々木警部がエレベーターから降りてきた。

スーツの皺（しわ）を直す仕草でごまかす。

佐々木が向こうから近寄ってくる。

「お前、仲間の命をなんだと思っている。彼らにも家族がいるんだよ。しかも山手線の中で派手なドンパチやりやがって。乗客が撃たれたらどうするつもりだ」

佐々木の怒りが東郷の頬を張る。

「俺たちが筋を通しても、相手は生まれながらの狂犬だぞ。お前のやり方は、後ろ手に顎（あご）を出して殴ってくれと言ってるようなもんだろうが」

佐々木が東郷の鼻先に指を突きつける。

「係長としての責任をどう考えてんだよ！」

捨て台詞（ぜりふ）を残した佐々木が執務室に消えていった。

たった独り廊下に取り残された。

もはや東郷には引き返すことはおろか、廻り道さえも残されていない。

東郷には雑賀を止める責務がある。

罪の意識に自分の頭を撃ち抜くとしても、それは雑賀を止めてからだ。

目の前に両手を掲げる。

なにかを引っかくように曲げた十本の指が震えている。

東郷は吠えた。


廊下を抜けて会議室の扉を開ける。

中から新井田の怒声が抜けてきた。

「車両の防犯カメラで確認したよ。お前、雑賀の前でイヤホンを落とすなんて、なにヘマこいてんだよ！」

新井田が室伏の両襟を摑んで吊るし上げる。

落ちついて、と西岡たちが止めに入る。

「離せ！　こいつのせいで三人死んだんだぞ」

新井田が室伏を突き飛ばす。室伏が壁に背中を打ちつけた。

「わざとじゃありませんよ」

前かがみになった室伏が咳き込む。

「当たり前だ」

「凶悪犯の追跡なんて初めてだから仕方ないでしょ」

「なら、皆の後ろでもっと大人しくしていろ」

「雑賀を捕まえられると思ったんですよ。私がミスしたって言うんなら、警部補だって、どうやるべきか教えてくれなかったじゃないですか」

「なんだと。てめえ、舐めてんのか！」

室内が殺気立っていた。

「やめろ。やめんか！」

パイプ椅子に荒っぽく腰かけた東郷は、目の前の椅子を蹴り倒した。

「お前らそれでも刑事か。落ちつけ！」

東郷の剣幕に会議室が沈黙に包まれた。

「お前ら、やることあるだろうが。こんなとこで油を売っててどうする。雑賀と蒲田の首に縄を巻いてここへ連れてこい」

捜査員たちが顔を見合わせる。

「行かんか！」

東郷の喝に、室伏も含めた捜査員たちが弾かれるように会議室から駆け出て行った。

扉が閉まる。

室内には東郷と新井田だけになった。

脚を組んだ東郷は背もたれに寄りかかり、頭をそらせて天井を見上げた。

「雑賀はどこにいる」

頭を冷やすために新井田が息を整えている。

「全員が血眼(ちまなこ)になって探しています」

「村瀬が死ねば暗殺計画は中止になるのか」

「期待薄でしょうね」

「なぜ」

「蒲田がいます」

黒幕は蒲田なのか。

捜査開始から今日までの経過を思い浮かべる。

村瀬を追い、岩下を特定し、田沼町のアジトを突き止めた。雑賀を特定するとともに、坂上からの情報で山内と蒲田の存在を摑んだ。山内は田沼町の製材所にいて、山内とおそらく蒲田はモグラに関係している。

東郷たちはこの短期間で敵の正体を明らかにした。

村瀬と三人の部下を失ったことは痛恨だが、その償いはこの事件が終わってからだ。

捜査の中で浮き彫りになったのは、村瀬は関係者の一人にすぎないこと。陰の黒幕が村瀬を引き込んだのは、いかにも村瀬による復讐が暗殺計画の実態であるかのごとく人々に思わせるため。

東郷は残された疑問をもう一度整理した。

村瀬は樋口と中嶋の死や、山内がモグラと関係していた事実を知らなかった。

この事件の黒幕は、百年政策研究所を隠れ蓑にした山内と蒲田なのか。

「雑賀の背後関係や私生活は洗いざらい調べ上げたのか」

「彼にかんするネタで使い道がなかったのは、かつて丸岡リネンサプライなる会社の従業員だったことぐらいです」

彼にも普通の人生があったらしい。

「なにがここまで問題を複雑にしたのだ」

「私たちが知らない事実があるからでしょう」

事実。自分たちが知らない事実とは。

「モグラが日本に不満を持ち、復讐を誓う難民が作ったテロ組織ではないとしたら」

「と、申しますと」

「他に目的があるとしたら。実は難民が独自に作った組織なんかではなく、別の目的を持った強固な組織に支えられているとしたら」

物陰で何者かがほくそ笑んでいる。

一つ確かなことは、そいつは人を殺す手段が悪趣味なゲス野郎だ。

「雑賀を樋口と山手線での殺人容疑で緊配だ。テレビにも派手に流せ」

「了解しました」

三時間後、雑賀の顔写真が全国ネットのテレビニュースで一斉に流れ始めた。

午後八時
東京都　新宿区新宿七丁目　明治通り

いずれ、公安が追って来ることは覚悟していた。しかしそれがあまりにも唐突だったことは否めない。

いつのまにか敵はすぐそばまで迫っていた。

当然、山田のマンションには戻れない。

ライトエースを転がして、雑賀は池袋を目指した。すでに自分の顔写真が東京中にばら撒(ま)かれているだろうから、駅などの主要な場所には立ち寄れないし、ホテルも使えない。周囲に気づかれることなく身を隠せる場所が必要だった。

目的の場所は、池袋駅西口に建つ東京芸術劇場と池袋西口公園のあいだにある。ナビ画面で位置を確かめながら、雑賀はゆっくり車を進めた。人通りがない寂れた場所。『池西ビル』なる錆びついた看板のかかったビルが目にとまった。村瀬の用意した複数の潜伏先の一つだった。

ビル横の脇道から裏に回り込んだ雑賀は、ポケットから取り出したカギを『通用口』と書かれたドアの鍵穴にさし込んだ。

もう何カ月も人の出入りがないらしくビル内はカビ臭かった。玄関脇の階段から二階、三階と見て回る。どの階も室内はもぬけの殻だった。床のほこりは積もり放題で、最近、誰かが訪れた気配はまったくない。

完璧(かんぺき)だ。

所詮(しょせん)は当面の隠れ家だ。

車を近くのコインパーキングに停めた雑賀は、手荷物を持ってビルに戻る。

まずは左肩の銃創の治療だ。

幸い銃弾は貫通していたが、周りが赤く腫れた傷口から膿が出始めている。

雑賀は、まず水道の流水で傷口を洗った。

救急ボックスの消毒液とガーゼで傷口の膿を拭き取ってから、深い切り傷用の応急処置キットで、プラスチック製のワイヤーとスリットが入った絆創膏を取り出した。

これがあれば、縫合は必要ない。

まず、ロの字の形をした絆創膏のシールをはがして、そのスリットと傷口を合わせるように貼る。次にスリットと直角に取りつけられた長さ五センチのワイヤーを引っ張った。ワイヤーは一度引っ張ると元に戻らないため、傷口を密着させたまま固定できる。四本のワイヤーすべてを引っ張って固定したら、はみ出たワイヤーをハサミでカットし、絆創膏の上からドレッシング材で覆えば処置は完了する。一週間持ってくれれば十分だ。

処置を終えた雑賀は痛み止めとして、いつもの薬を使った。

そのとき、スマホにメールが着信した。

『この男がお前に傷を負わせた公安警察の刑事だ。名前は東郷一郎。手強い相手だから気をつけろ』

添付された写真には肩幅が広くて、筋肉質の四角い顔、潰れた耳、太い眉、黒髪の男が写っている。加えて、東郷の経歴や携帯番号まで記されていた。

画面を見つめる。

いつかどこかで決着をつける予感がした。

他になにかないか。都内でなにが起きているのか。

スマホでネットニュースをサーチした。

当然のように雑賀のニュースが流れていた。山手線での銃撃戦で三人の公安警察官を殺害したとのことだ。驚いたことに、雑賀の素性だけでなく父親が自殺した過去まで詳細に伝えている。

（雑賀の凶行と両親の自殺が関係しているかは不明です。しかし、事業に失敗し、債権者に迷惑をかけ、母親まで自殺に追い込んだ父親には大きな責任がありますね。今、彼はどんな思いで息子を見ているのでしょうか）

父親を愚弄するアナウンサーのコメントが続く。

許さない。父親のことを馬鹿にする奴は許さない。

父親があんなことになったのは、クソみたいな世の中のせいだ。

社会が、政治が、警察がクソだからだ。
顔が火照(ほて)り、目の前の光景が回り始めた。
雑賀は拳で壁を殴りつけ、次々と壁際の書類棚を引き倒した。
お前らになにがわかる。
室内に埃(ほこり)が充満する。
馬鹿にしやがって。
足がもつれた雑賀は、背中から床に倒れた。
殺してやる。どいつもこいつも殺してやる！
東郷だと？　池田だと？
上等だ。
まとめてあの世に送ってやる！
雑賀は叫んだ。
「どうした」
鏡の男が現れた。
「あいつらを許さない。この借りは返す」
「お前は警官を殺した。彼らは復讐のために全力でお前を追うぞ」

「わかっている」

「首相を殺せ。そうすれば、彼らは己の無力を思い知り、責任をなすりつけ合うためにお前を追うどころではなくなる」

「二度目の山だ」

「なんだと」

「親父に言われた。男は一生のあいだに二度、高い山に出会う。それを乗り越えねばならない」

「今がそうなのか」

「そうだ。必ず乗り越えてやる」

八月二十五日　月曜日　午後九時　G20開幕まで五日
東京都　千代田区霞が関二丁目　警視庁本部庁舎

ついにG20開幕まで五日となり、警視庁は特別警戒態勢に入った。

陸上自衛隊の協力を得て、主要な幹線道路での交通規制と検問が実施されている。幹線道路に面するビルと、その周辺は徹底した事前調査が実施された。狙撃場所になり得ると判断された屋上へは立ち入り禁止処置がとられ、同時に見通しの良い場所には監視所が置かれた。陸自の七三式大型トラック、赤色灯を回転させて走り回る緊急車両、交差点を閉鎖する非常帯、低空で頭上を飛ぶ警察と陸自のヘリ。戒厳令下を思わせる光景が人々に無力感を植えつける。

国際会議が開催されるというお祝いムードなど微塵もなく、こんなことでもしないと要人を迎えられない国になってしまったという諦めが街を覆っていた。交差点では、目の前を通り過ぎる自衛隊車両を虚ろな視線が追いかける。

羊の群れを思わせる人の流れが、自衛隊員に指示されるままに交差点でＵターンさせられ、警官に誘導されるままにカラーコーンで狭められた歩道を押し合いながら歩いていく。

警視庁警備部は警視庁の内部組織の一つで、警備警察のうち集団警備力および災害対策を所掌する。隷下である警備第一課の特殊急襲部隊ＳＡＴを率いる川崎警部は、指揮官車で日本橋小伝馬町に向かっていた。ＳＡＴの全部隊三個班が、銃器対策警備車に分乗して指揮官車に続く。

三十分前。警備部長から、「場所を特定したモグラのアジトを急襲して、モグラの構成員を拘束、排除せよ」と指示を受けた。

外は雨だった。

指揮官車のワイパーが忙しく首を振る。

警部、と隣に座る下山警部補が声をかける。

「モグラも必死で抵抗するでしょう。もしモグラとのあいだで銃撃戦になったら」

「構成員の生死は問わないということだ」

「下手をすれば、モグラに同情する連中の憎悪が燃え上がる。蚊が湧くように、モグラに加わる者が現れるのでは」

SATの車列は内堀通りを走って大手門の交差点で永代通りに入り、大手町を抜けて江戸通りで小伝馬町を目指す。首都高上野線が頭上を横切る昭和通りの交差点を過ぎ、川崎は小伝馬町三丁目の交差点脇に車を停めさせた。

辺りは八階程度の中層ビルが江戸通り沿いに並ぶ下町のビジネス街だが、今は寂れて人通りはほとんどない。

「行こう」

車を降りた川崎は脇道を先に進み始めた。防弾ヘルメットに濃紺のアサルトスーツ、防弾ベストの上からタクティカルベストを着用した三個班六十名が二列になって続く。

ダンボールの包みを山積みしたカートを押していたホームレスが、何ごとかと立ち止まる。

三ブロック先の四つ角を右に曲がった先が目的地だ。耳のイヤホンを押さえて、各班と連絡を取りながら川崎たちは先を急ぐ。

モグラのアジトは、角を曲がって百メートル進んだ先の、今は使われていない資材倉庫だった。

「倉庫近くの車に二人張りつけてます」

「状況は」

「今のところ動きはありません」

それより、と下山が解せない表情を浮かべる。

「なぜ、こんな簡単にモグラのアジトが摑めたのでしょうか」

「知るか」

川崎も同じ疑問を抱いていた。しかし、それを考えても仕方ない。

周囲に注意を払いながら、車二台がすれ違うのがやっとの道を倉庫に向かう。雨に打たれ、車の消えた車道。まだ九時を回ったばかりなのに人影はなく、辺りは不気味なほど静まり返っていた。

頭上を見上げると、倉庫脇に建つ事務所の窓に明かりはない。事務所二階のベランダにも人影はない。

「狙撃班を対面のビルと路上の車両の陰に配置。準備が整い次第、制圧班を正面から突入させる」

川崎はヘッドセットのマイクに向かって指示を出す。制圧班の二個班四十名が、銃を構えて早足で移動してくる。長靴のつま先でたまり水が跳ねる。

後方支援する銃器対策部隊が、手際良く倉庫の東と西の四つ角に『迂回』と書かれた交通看板を立てて車を遮断する。

制圧班は玄関の両側に十名ずつ、玄関脇の二つの窓に十名ずつ、狙撃班は道を挟んだマンションに十名、そして残りが道路に散開する。

これで倉庫からの抜け道は塞がれた。

各班長から配備完了の報告を無線で受けた下山が、イヤホンを耳からはずしてオーケーのサインを出した。

「行くぞ」

そのとき、通りで誰かが叫んだ。

「危ない！」

見ると、白煙を噴き出しながら筒状の物体が路上に転がった。
次の瞬間、目の前で特大のフラッシュを焚かれたように、川崎の視覚が真っ白になる。
「発光弾！」
続いて頭上から銃声が響いた。
玄関の両脇に控えていた制圧班が、銃弾を受ける。
頭上から小銃の発砲音が連続する。
高い位置から狙い撃ちされているから、制圧班には身を隠すものがない。
倒れて痙攣を起こした隊員を、同僚が隣のビルとのクリアランスに引きずり込む。
銃弾が貫通した肩から噴き出る鮮血がビルの壁に飛び散る。
撃たれた首を押さえる隊員。
すかさず隣の隊員が肩を貸して後退する。
「応戦。応戦しろ！」
倉庫に向かって狙撃班の一斉掃射が始まる。
倉庫脇に建つ事務所が蜂の巣になる。
「突入しろ！」
バールで扉をこじ開けた制圧班が、倉庫内に突入した。

八月二十六日　火曜日　午前九時　G20開幕まで四日
埼玉県　所沢市牛沼　国道463号線

雑賀が運転するライトエースは牛沼の交差点を左折しようとしていた。

目指す荒木工業はもう目と鼻の先にある。あの怪しげなスクラップ屋に預けていた荷物がまもなく必要になる。

雑賀は汚らしい工場の中へ勢いよく車を乗り入れ、派手に泥を撥ね上げながらスクラップのあいだを走り抜けた。

「こんにちは」

事務所の前で車から降りた雑賀は呼びかけた。

半開きになった窓のすき間からパンチパーマの頭がちらりと見えた。

「やあ、あんたかね」

社長が玄関から出て来た。でっぷりとした腹に染みだらけのツナギがまとわりついている。なぜかやたらと愛想がいい。

「荷物を引き取りに来た」

雑賀は背後の屑山を指さしながら用件を伝えた。

「そうかい、どうぞ。荷物はこの前のままだよ」

例の場所まで車をバックさせた雑賀は、エンジンをかけたままサイドブレーキを引いて、リアのハッチを開けた。

「手伝おうか」

建物の方から声がした。頼みもしないのに社長がついて来ている。

「必要ない」

ぶっきらぼうに断った雑賀は、荷物の前に立った。

人がせっかく親切で言ってるのに、とむっとした表情を見せた社長が、「じゃあ、終わったら呼んでくれ」と踵を返して事務所へ戻って行った。

雑賀は社長の姿が見えなくなるのを確認してから、荷物にかけていたシートを引き裂くようにはがした。その下から二つの木箱が姿を現す。雑賀はその表面を撫でた。まず一番大きな木箱を引きずり出すと車の荷台に積み込んだ。その重さがずしりと両足に伝わり、スニーカーが泥にめり込む。

二つ目の木箱を取り出そうとしたとき、雑賀の動きが止まった。

雑賀は箱のへりをじっと見つめた。上蓋の横に二本の細い線が平行に走っている。

さらに注意して見ると、釘の周りが不自然にへこんでいた。箱に両手をかけたましばらく考え込んでいた雑賀は、事務所に向かって歩き始めた。

「これは謝礼だ」

雑賀は内ポケットから取り出した封筒を社長にさし出した。社長の表情がほころぶ。

「すまんね」と愛想を言いながら、社長がさっそく封筒から札束を取り出して数え始めた。ぼろい儲け（もう）けだ。

「なぜ箱を開けた」

雑賀の声は乾いていた。

札束を数える社長の手が止まる。血の気が引いていく表情が彼の動揺を教える。社長が恐るおそる顔を上げた。

素直に認めて謝るか、バックレるか迷っている目が雑賀とぶつかったとき、彼はもう手遅れだと知ったようだ。

油にまみれた手からポトリと泥の上に封筒が落ちた。

そのあとを追うように、社長が両膝（りょうひざ）から地面に崩れ落ちた。

雑賀の強烈なボディーブローに、踏み潰されたヒキガエルのような声を上げて社長が腹を抱え込む。

その首筋が雑賀から丸見えになった。

雑賀は頭上で拝むように合わせた両の拳を、がら空きになった社長のうなじに全体重をかけて叩き込んだ。

頸骨(けいこつ)の折れる音が聞こえた。

赤錆と油にまみれた泥に社長の頭がめり込んだ。

辺りに人気がないことを確認した雑賀は、愛用のベレッタを取り出した。

銃声が工場内に響く。

事務所前の水溜まりに一万円札が十枚、散らばった。

新札の香典とは珍しい。

荷物を積み込んで、何事もなかったかのように雑賀は工場からライトエースで走り出た。

午前十時
東京都　港区赤坂二丁目　美和商事ビル

G20開幕が迫り、溜池山王の周辺でも慌ただしい動きが目立つ。

　昨夜、小伝馬町三丁目で起きたＳＡＴがモグラのアジトを急襲した事件を、すべての全国紙が一面で伝えている。ＳＡＴによる急襲作戦の結果、アジトで四十三人のモグラの構成員が射殺され、生きて逮捕されたのはたった四人だった。まさにモグラは殲滅（せんめつ）された。なぜか新聞報道は、荒っぽい取り締まりの成果を賞賛するものばかりだった。

『警視庁の勝利』『モグラをＳＡＴが殲滅』『警視庁の捜査でテロの脅威が取り除かれた』

　それだけではない。この事件への感想を求められた街の人々が、「これで安心して暮らせる」「警察はよくやった」「平和な東京を取り戻すためには、多少の犠牲はやむを得ない」などと、警視庁の対応に肯定的なコメントばかり発する様子を朝のニュースが伝えていた。
　どう見ても行き過ぎた取り締まりに、東郷は言葉にならない違和感を覚えた。
　しかも、政府が治安維持を目的とした新たな特殊急襲部隊の設立を検討しているとの記事が添えられている。戦闘車両と重火器で完全武装した部隊とのことだ。

より強硬な取り締まりの実施。

これが今の日本なのか。

時代が東郷を置き去りにしていく。

オフィスで、窓から下界を眺めながら東郷は憂鬱だった。

SATによる急襲作戦のことだけじゃない。これからもう一つ憂鬱な事が起きる。

それは一係の問題だ。それも、非常に深刻な問題だった。

東郷は時計を見た。そろそろ時間だ。

東郷は足早に会議室に戻る。

会議室には新井田と室伏が残っていた。二人とも一言も発しない。

なぜ一人だけ会議室に残されているのか解せない様子の室伏に落ちつきがない。

「遅いですね」

新井田が時計に目をやる。

「もうそろそろだ」

「なにがですか」

室伏が問う。

「蒲田の居場所だよ」

「摑めたんですか」

「ああ。ほぼ特定できている」

「一課でも摑めなかったのに」

「私たちの協力者を舐めるな」

　そのとき、新井田のスマホが鳴った。

「俺だ。……うん。……わかった。そうか。すぐに行く」

　新井田がスマホを切る。

「渡辺からです。場所を特定しました」

　東郷は立ち上がった。

「室伏、これからガサ入れだ。お前も来い」

「ちょっと、トイレに行ってもいいですか」室伏が慌てる。

「お前、こんなときになに呑気なこと言ってんだよ」

「だって警部補。もう同じ失敗はできないので」

「とっとと行って来い」

　無駄口は不要だ、と東郷は室伏を急かす。

　室伏が会議室を飛び出した。

三十秒ほど間を取った東郷と新井田も会議室を出た。

廊下の様子を窺う。

室伏の姿はない。

新井田が目配せする。

廊下を進んだ二人は、トイレの奥にある書庫の扉を開けた。

室内で室伏がしきりとスマホを操作していた。

二人に気づいた室伏がギョッとした目を向ける。

「室伏。繋がらないだろう」

「は?」

「お前のスマホからのデータ通信は、三分前から遮断してある」

室伏の顔から血の気が引いていく。

すかさず、新井田が室伏の手からスマホを奪い取った。

新井田が室伏のスマホを東郷に向ける。

「係長。予想どおりです」

『公安がアジトを特定した。すぐに逃げろ』

「説明しろ」

東郷は怒りを噛み殺した。

室伏の目が泳ぐ。

「聞こえんのか！」

いきなり床に両手をついて室伏が土下座した。

「申し訳ございません。借金があったんです。裏金融からの取り立てに窮していたので、相手の口車に乗ってしまいました」

「相手とは誰だ」

「黒幕と思われる男です。でも、声しか聞いたことがありません」

「お前の裏切りのせいで命を落とした仲間になんと釈明する」

握った拳が怒りに震える。

「一生かけて償います。係長、警部補。どうか許してください」

「謝罪だけで許されると思うのか」

「脅されたんです。秘密を漏らすと。私の人生を滅茶苦茶にしてやると」

室伏が東郷に這い寄る。

「お前はこれからもそうやって生きて行くのか」

東郷の蔑みに室伏が額（ひたい）を床に擦（こす）りつける。

「申し訳ございません」

「命乞いは俺や係長にではなく、裁判官にするんだな」

新井田が手錠を取り出す。

顔を上げた室伏が、新井田に敵意をむき出しにする。

「お前だ。お前が、俺のやることなすことに一々、イチャモンつけるからだよ！」

室伏が新井田に向かって唾をはきかける。

「なめんじゃねーよ！　俺たちは警察官だ。組織にどれだけ不満があろうと、俺と新井田がどれだけ間違っていようと越えてはいけない一線があるんだよ。お前はそれをやっちまった。お前は警官である前に人として失格だ」

東郷は室伏を殴り倒した。

午前十時十五分
東京都　港区赤坂二丁目　美和商事ビル

新井田の運転で事務所を出た東郷は、蒲田が潜伏しているとおぼしき場所に向かう。

室伏がメールを送ろうとしていたスマホの位置情報は、渋谷区初台一丁目の甲州街道沿いに建つ雑居ビルを示していた。

美和商事ビルを出た車は外堀通りを赤坂見附に向かって走る。見附の交差点を直進し、右手にニューオータニを見ながら紀伊国坂を上る。左手の迎賓館を通り過ぎ、四谷見附の交差点を左折して新宿通りに入る。四谷三丁目の交差点を直進し、四丁目の交差点から甲州街道と名を変える国道20号線の新宿御苑トンネルを抜け、ＪＲ新宿駅南口の前を通過する。

「係長。なぜ室伏が怪しいとお考えになったのですか」

東郷は室伏の身柄を取りあえず赤坂警察署に移した。詳細な取り調べは、この事件が解決してからになる。

「この捜査を始めてから情報が漏れている気がしていた。それが樋口の事件で確信に変わった。そして、山手線での銃撃事件が起きた。ど素人みたいなミスを起こすなんて……」

「村瀬をおびき寄せたとき、彼は蒲田に連絡しなかったのですか」

「佐藤を使った村瀬への仕かけは、直前まで彼には伏せていた」

「あの若さでスパイの烙印を押されるわけですね」

「懲戒免職の上、法的には国家公務員法第百条違反で裁かれる」

「厳しい人生が待っている」

「刑事罰を問われ、世間では相手にされなくなる。まともな再就職も厳しいだろう」

「可哀そうに」

「自業自得だ。それに、罪を償ったあとも、あいつの視察は続ける必要がある。また同じ過ちを繰り返す可能性は高いだろう」

「もし道を踏みはずせば」

「協力者に転向させるか、処分するかだ」

公安とは嫌な商売だ。

右手に西新宿の高層ビルを見ながら甲州街道を西に、首都高四号線直下の三車線の道を新井田は飛ばす。

今日も入道雲が湧き上がり、夏の陽射しが降り注ぐ。

助手席の窓を流れる都心の景色が目に入る。発展に次ぐ発展を続けてきた東京が生気を失いつつある。

環状六号線との立体交差を行き過ぎた先で、新井田が三車線道路の歩道脇に車を停車させた。

「歩道橋の手前に建つ茶色のビルです」

それは真新しい十階建ての洒落(しゃれ)たデザインのビルだった。

スーツの内ポケットから室伏のスマホを取り出した東郷は、彼がおそらく蒲田に送ろうとしていたメールを送信した。

「引っかかりますかね」

「奴はゴキブリだ。きっと炙(あぶ)り出される」

五分もすると、ビル横の地下駐車場から白いクラウンが出てきた。

東郷は双眼鏡で車内の様子を確認する。

後部座席に、痩せて猫背で長身の男が座っていた。

「蒲田だ。行くぞ」

新井田がアクセルを踏んだ。

甲州街道に出ようとするクラウンの前を塞いだ新井田が、パーキングランプを点灯させながらマイクで「車を降りろ」と命じる。

銃を構えた新井田が車を降りる。

クラウンのドアが開くと、いきなり運転手が発砲した。

新井田が応戦する。

助手席のドアを開けた東郷は路上に身を投げ出す。体を反転させて銃を構えた東郷は、クラウンの車体と歩道の隙間から運転手の足を撃った。

踝を撃ち抜かれた運転手が歩道に倒れる。

クラウンに駆け寄って銃を蹴飛ばした新井田が、運転手に手錠をかける。

東郷は銃を構えながらクラウンに歩み寄った。


取り調べ室で東郷は蒲田智之と向き合っていた。

机を挟んでパイプ椅子に腰かける蒲田は、写真のとおり異様に大きな目で頬がこけ、顎が尖った、まるでカマキリを思い起こさせる顔をしていた。

泰然とした蒲田は脚を組み、背もたれに寄りかかっている。

前後を逆にしたパイプ椅子に腰かけた東郷は、背もたれに両肘をついた。

「なぜモグラと関係するお前が、雑賀を使って首相の命を狙う」

村瀬、雑賀、山内泰介、そして田沼町の製材所で行われたこと、それ以外にも東郷たちが摑んだ事実、すべてを蒲田に伝えた。

「百年政策研究所はモグラの支援組織なのに、首相の暗殺まで請け負うのか」

「お前は教えてくれと言っているのか」

「そうだ」

「なら、言葉が足りない」

「どんな」

「お願いします」

東郷の忍耐も底をつきかけている。次の一言次第では、顔面に一発見舞ってやる。

「お前は、モグラを使って革命を起こすつもりか。首相を暗殺して政権を倒し、明治維新を再現するつもりらしいな」

「どうやら君は史実とロマンを混同している」

穏やかに膝の上で指を組んだ蒲田が静かに言葉を繋ぐ。

「あの時代、尊王攘夷を唱えた武市瑞山、つまり武市半平太が率いた土佐勤王党を知っているだろう。近江の石部宿における幕府同心、与力四名の襲撃暗殺など数件の過激な天誅、斬奸と称する暗殺を実行し、その手先となったのが『人斬り』の異名を持つ岡田以蔵などの下級武士だ。やがて、吉田東洋暗殺に怒った山内容堂に粛清されることになるが、重要なのは土佐勤王党が結成時、加盟者の大半が下士・郷士・地下浪人の下級武士や庄屋で、上士は二人しか加わっていないことだ。つまり尊王攘夷であれ、佐幕であれ、各地で繰り広げられた騒動の実態は貧困化し、幕政への不満をつのらせていた諸藩の下級武士層によるテロとも言える」

「それがどうした」

「モグラは違う。彼らは規律にもとづいた精緻な軍隊じゃないかな」

落ち着きはらって詭弁を弄する蒲田の表情が、目障りでたまらない。

「お前は、難民受け入れ推進派なのか、それとも排斥派なのか。モグラを組織しておきながら、なぜ村瀬をそそのかし、雑賀を使って首相の暗殺を企む」

「君から聞かされた情報に基づいて、私なりの仮説を立ててみよう」

聞きたいかね、と蒲田が小首を傾げる。

無言の東郷に蒲田が身を乗り出した。

「モグラの存在や、首相暗殺計画を論じるのに難民問題という単一の視点など意味はない。問題は我が国、この国だよ。計画の首謀者は、国民にこの国の置かれた状況を理解させるために、推進派と排斥派の愚かな衝突を利用しただけだ。モグラによるテロが多発し、難民問題で国内が揺れる渦中に首相が暗殺されれば、国民は改めて事態の深刻さに気づき、警察機構の限界が露呈する。それが首謀者の意図ならすべてが説明できると思うが、どうかな」

「警察機構の限界を国民が知ってどうなる」

蒲田が顔の前で立てた指を左右に振る。

「すべての答えを私から得られると思うな。自身で考えろ。答えはそこにある」

「目的のために雑賀を拉致しても、マインドコントロールがうまくいかなかったり、暗殺者としての適性がなければ」

「別の候補者で一からやり直すだけじゃないかな。雑賀はただの一兵士にすぎない」

「村瀬は単なる操り人形か」

「それは失礼だと思うよ。君と違って彼は純粋だ。自ら命を絶ったとは気の毒にな」

ほざけ、と東郷は蒲田の胸ぐらを摑み上げた。

「係長。落ち着いてください」

慌てて新井田が止めに入る。

東郷は蒲田を突き放した。

「まったく単細胞な男だ」

苦しそうに蒲田が首の周りを撫でる。

東郷は椅子に座り直した。

「モグラも所詮は消耗品だと？」

「問題なのはモグラがなんであるかではなく、あらゆるテロに対する絶対的な制圧組織ということだ」

「どういう意味だ」

「やがて、この国に戦場で生きる者と死ぬ者を定める王と、彼に率いられた軍隊が生まれる」

　戦場で生きる者と死ぬ者を定める王。

　神話の存在。

「東郷警部。運が良ければ、自分がいかに真実を知らないか悟ることになる。それも人生だ」

　蒲田が笑った。

「これぐらいでいいだろう。どうせ私はいずれ釈放される。それまでは独りにしてくれ」

午後四時
東京都　千代田区九段南二丁目　千鳥ヶ淵緑道

雑賀は、千鳥ヶ淵のお堀を見下ろすベンチに腰かけていた。春には桜が見事なこの場所も、今は猛暑で色あせた緑が目立つ並木道に衣替えしている。熱中死した蟬の死体が路上に幾つも転がっていた。堀の対岸は北の丸公園の土手が続く。堀に浮かんだボートは借り手もなく、係留ロープで桟橋に繋がれたままだった。枝葉のあいだを抜けてくる強烈な陽射しが歩道を焦がし、風が途絶えた並木道はサウナのように蒸し暑かった。

訪日する首脳の日程や移動経路については逐次連絡が入る。あとはヒットポイントの選定と決行日時の設定だけだった。

雑賀は、皇居、迎賓館、ニューオータニの周りを歩いた。

狙撃ポイントを想定しながら慎重に場所を絞り込むと、やはり赤坂見附の交差点がベストと思われた。ただ標的までの距離は三百メートル以下にしたい。このため首相の移動経路の情報がなによりも重要だった。

膝の上に手帳を置き、スマホの地図情報と見比べながら様々な狙撃地点の状況、それらの長短所を整理していった。あとはねぐらに帰ってからで十分だ。

並木道をお堀沿いに西へ歩き、墓苑入口の交差点で内堀通りを渡り、英国大使館にほど近い一番町の駐車場から車を出した雑賀は、池袋方向へハンドルを切った。

雑賀は監視カメラの多い首都高や、Nシステムのある主要道を避けて、飯田橋(いいだばし)から目白通りに入る。途中の中華料理店で軽い夕食を済ませたあと、池袋駅西口近くの目立たないコインパーキングに車を停めた。

時計を見ると午後八時を回っている。

雑賀は池西ビルの前で立ち止まった。

二階の窓から懐中電灯らしき明かりが漏れている。雑賀はビル裏手の通用門に回り込んだ。荷物をドアの脇に置いてノブを回す。鍵が開いていた。足音を立てぬようにビル内へ滑り込んで二階の踊り場へ上がる。

ドアに耳を近づけると、かすかだが室内から話し声が漏れてきた。

ドアから離れて階段を上がった雑賀は、三階への踊り場の暗闇に身を沈めた。

懐から取り出したベレッタに、雑賀はサイレンサーを取りつけた。

「ホームレスが入り込んでるんじゃねーのか」

「馬鹿野郎。連中が合鍵持ってるわけねーだろーが。他の組の連中にちげーねーよ」

「銀行の野郎、勝手に売りさばくつもりじゃないだろうな」

「かもな」

「組長に知らせるか」

「ああ、その前に三階の様子も調べておこうぜ」

ドアが開いて室内から二人のチンピラが出て来た。

シュッ、という銃声が二回連続して闇を突き抜けると、二人が折り重なってその場に倒れた。再び辺りを沈黙が包む。

銃を構えたまま階段を下りた雑賀は二人に近づいた。

二人とも若い。まだ子供だった。一人は金髪にイアリングをつけ、腕にはかわいい刺青をしている。

どこかの組に出入りしている使いっ走りだろう。

雑賀が覗き込むと、金髪の若者はまだかすかに息をしていた。

子犬のように震えている。

薄れていく意識の中で雑賀に気づいたらしく、懇願するまなざしでなにかを伝えようとした。

雑賀は銃を構えたまま、その子をじっと見下ろしていた。

やがてしゃがみ込み、優しく頭を撫でてやる。

雑賀は死にゆく男の子に笑いかけた。

それからそっと頭を左に傾け、後頭部にとどめの一発を撃ち込んだ。

すでに肉塊となった二人を屋上へ引きずり上げた雑賀は、貯水タンク裏の隙間へ放り込んだ。誰かの指示で二人がやって来たなら、連絡がないことを不審に思った仲間が様子を見に来るだろう。

一旦、ビルを出て表に車を回した雑賀は、部屋に置いていた荷物を荷台に積み込んで西の方角へ走り去った。

八月二十八日　木曜日　午前八時　G20開幕前々日
東京都　港区赤坂二丁目　美和商事ビル

「係長。ご報告したいことが」

朝、オフィス奥のソファで仮眠を取っていた東郷を新井田が揺り起こした。

東郷は浅い眠りから醒(さ)めた。ここのところ、いつも浅い眠りだった。

無意識のうちに、みせかけだけの眠りでごまかすようになり、東郷の内には拭(ぬぐ)い難い疲労が蓄積されていた。

東郷は声の主が新井田であることを確認すると、彼を待たせたまま洗面所で顔を洗い、昨日の夜からサーバーに載ったままのコーヒーを注いで自席に戻った。

鏡の中で対面した自分は、こけて皮膚のたるんだ頬に無精髭(ぶしょうひげ)を生やした重病人を思わせた。

「待たせたな。またなにか起きたのか」

新井田の報告とは、昨夜池袋のビルで発見された射殺死体についてだった。殺されたのは池袋の組事務所に出入りしていたチンピラ二人だった。現場は銀行がさし押さえている貸しビルで、遺体は物件の下見に訪れた不動産屋が屋上で発見した。

「雑賀と関係があるのか」

「ビルの二階から雑賀の指紋(モン)が検出されました」

もはや、雑賀には自分の証拠を残さないという意識はないようだ。

「組の連中から話は聞けたのか」

二人は、組の指示でビルの様子を見に出かけたとのこと。そのあと連絡が取れなくなっていたが、組は別段気にも留めていなかった。使いっ走りの命などその程度らしい。

新井田が二人の検視写真を東郷に手渡した。

突っ張ってはいるがまだ子供だった。半開きになった口、まるで眠っているような死に顔。自分が殺される理由など知る暇もなかっただろう。

「他には」

「六本木三丁目の山田のマンション近くで確認された不審車が、池袋の現場近くのコインパーキングでカメラに記録されています。盗難車両を中心に当たった結果、今年の一月以降に都内で盗まれた五十三台の中から該当する車を特定しました。すでにパトカーによる巡回のほか、高速道路の料金所も含めたNシステムで監視中です」

「各所轄に該当する盗難車両の発見を最優先するよう指示しろ。同時に雑賀の顔写真を今一度配布してくれ。駅、ホテル、旅館、すべてだ。主要なJR、地下鉄駅構内でも張り込みを行う。投網を打つぞ」

狂気の暗殺者が動いている。

それから、と東郷はつけ加える。

「G20開催中の首相の移動ルートを、ダミーも含めて関係者に複数流せ」

「関係者にですか」

「奴らは我々の内部情報を取得している。この時期に移動ルートが公表されると敵はかえって、その意図を疑って混乱するだろう。それから、警備部には移動ルート上の交差点を重点的に監視させせろ」

「なぜ交差点を」

「車列が減速し、かつ見通しが良く、四方向に建物が建つ交差点は最も狙撃ポイントを見つけやすい。新井田。お前なら予定ルートの中でどの交差点を選ぶ」

「見附ですね」

「俺もそう思うよ。G20開催中、首相は皇居、迎賓館、ニューオータニしか訪問しない。その三カ所と官邸のあいだを首相が移動する途中で必ず通るのが見附の交差点だ。見附の交差点で車を減速させてはならない。上とは話をつけておくから、それを関係部署に通知する」

「警備部からブーイングが出ますよ」

「知ったことではない。所詮、暗殺者は雑賀一人。ハンターは自分の足と目で狩り場を決めるものだ。彼を外堀通りに誘い出して勝負するぞ。皇居から赤坂見附までは警備部に任せ、我々の全捜査員を迎賓館から官邸周辺に配備する」

　椅子から立ち上がった東郷は、凝り固まった腰を拳で二回叩いた。

午前九時

東京都　青梅市本町　ＪＲ青梅駅

雑賀はＪＲ青梅駅近くの旅館にいた。

昨夜は駅に近い安宿に泊まった。頭の中で襲撃計画はほぼ完成している。首相の移動経路、その周辺の見取り図、写真、そして自分の足で歩いた記憶を頼りに定めたヒットポイントとそこへの侵入方法。

そして今日、新宿で最後の情報を受け取る手はずになっている。その情報で修正すれば襲撃計画は完成する。

駅前の駐車場から車を出した雑賀は都心に向けて青梅街道を走る。横田基地の北を抜け、多摩湖の南を通り過ぎ、東村山市、小平市を抜ける。

快適なドライブだった。

青梅を出て一時間半。青梅街道を順調に走行して西東京市に入った頃には午前十時半を回っていた。

田無町五丁目の交差点を通過した途端、雑賀は舌打ちした。

前方百メートルほどのところに検問所が設置されている。

一台ずつしか検問所を通過できないようにカラーコーンで上り車線が絞り込まれ、必要とあれば左のスーパーマーケットの駐車場に車を引き込んでいる。検問所までのあいだに脇道は一本もない。

警察も考えたものだ。

このまま突っ切るか、Uターンするかを思案する雑賀の目に飛び込んで来たのは、検問所の横に鈴なりで待機している追尾用の白バイとパトカーだった。

クラウンのパトカーと白バイを振り切って逃走することはまず不可能だろう。仮に気づかれたとしてもその時はその時、相手を殲滅するだけだ。

検問所から延びる渋滞の最後尾で車が一旦停止すると、雑賀はダッシュボードから愛用のベレッタと手榴弾三個を取り出した。ベレッタはジャケットをまくって背中に。予備のマガジンは股の下に押し込んだ。手榴弾はピンを上着の内ポケットに引っかけて片手で安全装置が外せるように準備した。

再び渋滞の列が動き始める。

「面白そうだ」

鏡の男だった。

「たまには助けたらどうだ」

かすかに笑いが漏れた。

くることを。ドラグノフの引き金を引くのに似た興奮で全身の毛が逆立ち、口元から

いつからか雑賀は感じていた。自分が殺人の準備を始めると死神の羽音が聞こえて

「一人殺（や）るごとにお前は暗殺者らしくなっていく」

「なにを」

「俺は見ている」

午前十時半

東京都　西東京市田無町五丁目　検問所

朝から何台の車を検問しただろう。

田無警察署交通課の斎藤（さいとう）巡査は、誘導棒で右の腰を軽く叩き続けていた。

警官三人を含む、合計十一人を殺害した容疑者の乗ったライトエースを発見すべく、

田無署の署員たちは早朝からこの場所で網を張っていた。

すでに二十台以上の同型車を調べたが手がかりはない。ナンバーは通知されている

が、そもそもライトエースは非常に数が多い。

「斎藤。お客さんだぞ」

車道に設けた非常帯で車の誘導を指揮していた巡査部長が声をかける。そして、テントの中で待機する同僚に「手配中の車種発見」と連絡を入れた。

ずらりと繋がった車列の中に白いライトエースが見えた。ただ、まだナンバーは確認できない。

「お前行けよ」細身の小山巡査が小声で言った。

「またかよ」

防刃チョッキの具合を確かめた斎藤は、しぶしぶライトエースに向かって歩き始めた。

「おい、斎藤」と、小山が後ろから呼び止める。「なんだよ」と振り向いた斎藤に小山がにやりと笑った。

「相手は殺人犯だ。いきなりズドンとくるかもしれんぞ」

頰を膨らませながら踵を返した斎藤は車に近づく。どうやらナンバーは違う。しかしプレートなどいくらでも交換できる。

男がフロントガラス越しに見えた。

車のウィンドウが音もなく下り始める。

小山が右手をヒラヒラさせながら、「早くしろ」と、斎藤を急き立てる。

ライトエースの窓からだらりと垂れ下がっていた右手が車の中に消えた。

「免許証を。それから後ろの荷台を拝見します」

斎藤は運転席を覗き込んだ。

「なんの用や。これから仕事やちゅーのに、早よしたらんかい！」

ねじり鉢巻のおやじが、タバコをくわえながらどなり返した。

東京都　西東京市田無町五丁目　交差点

やはり警察はライトエースを割り出していた。

雑賀はフロントガラス越しに、ライトエースに近づく警官の動きを追う。村瀬の言ったとおり日本の警察は抜け目がない。四台前にいたライトエースが職質を受ける様子を見ながら、雑賀は村瀬の教えを思い出していた。

なにがあっても逃げ切れ。そのためには手段を選ぶな。村瀬はそう繰り返していた。

再び車列がのろのろと動き始め、気がつくと前方から細身の警官が近づいて来る。

雑賀の右手がそっとハンドルを離れる。

警官は窓越しにこちらの様子を窺う。

雑賀の右手がじりじりと背中へ回り込む。

どこかでかすかな羽音が舞い始めた。

雑賀の人さし指がベレッタの銃床にかかる。

死神が哀れな警官の背中に舞い降りようとしたとき、彼が誘導棒で「行ってよし」と合図した。

村瀬に教わった変装術で口に綿を入れ、老け顔に似せ、ファンデーションを塗って雑賀は女装していた。検問所の前を通過した雑賀は、昨夜、青梅へ向かう途中に都内で盗んだベンツ・Eクラスステーションワゴンのアクセルを用心深く踏み込んだ。


一時間後、新宿駅西口に到着した雑賀は、野村ビルの地下駐車場に車を放り込み、トートバッグを肩から下げて地上へ出た。

新宿センタービルの横を通り過ぎ、交差点を渡って新宿郵便局に入ると、一階の私書箱から封筒を取り出してバッグに収めた。

足早に戻った車の運転席で封を切る。すると、今日の午前に変更になった首相の日程と、都内の移動経路を書き込んだ書類が出て来た。経路の候補が増えている。ひと通りチェックした雑賀はエンジンスイッチを押した。駐車場を出た雑賀は、目の前の新宿警察署を通り過ぎて、青山方面へ車を走らせる。

二十分後、青山通りに面した伊藤忠ガーデンの地下駐車場に車を入れた雑賀は、周囲を確認しながら赤坂方面へ歩き始めた。

通りの様子は先日とは一変していた。特に、主要な交差点で警備が強化されている。ホンダ本社前の青山一丁目交差点を過ぎると、いたるところに機動隊員が配備され、ひっきりなしにパトカーが巡回している。

立哨する警官を避けながら書類に記された経路を一つずつ潰していくと、守る側の考えが見えてくる。

首相が訪問するニューオータニ、皇居、迎賓館を結ぶ経路では、重点的に機動隊員が配置されていた。

メイン会場のニューオータニはもちろんだ。

迎賓館の東側と北側も凄まじい警戒態勢だが、そもそもこの場所は立入禁止柵から建物までが遠すぎるし、狙撃地点としてふさわしいビルもない。迎賓館西側を固める赤坂御所までの四谷角筈線も同じだ。この道は南が迎賓館と赤坂御所、北が明治記念館の森にはさまれ、鈴なりの機動隊員が配置されている。このため目標の視認、攻撃は歩道に立つしかない。迎賓館周辺での狙撃は不可能だった。

これに対して皇居周辺の内堀通り沿いには適当な高さのビルが並んではいるものの、逆に中へ入るのは容易ではない。

皇居から迎賓館への経路にはビルが建ち並ぶ新宿通りは外され、青山通りから外堀通りへ抜けるルートが選ばれている。その途中には見附の交差点も含まれていた。自民党本部や両院議長公邸が建ち並ぶ道の南側は守りが固めやすいこともあって、警備の主力は最高裁からニューオータニまでの北側に集中していたが、赤坂見附交差点の西と南側は他に比べれば警備が手薄な印象だ。

いずれの経路も良く選定され、狙撃には困難を極めることが予想された。さすが、日本警察は侮れない。

八月三十日　土曜日　午前十時
東京都　港区赤坂二丁目　美和商事ビル

首相への狙撃阻止を最重要課題とした警備態勢が完了した。

G20が開幕し、東郷たちは都心での動きを制限された。東郷の無理強いのせいか日頃のねたみなのか、「警備の邪魔だ」「チョロチョロするな」とでもいいたげな警備部の態度だった。

羽田空港に到着した各国首脳が、にこやかに特別機から降り立つニュース映像を、東郷と新井田は会議室で見つめていた。

そのとき、スマホが東郷を呼んだ。非通知設定の番号だった。

「もしもし」

（東郷か）

「誰だ」

（お前が追っている男だ。先日は山手線で世話になった）

「雑賀だな」

東郷の会話に反応した新井田が、発信場所を特定するために電話局へ連絡する。

（部下を三人殺された気分はどうだ。奴らが死んだのはお前のせいだ。俺を追えとお前が命じたからだ）

「そんなことを言うために電話してきたのか」

（お前たちは法を守れ、法で裁くとのたまう。しかし、法で裁けない欲のために犠牲

になった者たちの怒りを知っているか）

「個人的な怒りのために首相を殺すというのか」

（俺だけじゃなく、家族のことまでマスコミに流しやがって。許さん）

「お前の過去やその報道に、首相は関係ないはずだ」

（クソであることは同じだ）

「思い直せ」

（準備は整った。いずれ、お前とけりをつけることになる）

「愚かな暗殺計画など、必ず止めてみせる」

雑賀が笑った。

（楽しみにしてるよ）

そこで電話が切れた。

なぜだ。なぜ電話してきた。

一つ確かなことは、雑賀が首相の暗殺を諦めていないことだ。

東郷はもの言わぬスマホを握りしめた。

「雑賀ですね。係長に電話してくるなんて、どういうつもりですかね」

「こちらの情報は筒抜けだ」

「サッチョウ内に内通者が溢(あふ)れている」

「奴を止めるぞ」

「望むところです」

「泣いても笑っても勝負はこの二日だ」

「係長」と、新井田がしかめ面(つら)を作る。「I種試験に合格して入庁された係長がなぜ、こんな損な役割をお受けになったのです」

東郷は苦笑いを浮かべた。そう簡単には説明できない。

「長くここにいると色々見えてくる。我々の敵に法令など関係ない。だからこそ、法の番人としての立場を超えて対処しなければならない事案が発生したとき、鎖を引きちぎっても嚙みつく番犬も必要だ」

「でもなぜ係長が」

「理由は考えないことにしている」

「過去のキャリアだけでなく、将来と家族を失うことになってもですか」

「そうだ。それにもう一人、俺に似た男がいる」

「と申しますと」

「村瀬だよ。彼も信念に忠実なあまり、他人に裏切られ、家族を失うことになった。

しかし、それは彼の本質とは別の問題だ」

「係長は村瀬に特別な感情をお持ちのようだ」

「不器用な者は、世渡りが下手な者に親近感を覚える。似た者同士だからこそわかることがある」

「親近感ですか」

「彼は追い込まれても逃げなかった。人は、都合の悪いことから顔を背け、他人に任せて放り出すこともできる。そんな狡猾な人生でも日々は過ぎていくのに、村瀬は逃げなかった」

「でもすべてを失った。係長がそれでは我々が困ります」

「心配するな。ドジを踏んだときは、すべてを背負う覚悟は整えてある。自分でも融通が利かないと思うが、警官である以上、あの時ああしていれば、と後悔する人生よりはましじゃないかな」

　東郷の警官生活で、最も長くて過酷な四十八時間が始まった。捜査員たちは猟犬のごとく伏せて、迎賓館から官邸のあいだで網を張っている。

「雑賀は網にかかるでしょうか」

「奴は確実に近づいてきている。しかし我々の警備網を突破するのは容易ではないはずだ。必ずどこかで警戒線に触れる」
「それが最後のチャンスですね」
「一度あれば十分だ」
東郷は見得を切った。
突然、堪え難い疲れを感じた。
捜査のこと、組織のこと、部下のこと、溜め込んでいたあれもこれもが噴き出した。
会議室を出た東郷は階段で屋上に上がる。
足が重かった。
屋上へ通じるドアを開けると、むせ返える熱気が体を包む。
スモッグで霞む夏の青空に入道雲が立ち上がる。
屋上を横切って西側の手すりに寄りかかる。
外堀通り沿いに建ち並ぶビルの向こうは見附の交差点、その先は迎賓館だ。
雑賀もどこかでこの景色を見ているだろう。
ポケットからスマホを取り出す。
東郷は由美子の番号を押した。

しばらくの呼び出し音のあと電話が繫がった。

「元気か」

（はい）

由美子の声は落ち着いていた。

「毎日暑いが体調を崩していないか」

（大丈夫です）

こんなくだらないことしか話せない。

（あなたこそ、どうなさったの）

「先日の届け物の礼が言いたかった。助かったよ」

（大したこともできなくて、申し訳ありません）

「それより……」

言いたいことが喉元でつかえてしまう。

「悪い。部下が呼んでる」

なに言ってんだよ、と自分に呆れる。

それじゃ、と東郷は電話を切ろうとした。

（あなた）

由美子が呼び止めた。

東郷はスマホを耳に押し当てた。

(くれぐれもお気をつけて)

彼女に嘘はつけない。

そして、由美子の気遣いは一途で誠実だった。

八月三十一日　日曜日　午前七時
東京都　千代田区飯田橋三丁目　ホテルカイザーパーク飯田橋

雑賀は靖国(やすくに)通りから九段下の交差点を左折して目白通りを北上し、飯田橋二丁目の交差点を右折して、その突き当たりにあるホテルカイザーパーク飯田橋の地下駐車場に車を滑り込ませた。

時が来た。準備はすべて整った。

あとは入念に組み上げた計画を分刻みで実行に移すだけだ。

ゲートで駐車券を抜き取り、コンクリートの壁で囲まれたランプウェイを地下一階まで下りる。たっぷり五十台分はありそうな一般車用の駐車帯を通り抜けて業務用車両専用のエリアに車を乗り入れると、一番奥のスペースに車を停めた。

規則的にハンドルを指先で叩きながら雑賀は、目的の相手が現れるのを待った。

二十分後、入り口からディーゼル独特のエンジン音とともに、荷台の側面に大きく『丸岡リネンサプライ』と書かれた白いトラックが姿を現した。トラックは雑賀の隣の駐車帯にバックで停車する。車を降りた運転手が荷台のドアを開けて、新しいシーツで満杯のキャリアを引き出し、それらをまとめて押しながら業務用エレベーターへ消えていった。

その様子をガラス越しに眺めていた雑賀は腕時計に目をやった。

午前七時二十二分。予定より少し早い。

さらに十五分が経過した。エレベーター横の階床表示器を見つめたまま、雑賀の指先は一秒間隔でハンドルを叩いていた。数字は3を表示したまま動かない。今日はずいぶんと配送に手間取っている。

ここでの遅れはすべてに影響する。雑賀の手がドアのノブにかかったとき、ようやくエレベーターが動き始めた。

デジタル数字が3から2、1そしてB1を表示する。

エレベーターから空のキャリアを押した運転手が姿を現した。

トラックの荷台に直接キャリアを押し込んだ運転手が後部の扉を閉めてロックをかける。

車を降りた雑賀はトラックへ近づく。

つんと脳髄を刺激する快感が走る。

車に乗り込もうとする運転手を雑賀は背後から呼び止めた。

「ご苦労。あとは任せな」

午前八時四十五分
東京都　港区赤坂八丁目　カンボジア大使館裏

赤坂八丁目周辺の警備を担当する埼玉県警第二機動隊の隊員二人は、カンボジア大使館周辺を巡回していた。この辺りは静かな住宅街の中を、車一台がやっと通れるほどの道が迷路のように走っている。

埼玉から駆り出されて一週間。それもあと数時間で終わる。

夕方、各国首脳が迎えのヘリに乗り込めば自分たちはお役ご免だ。ようやく家に帰ることができる。当初は随分ピリピリした雰囲気が警備陣全体を包んでいたが、何事もなく二日が過ぎて、さすがに山は越えたと皆一様にほっとしていた。

「今日はまっすぐ家に帰るのか」

分隊長の真保は傍らの若い浅井に尋ねた。首相が官邸へ移動するのは九時三十分。まだ四十分以上余裕がある。今ごろは迎賓館でクロージングセレモニー会場の下見をしているはず。それに移動ルートからも遠い、こんな裏通りを首相が通過することはない。二人にとって、任務は終了したに等しかった。

「はい、そのつもりです」

強烈な朝日を避けて、住宅街の狭い車道を二人は並んで歩いた。早朝とあって瀟洒な住宅街に人影はなく、道路を走る車も数えるほどだった。

真保の右側を歩いていた浅井が立ち止まった。

「どうした」と声をかける真保に、浅井が前方のマンションを指さした。

「あ、あれを」

真保の顔から血の気が引いた。

真保は走った。

マンションの玄関脇、綺麗に刈り込まれた生け垣のあいだから、生白い人間の素足が突き出ていた。三十分前の巡回ではなんの異状も報告されていない。

「おい、大丈夫か」真保の呼びかけに反応はない。

気絶しているだけなのか、絶命しているのか。

静かな朝を切り裂いて警笛の音が鳴り響いた。

同時刻

東京都　千代田区霞が関二丁目　警視庁　通信指令センター

通常、警視庁の通信指令センターは都内全域の事件・事故の情報を集約し、警察署、交番などの警察官に指令を出すだけでなく、カーロケーションシステムによりパトカーに緊急配備を指示する。

今、その機能がすべてＧ20の警備態勢に向けられていた。

センターの指揮台正面にはマルチスクリーンが設置され、各部隊の配置場所をはじめ、ヘリコプターによる上空からの映像や都内要所の状況、さらに部隊から届いた不審物や不審者の情報がリアルタイムで表示される。

港区を担当する警視庁警備部片岡（かたおか）課長代理の電話で赤い着信ランプが点滅した。

片岡は受話器を摑み上げる。

「部長、赤坂八丁目周辺の警備に当たっている埼玉二機から緊急連絡です」

片岡は受話器を押さえて警備の総責任者である氏原部長を呼んだ。別回線で官邸周辺の警護を担当する第一機動隊隊長と話していた氏原が、片岡のただならぬ様子に一旦電話を切り、ただちに片岡の受けている外線番号に切り換えた。

埼玉県警第二機動隊隊長と話す氏原の表情がみるみる険しさを増していく。途中から氏原が会話をスピーカーに流す。

赤坂八丁目のマンション脇で機動隊員の射殺死体が発見された。殺されたのは二機所属の大賀巡査、二十三歳。昨夜から周辺住宅街の警備に当たっていた大賀巡査は喉を撃ち抜かれ、メット、警棒、そして制服まで奪い取られていた。しかも、その足下に狙撃銃のものと思われる7・62ミリの銃弾が数発落ちていた。

「襲撃犯は、機動隊員に紛れて狙撃するつもりか。……埼玉二機の配備状況は」

氏原が傍らの片岡に確認した。

「当方の四機とともに外堀通りに沿って見附交差点の西側に展開しています」

モニター上に埼玉二機の警備担当地区を色分けした地図が映し出され、片岡はモニター画面を指で押さえながら答える。

「埼玉二機の人数は」

「はっ、総勢三百十八人です」

「全員の所在確認に何分かかる」

「およそ二十分かと」

「五分でやれ。ただちに確認作業開始」

　氏原の命令に片岡は受話器を取り上げて埼玉二機の無線電話にコールを入れた。

　このあと迎賓館の東門から、外堀通りで官邸へ移動する首相の経路の一部に、彼らの警備範囲が含まれていた。

　雑賀は外堀通りのどこかで首相を狙うつもりか。もしそうなら全員の所在が確認できても、各人が展開して警備についているうちは、奪った制服を着用した襲撃犯、つまり雑賀がどこかに紛れ込んでしまえば発見するのは困難だ。

　このままの状態で首相を移動させることはあまりに危険すぎる。かといって応援の部隊も含めて全部隊がどこかで任務についている状況では埼玉二機を撤退させると、部分的に警備の手薄な箇所が出てしまう。

　氏原が時計を見た。

　午前九時三分。

　首相が迎賓館を出発する予定時刻まで三十分を切っている。

「迎賓館の警備を担当しているのは」

氏原の質問にモニター画面が切り換わる。

「警視庁第六機動隊です」

片岡は答えた。

「よし六機と埼玉二機を入れ替えよう。ただし、埼玉二機を迎賓館に移動させるのは六機の転進完了後とする。六機の七中隊はそのまま残せ」

「しかし、時間がありません」

「赤坂見附交差点の周辺は最重要警戒区域だ。そこに変装した襲撃犯が潜んでいるかもしれない部隊を残しておくわけにはいかん。それに、埼玉二機をすべて移動させ、それでも二機の制服を着た者が残っていればそいつが犯人だ」

午前九時五分
東京都　港区元赤坂二丁目　迎賓館赤坂離宮　東門

（本日八時四十五分ごろ一方面管内、赤坂八丁目のカンボジア大使館付近で銃器使用のG事案が発生した。本件につき九時五分、全体G配備を発令する）

迎賓館東門近くのヘリスポット脇に停車した指揮車内、警視庁第六機動隊の本山(もとやま)隊長宛に本部の片岡から無線連絡が入った。

本山は、「なにを馬鹿な」という表情で無線を取る。

「はい本山です。……はっ?……今なんと……今からですか……いや、それは……了解しました」

本山が語気を強めて副隊長の小倉(おぐら)を呼びつけた。

「小倉」

「はい」

「我々は外堀通り方面に転進。見附交差点で前進待機後、埼玉二機と交代で沿道警護に当たる。五分で出発できるように準備させろ」

迎賓館、外堀通り周辺が緊迫していく。

迎賓館の東衛舎裏からヘリポートにかけて停車していた護送車のエンジン音が立ち上がり、機動隊員が駆け足で移動を始める。

大声で呼び合う声。盾のふれあう音が錯綜(さくそう)する中で、分隊ごとに整列して点呼確認が始まる。

確認が終わった小隊から車に搭乗し、赤坂見附交差点を目指して迎賓館東門を出発した。

本山には気になることがある。外堀通りの西側をどう守るかだ。

到着した六機の配備完了を確認してから、ただちに埼玉二機を集合、転進させることになる。しかし大型輸送車は見附の交差点付近に停車しているため、赤坂御所周辺まで展開している隊員を呼び戻すのは容易でない。

駆け足で戻ろうにも、盾や警棒を所持しているから時間がかかる。氏原の指示どおり三十分で入れ替えを完了するのは難しい状況だった。

埼玉二機の隊員たちは、まだ仲間が殺されたことを知らないはず。自分の持ち場に到着した警視庁の機動隊員たちに任務を引き継いで、大至急集合せよとの突然の命令に困惑しているだろう。

同時刻
東京都　港区赤坂二丁目　美和商事ビル

警視庁の威信をかけた大規模な警備態勢が功を奏したのか、不穏な動きもなく、G20は二日目を迎えた。各国首脳は順調に日程を消化し、残すところ半日で離日する。

雑賀に動きはない。

東郷の捜査班は人々に紛れて網を張っている。

すべてを焦がすような朝の太陽に揺り起こされると、見慣れた天井パネルの模様が目に飛び込んでくる。東郷は会議室のソファで目を覚ました。凝り固まった両肩と偏頭痛の頭。体調が悪いといったレベルではなく、間違いなく病人だった。皺くちゃになったワイシャツの袖をまくり、ぼさぼさの髪をかき上げてソファから起き上がり、顔を洗うためにトイレに移動した。

鏡の中の自分と対面した東郷は知った。こんな枯れ果てた体のなかでも、唯一、髭だけは休むことなく伸び続けることを。

確かな予感がする。東郷が公安警察官としてのすべてを懸けて挑まねばならない敵が、すぐそこにいる。

「係長！」

新井田がトイレに駆け込んできた。

蛇口を閉めた東郷は、皺くちゃのハンカチをポケットに押し込んだ。

「どうした」

「係長。赤坂御所の近くで騒動です」

「何事だ」

「赤坂八丁目のマンション脇で機動隊員が殺害されました」

ついに雑賀が動いた。

やはり赤坂見附か。

「捜査員全員に再度、指示を徹底しろ。俺たちも行くぞ」

会議室に戻って椅子にかけていた上着を引っ掴んだ東郷は、新井田とエレベーターで地下の駐車場に下りる。

二人は、覆面のレガシィに乗り込む。

新井田がエンジンをスタートさせる。

レガシィの車内では、繋ぎっ放しの警察無線が都心の状況を流している。普段ならベタ凪(なぎ)の定時連絡ばかりのはずが、殺気立った連絡が飛び交っていた。

東郷は無線のボリュームを上げた。

「行こう」

車は地下駐車場から外堀通りに出る。

無線からは相変わらず緊迫した連絡が飛び込む。一刻の猶予もなかった。

新井田がアクセルを踏む。

午前九時二十分

東京都　港区元赤坂二丁目　迎賓館赤坂離宮　前庭

ベルサイユ宮殿を模したネオ・バロック様式の建物は、日本の代表的な洋風建築物である。

元赤坂の一角に、緑青の屋根と花崗岩で積み上げられた宮殿の外壁が華麗なたたずまいをみせる。正面には白い鉄柵の正門が設けられ、そのあいだから約百五十本の松の緑を覗き見ることができる。この正門をくぐると、東西の両前庭を抜けて中門にいたる車道、玄関前広場、中央玄関車寄せには花崗岩の敷石が敷き詰められていた。

宮殿に到着した賓客は、本館一階正面の中央玄関車寄せで車を降りる。玄関前広場から大きく弧を描いた車寄せの斜面を上ると中央玄関だ。ここから玄関ホールに入ると、市松模様のイタリア産白色大理石と国産の黒色玄昌石の床が出迎える。真紅の絨毯が敷かれた玄関ホールは、四本のフランス産の花崗岩の円柱で支えられ、天井には石膏レリーフが装飾されている。さらに東西の一段上がった床には華麗な燭台が配置され、迎賓館としての重厚さを漂わせる。

延べ面積約一万五千平方メートルの内部を飾る粋を尽くした芸術品、重厚で豪華な家具類、優雅な装飾タイル、しっとりした感覚の美術織物、花鳥の描かれた典雅な七宝、そして鮮やかなシャンデリアなどは、どれも国賓を迎えるために揃えられた。

警備第一課の特殊急襲部隊ＳＡＴを率いる川崎警部は、六機とはわかれてこの場に残った。

首相が迎賓館を出発する時間が迫り、川崎は正面玄関で最終の状況確認を行っていたが、六機と入れ替えに埼玉二機が到着するまで、首相の一行を出発させるわけにはいかない。しかし、官邸への移動を考えると、時間は押していた。

川崎は玄関から表に出て、一向に到着しない埼玉二機をいらいらしながら待っていた。

「下山。埼玉二機の状況は」

両腕を組んだ川崎は仁王立ちしていた。

「まだ連絡はありません」

狙撃班の下山警部補が川崎の傍らで答えた。

予定が狂い始めた。入念に組み上げた段取りを急遽変更しても、ろくなことはない。

「なにやってんだ。こんなときになにか起こったら……」

背後でドン、という鈍い爆発音が響いた。

押し倒されるような衝撃波を感じて、二人は反射的に首をすくめた。

見れば玄関ホールから白い煙が立ち上がっていた。

「通信指令センターに連絡！」

そう言い残すなり川崎は本館に駆け込んだ。

立ち込める煙の中から職員がふらつく足で出て来る。

「どうした」

「わかりません。玄関近くのエレベーターが突然爆発しました」

若い職員がせき込みながら首を振る。

「全員を集めて本館内を徹底的に調べろ」

川崎は背後の下山に怒鳴った。

胸のマイクを摑む。

「芦田(あしだ)、聞こえるか。そちらの状況を報告せよ」

（異状はありません。現在、廊下の状況を確認中です）

二階の『朝日の間』の西側に位置する貴賓室に残って首相の警護に当たっている突

入班の芦田巡査部長が応答する。

「下山。下は狙撃班で頼むぞ」

迷わず煙の中に飛び込んだ川崎は、中央階段を駆け上がる。

首相の周辺警護についているのは突入班の十人だ。精鋭で固めてはいるが、まず首相の安全を自分の目で確認しなければならない。

迎賓館赤坂離宮　正面玄関前

下山は狙撃班を玄関前に集合させた。

二十名の隊員を素早く四つの班に分ける。

一班は東ウィング、二班は西ウィング、三班は建物南側に広がる主庭へ向かわせる。

そして下山は四班の五名を連れて正面玄関ホールに入った。

まだ煙の残る右側エレベーター周辺の状況を確認してから、階段を上がって玄関奥の小ホールに前進する。

小ホールからは弧状の廊下が東西両ウィングまで延びている。一旦ここで円陣を組んだ下山たちは、一階廊下の探索を実行する。

廊下の所々で、怯(おび)えた表情の職員たちがドアの陰からこちらを見つめている。

一分で一階廊下と小ホールの探索を終了させた下山たちは、小ホールに戻って中央階段へ進んだ。

イタリア産白色大理石に重厚な絨毯が敷かれた中央階段は、その両壁に紅色の地に白色の線が走るフランス産大理石がはめ込まれている。直線の階段を上がった先は二階の中央階段室だ。

二階では、中央階段室をはさんで南北に大小のホールが配置されている。階段を上がり切った目の前が大ホールで、その先は主賓用サロンとして公式の謁見に使用される『朝日の間』へ続く。階段室で折り返し、大理石の欄干沿いに建物の正面側へ進むと、小ホールを経て晩餐会の控え室として用いられる『彩鸞(さいらん)の間』にいたる。本館を正面から眺めたとき、二階の中央部分で四本の柱に囲まれた三つの窓が『彩鸞の間』であり、それは正面玄関ホールの真上に位置している。

下山を先頭に、左右の壁沿いにわかれた五人は絨毯を踏みしめて階段をのぼる。

すると、二階小ホール側の欄干から別の機動隊員が姿を見せた。

「上に異状はないか」

下山が仰ぎ見ながら声をかけた。

隊員は無言で首を縦に振る。

下山の後方で若い隊員が不思議そうに呟いた。

「誰だ。あれ」

そのとき、銃声とともに、下山は胸に焼け火箸を押しつけられたような痛みを覚えた。

頬に水滴のようなものが飛び散った。

右手でそれを拭うと、掌が真っ赤に染まった。

漂う血の臭いをたどった下山は、自分の胸に視線を落とした。

みぞおちの少し上、心臓のわずかに横でタクティカルベストに穴が開いてささくれ立っていた。

出動服の焦げた臭いに混じって血の臭いが漏れ出す。

銃弾の貫通した穴から心臓の脈動にあわせて鮮血が噴き出していた。

俺は撃たれたのか。

首を傾げた下山の目の前が、やがて真白な世界に変わった。

迎賓館赤坂離宮　中央階段

力なく倒れ込んだ下山に気づいた隊員たちが、一斉に銃口を二階へ向けようとしたとき、館内に重い銃声が響いた。

二階から機関銃の掃射にみまわれ、身を隠すものもなく標的となった四班はドミノ倒しのように階段を転げ落ちる。

「退け！」「二階に戻るんだ！」

応戦しようにも両者の火力差は歴然としていた。

太股をえぐられ、片腕を引きちぎられ、折り重なる隊員たち。

メットごと頭蓋骨が砕け散って、硝煙の匂いに血の臭いが交じる。

飛び散った大理石の破片が血のりの中に沈んでいく。

ものの二十秒で銃声が鳴り止み、中央階段は再び静寂に包まれた。

四班が全滅した。

同時刻

東京都　港区南青山一丁目

見附の交差点で左折したレガシィが、青山通り沿いに建つカナダ大使館の前を通過した。機動隊員が殺された現場は、その先の脇道を入ったところだ。

東郷と新井田の前方に、青山一丁目交差点の検問が見えてきたとき、ダッシュボードの無線が叫んだ。

（警視庁から各局へ。麹町署管内、飯田橋三丁目ホテルカイザーパーク飯田橋地下駐車場にて発生した事案のガイ者の身元が判明。ガイ者の氏名は岡田岳志。繰り返す、ガイ者の氏名は岡田岳志。丸岡リネンサプライの社員。各勤務員は引き続き徹底したマル索に努められたし。以上）

「このややこしいときに」

東郷は呟いた。

突然、ハンドルを左に切りながら新井田がブレーキを踏み込んだ。タイヤをロックされたレガシィは、車止めに激突したように急停車した。

「気をつけろ」

シートベルトをつけていなければ、東郷はフロントガラスにしこたま顔をぶち当てたかもしれない。

「すみません」

東郷の怒声などどうわの空の新井田が、内ポケットからスマホを取り出す。メモアプリを指先でスライドさせて呼び出したページを、これです、と東郷の目の前に突きつけた。

「丸岡リネンサプライ。雑賀が以前勤めていた会社です」

東郷は無線のマイクを摑んだ。

「本庁9から警視庁」

(こちら警視庁。本庁9どうぞ)

「飯田橋三丁目で起きた事案の詳細を教えてくれ」

警視庁からの連絡によると、ガイ者は飯田橋にあるホテルカイザーパーク飯田橋地下駐車場で発見された。第一発見者は警備員で、ガイ者が乗っていたはずの業務用トラックが盗まれている。

「本庁9から警視庁、死体の外表ならびに検視の状況を連絡されたし」

(こちら警視庁。頭部の銃創以外に目立った外傷はなし。ただしガイ者は下着の状態で発見された模様)

赤坂八丁目の機動隊員と同じだ。

「新井田、丸岡リネンサプライの電話番号は」

新井田が携帯を東郷に手渡すと、すでに電話は相手に繋がっていた。

「もしもし丸岡リネンサプライさん。警視庁の東郷と申します。……いえ詳しいことはこちらではちょっと。ところで亡くなられた岡田さんの今日の予定を教えて頂けませんか……」

相手がまだしゃべり続けているのも構わず、東郷は電話を切った。

「新井田、迎賓館だ」

「係長。外堀通り周辺では」

「機動隊員を殺害して騒ぎを起こし、警備部隊の注意を見附から南の外堀通り西側に引きつける。その隙にリネンサプライの社員を装って迎賓館に侵入するつもりだ。雑賀は狙撃を諦めて本丸を攻める気だ」

赤色灯を天井にのせ、サイレンのスイッチを入れた新井田がアクセルを踏み込んだ。後輪から白煙を上げた車がテールを左右にスライドさせながら発進する。

すでに閉鎖された青山通りをレガシィが引き返す。

午前九時三十分
迎賓館赤坂離宮　二階　中央階段室

欄干越しに一階の様子を窺う雑賀の目に、もはや動くものはなに一つ入らなかった。突然の銃声に驚いて一階の廊下に飛び出した職員たちが、目の前の惨劇に悲鳴を上げる。

雑賀の思うつぼだった。

そうだ。もっと慌てろ。

お前たちに真の殺し合いなどできるわけがない。

狙撃という見せ金に警察は思惑(おもわく)どおり翻弄されたようだ。雑賀が最後に選んだ襲撃方法は、真っ向勝負の正面攻撃だった。

一時間前に赤坂八丁目で奪った機動隊員の制服に身を包んだ雑賀は、ロシア製RPD軽機関銃を抱えて、肩からは手榴弾と背中の弾倉に繋がる給弾ベルトをたすきがけにしていた。RPD軽機関銃とは、ロシア共和国で7・62×39ミリ弾を使用する分隊支援火器で、旧ソ連諸国ではすでに使用されていないものの、アフリカや中東の地域紛争ではまだまだ現役だ。

腰のベルトにはグレネード弾、手榴弾、そして愛用のベレッタ。もうサイレンサーは必要ない。

完全武装した雑賀がここから最後の仕上げにかかる。

雑賀はヘルメットのバイザーを下ろし、ＲＰＤの給弾ベルトを装塡し直した。

俺は父親とは違う。

この山を越えてみせる。

迎賓館赤坂離宮　二階　貴賓室

首相の安全を確認すべく、『朝日の間』の西側に位置する貴賓室で芦田巡査部長が率いる突入班と合流していた川崎は、たった今抜けて来た中央階段室の方角から響く銃声に身をすくめた。

拳銃とはまるで異なる連射音が、ただならぬ事態の発生を暗示していた。

銃を構えた川崎は、ドアをほんの少し開けた。

途端にその隙間から重い銃声と悲鳴が交錯しながら飛び込んできた。

「下山、聞こえるか。応答しろ」

ドアを一旦閉めた川崎が無線で呼びかけるが応答はない。

「下山、どうした、なにがあった」

もう一度部下を呼び出そうとしたとき、外の銃声がぱたりとやんだ。

川崎と芦田は顔を見合わせた。芦田の目が怯えていた。

二人はドアをはさんで向かい合った。

川崎は銃を構え、ドアのノブを摑んだ芦田に合図を送った。

芦田が素早くドアを開ける。

廊下の様子を確認するために川崎はその隙間から頭を突き出した。

ヒュン、という風切り音とともに銃弾が頰をかすめる。

とっさに川崎は床に伏せた。

次の瞬間、廊下の奥から襲いかかる無数の銃弾が木製のドアを蜂の巣にしていく。

両手でヘルメットを押さえた川崎の上に、粉砕された破片が木の葉のように降りかかる。

芦田が川崎の両足を摑んで室内に引きずり込んでくれた。

迎賓館赤坂離宮　二階　大ホール

銃を構えて大ホールに立つ雑賀は、西の方角に銃口を向けていた。
雑賀の位置からは西ウィングに延びる主庭側廊下を見渡せる。
本館内でちょっとした騒動を起こせば、特殊部隊長は必ず首相のもとへ駆けつける。
雑賀はそう読んでいた。
案の定だ。
標的は貴賓室にいた。
後はまとわりつくハエを殲滅するだけだ。
雑賀は笑った。

迎賓館赤坂離宮　二階　貴賓室

ドアの向こうから断続的な掃射音が近づいて来る。
ここから二人だけで応戦するなど自殺行為だ。
川崎は胸のマイクを摑んだ。
「四班がやられた。敵は二階主庭側廊下、もしくは中央階段上大ホールから『朝日の間』周辺に位置すると思われる。一班は東玄関から二階へ前進。正面側の廊下を索敵しながら『彩鸞の間』付近まで先着せよ。その後中央階段上小ホール手前で待機。二班は西玄関の階段から二階に上がり、正面側の廊下を通じて小ホール手前まで前進せよ。配備完了次第、両班で襲撃犯を背後から攻撃。三班は中央階段下の一階ホールで待機。一、二班の突入を待って援護を開始。いいか。決して二階主庭側廊下と中央階段室へは出るな」

貴賓室は手前にリビング、奥にベッドルーム、トイレ、バス、衣装ルームからなっている。

川崎は首相をベッドルームに移動させた。

入り口の部屋との境に家具を積み上げ、その陰に五名を配して応戦態勢を整える。

安全な場所を確保するまで一秒でも時間を稼ぎたかった。

午前九時三十五分

迎賓館赤坂離宮　東玄関ホール

迎賓館は正面玄関小ホールをはさんで、翼を広げたように弧状に広がる。

北東の端に東玄関ホールが、北西の端には西玄関ホールが張り出している。正面側の二階廊下は建物の外観に沿って、東西両玄関上から正面中央の『彩鸞の間』へ続く。川崎の命令を受けた一班の橋詰班長は、すでに部下四人を連れて東玄関ホールから二階へ進入していた。彼らの位置からは中央階段室や、その先の大ホールは死角となるが、少なくとも東ウィング正面側の廊下に人影はなかった。

援護に二人残した橋詰は、先発隊二人を廊下へ送り出した。

銃を構え、前方を確認しながら駆け足で壁沿いに進む二人が、中央階段室北側の小ホール手前で立ち止まった。距離は約十メートル。

先発隊の二人が振り返って、進むかどうかの判断を橋詰に求めてきた。

小ホールの向こう、西ウィングの廊下ではすでに到着した二班が突入準備を整えている。橋詰は援護の二人を残したまま独りで先発隊の後を追いながら、「行け」と手で合図した。

頷く二人。

先頭の隊員が一歩を踏み出そうとしたとき、彼の足下でなにかが揺れた。

「止まれ！」

橋詰が叫んだ瞬間、隊員の右足が廊下を横切るリード線を引っかけた。

爆発音。

白い閃光が走り、爆発炎が二人を包む。

爆風で飛ばされた橋詰は廊下の袖机に叩きつけられた。

廊下に煙が立ち込める。

壁に寄りかかってどうにか立ち上がった橋詰は爆発地点に駆け寄った。

幸運なことに二人の傷は致命傷ではなかった。

「大丈夫か」

「大丈夫です」

橋詰の問いかけに、一人が喘ぎながら答えた。

彼のメットが真ん中から二つに割れていた。

「我々に構わず、行ってください」

もう一人が裂傷を負った右腕を押さえながら言った。

「わかった。あとは任せろ」

援護の部下を呼び寄せた橋詰は床の上で四つん這いになり、別のリード線に注意しながら慎重に進む。

すると爆発地点から三メートルほど進んだ場所で、床上二センチほどの高さに二本目のリード線が張られていた。

「あったぞ」

橋詰は額の汗を拭う。

もう一度、目線を床の高さまで下げて先を確認したが、リード線はその一本だけだった。

今なら小ホールへ飛び込んで、欄干の陰まで突っ走れるかもしれない。

橋詰は無線で他の班を呼ぶ。

「これから中央階段北側の小ホールに突入する。援護を乞う」

「二班、了解」「三班、了解」

無線から応答が入る。

後ろに続く二人が柱の陰から顔を覗かせて突入準備ＯＫのサインを出した。

前方では二班の五人が小ホール手前で援護射撃の態勢を整えた。

「お前たちはここで援護しろ。くれぐれもリード線を引っかけるな」

橋詰が立ち上がった瞬間、彼のヘルメットが頭の高さで廊下を横切っていた赤外線を遮（さえぎ）った。

先ほどとは比べものにならない轟音（ごうおん）とともに廊下が炎に包まれた。

吹き飛ばされた壁と天井が、橋詰たちの頭上に崩れ落ちてきた。

迎賓館赤坂離宮　二階　貴賓室

信じられなかった。
一階にいる三班から、無線による状況報告を受けた川崎は呆然と立ち尽くした。
一班と二班が全滅した。
川崎は室内を見回した。首相を守るのは、ここにいる十人だけになった。
さらに今の爆発で中央階段は使えない。
残された手は一つしかない。
「守田、東、山中、服部、江藤、ここに残って応戦しろ」
苦渋の決断だった。川崎の命令は言い換えれば、「ここで死ね」と言うに等しい。
しかし、首相警護の責任者として躊躇（ちゅうちょ）することは許されなかった。
川崎は黙って部下の顔を見た。
もし一人でも怖じ気づいているなら、自らが残る腹だった。
川崎の目を見て頷いた守田が落ち着いた口調で言った。

「お気をつけて」

他の四人も指揮官から目を逸らさずに頷いた。

五人に小さく敬礼した川崎は首相に歩み寄った。

「首相、こちらへどうぞ」

首相と残りの五人を連れた川崎は、西ウィング先端に向けて移動を始めた。

決して振り返らない。一度でも振り返れば、断ち切った部下への情にからめ捕られてしまう。

川崎は先を急いだ。

一旦、建物の南側、主庭を望むバルコニーに出た。ここからなら、西ウィングの先端近くまで廊下を通らずに移動することができる。

五人で首相を取り囲み、川崎は先頭を走った。

迎賓館赤坂離宮　二階　貴賓室前　廊下

雑賀は東ウィング正面側の廊下に巧妙なブービートラップを仕かけていた。リード線を使った仕かけを囮に、赤外線センサーと連動させた四キロのプラスティック爆薬で狙撃班を殲滅した。

ところが、貴賓室の手前で雑賀は予想外の抵抗に遭っていた。

銃弾で蜂の巣となり、外れかかったドア越しに繰り出される室内からの応戦は的確だった。

ＲＰＤの掃射を見舞っても入り口が狭く、さらに半壊したドアの鉄枠が邪魔だった。苛ついて少しでも相手の視界に姿を晒そうものなら反撃を食らう。

ＳＡＴの腕前は確かだった。

一旦後退した雑賀は、腰のベルトから40ミリグレネード弾を抜き取った。手榴弾の数倍の殺傷能力を持つ飛び道具を、銃身の下半分に取りつけたランチャーにセットする。

雑賀は、情け容赦なく室内に向けて一発ぶち込んだ。

腹に響く爆発音。

なにかが崩れ落ちる音。

悲鳴……。

すぐに辺りは静寂に包まれた。

用心深く壁沿いを進んだ雑賀は、スイートの入り口で立ち止まった。

室内に向けてとどめの手榴弾を投げ込む。

安全ピンを抜いてから、炸裂までの時間は四秒だ。

再び轟音が鳴り響くのを待ってドアを蹴り倒した雑賀は、室内に向かって銃弾を撃ち込んだ。

硝煙の匂いが充満する室内はすでに廃墟同然だった。

入り口の部屋と寝室を隔てる壁は崩れ落ち、瓦礫の下にSATが倒れていた。

村瀬から雑賀が教わった殺戮の方法とは、迷うことなく確実に相手の息の根を止める方法だった。アフガンやシリアなどの殺伐とした戦場が教える無慈悲な戦い方だ。

焦る必要はない。どうせ応援部隊はまにあいはしない。

雑賀は、瓦礫と焦げた人体の一部を踏みしめながら前進を開始した。

迎賓館赤坂離宮　二階　バルコニー

一瞬、川崎は立ち止まった。

背後から二回の爆発音が響くと、応戦の銃声がピタリとやんだ。

守備ラインが破られたことは明らかだった。背後から死の影が確実に忍び寄る。西ウィング先端まであとわずか。そこまでたどり着けば、階段を下りて建物外に脱出することができる。

しかしもう一つの難関が待ち構えている。

バルコニーは目の前で途切れていた。目指す階段までたどり着くためには、ここから建物内に戻り、そして最後に廊下を抜けなければならない。

廊下へ出るドアの手前で、川崎は部下に指示を出した。

「これから、俺と芦田は首相をガードして廊下を突っ切る。お前たちはここから援護しろ。時間を稼ぐだけ稼げ。しかし我々が階段まで到着するのを確認したらただちにバルコニーから退却せよ。いいな。絶対に死ぬな」

SIG P228に新しいカートリッジを装填した四人が上官に敬礼した。

フリッツスタイルのバイザーを下ろした二人は、抱きかかえるようにして首相を囲い込んだ。

「いくぞ」

川崎の言葉に芦田が大きく頷いた。

川崎はドアを蹴破った。

午前九時四十五分
迎賓館赤坂離宮　東門

青山通りを引き返し、赤坂警察署前の交差点を左折して赤坂御所沿いを走り、御所東門の先で外堀通りを左折した東郷たちのレガシィは紀伊国坂をのぼる。ようやく左前方に姿を現した迎賓館の正面二階から、爆発音とともに煙とも水蒸気ともつかない、きのこ雲が湧き上がった。

「やられた」

新井田が叫んだ。

車を東門から迎賓館に乗り入れる。新井田は東ウィングの建物を左手に見ながら車を直進させた。別館とヘリポートのあいだから東中門を抜けると玄関前広場に出る。

広場の車寄せ周辺に集まった数人のＳＡＴ隊員が目に入った。

分断され、傷つき、指揮官、そして戦う意思を失ったＳＡＴ。彼らは目の前の状況になすすべもなく、ある者は負傷者の手当てを行い、ある者はただ敗残兵のように座り込んでいた。

車を降りた二人は隊員たちに状況を確認する。

しかし誰もまともには答えられない。

突然の移動命令、直後の銃撃戦、そして頭上での爆発。彼らとて何が何やら理解できないままだった。

「首相は二階か」

東郷は班長に尋ねた。

「そうであります」と、班長が応えた。

建物の中からは断続的に機銃の銃声が響く。

「首相の警護は何人だ」

「突入班の十人が当たっています」

「指揮官は誰だ」

「川崎警部です」

東郷は班長の無線で川崎を呼び出した。

「川崎警部、聞こえるか。私は公安五課の東郷だ」

再び数回の銃声が響く。

「川崎警部、応答せよ」

（……こちら川崎）と、川崎の声が雑音で時折途切れる。

「そちらの状況は」

(現在、建物西奥二階の『羽衣(はごろも)の間』手前で首相を確保。自分は応戦の準備中)

「火器は十分か！」東郷はマイクに吹き込んだ。

(SIGしか所持していない)

「短機関銃は」

(所持していない)

館内で首相の身辺警護に当たる川崎たちに、短機関銃の所持は認められていなかった。国賓をもてなし、皇族も訪れる格調高い施設だからという理屈だった。

無線の音声をかき消して建物西方向から激しい銃声が響く。その時、西ウィングで大きな爆発音とともに窓ガラスが吹き飛んだ。

迎賓館赤坂離宮　西ウィング　二階

援護射撃に守られて首尾良く廊下を横断し、川崎たちは西ウィングの先端に到着した。

その時、轟音が響いた。

床が揺れた。

目の前で一階への階段とエレベーターが破壊された。

襲撃犯の仕かけは周到で、入念だった。

川崎は唇を嚙んだ。

廊下を振り返る。

今さらバルコニーには戻れない。

川崎たちは退路を断たれた。

振り向きざまに目の前のドアを蹴破った川崎は、首相の首根っこを摑むようにして『羽衣の間』に突き飛ばした。

元は舞踏室として使われていたこの部屋は、現在はレセプション用の間として使われている。フランスの画家が描いた大天井画と壁には大鏡四面と中鏡二面がはめ込まれている。室内には迎賓館で最も大きく豪華なシャンデリアが吊り下げられ、北の正面にはオーケストラボックスが設けられていた。

しかし、どれもこれも、今の川崎たちにとっては無用の長物だ。

壁とドアが雑賀の銃弾に対して、一秒でも長く持ちこたえてくれることを祈るしかない。

大きく肩で息を継いでから、川崎は無線のスイッチを入れた。

「通信指令センター、こちら川崎。首相を警護しながら迎賓館の西ウィングで孤立している」

（こちら通信指令センター。状況を送れ）

「背後に重武装した襲撃犯が迫っているが、西ウィングの一階へ下りる階段が破壊されて屋外への退避不能。至急、応援を乞う」

（現在、応援部隊がそちらへ移動中だ）

「到着までの時間は」

（あと十分）

「遅い！」

無線が沈黙する。

「皇宮警察本部があるだろう。彼らに出動を依頼しろ」

（残念ながら……、皇宮警察は赤坂八丁目周辺の捜索で手一杯だったため、転進の準備ができていない）

耳を疑うような返事が返ってきた。

「連中の探している相手はここにいるんだぞ！」

膝に両手を当てる姿勢で腰をかがめた川崎は、ありったけの悪態を吐き出す。

部下たちは犬死にだったのか……。

怒りと無念が、反復した言葉に形を変える。

「畜生。畜生」

川崎はそう繰り返した。

迎賓館赤坂離宮　正面玄関前

西ウィングの玄関から黒煙が吹き出した。

なにが起きたかは明らかだった。

「西ウィングの二階へは、どうやったら上がれる！」

東郷は目の前の階段でＳＡＴ隊員たちに声を張り上げた。

「玄関奥にある階段ですが、おそらく今の爆発で……」

班長がうな垂れた。

思わず東郷は天を仰ぐ。

万事休すなのか。

あの、と車寄せに避難していた職員が声をかけてきた。

「西玄関から入った奥に、二階の『羽衣の間』へ通じる楽団員用の階段があります。あそこはよほどの人でないと知りません」

館外の警備を担当する狙撃班のＭＰ５を受け取り、閃光発音筒を背中のベルトに押し込んだ東郷は、新井田を連れて駆け出した。

壁と天井の一部が崩れ、粉塵が立ち込める西玄関から、東郷たちは館内に飛び込んだ。

二階への階段が無残に崩れ落ちている。

「係長、もう少し奥じゃないですか」

新井田が東郷の背後から前方の廊下を指さした。

瓦礫のあいだを抜けながら二人は再び駆け出した。

廊下に並ぶすべてのドアを蹴破りながら。一つめ。違う。二つめ、ここも違う……。

「ここです！」と新井田が叫んだ。

小さな狭い階段が二階へ続いている。

迎賓館赤坂離宮　西ウィング　二階　『羽衣の間』前廊下

雑賀は『羽衣の間』に通じるドアの前で立ち止まった。

手前の部屋から無駄な抵抗を試みる機動隊員に手間取って、到着するのが予定より三分も遅れた。

とんだ道草を食わせやがって。

しかしここが終着点だ。

このドアの向こうに目指す相手はいる。もうどこにも逃げ道はない。

雑賀はトリガーを引いた。

うなりを上げて弾倉から引き出される給弾ベルト。

鋼鉄の銃弾は廊下のあらゆるものを粉砕しながら、『羽衣の間』のドアに、壁に襲いかかった。

もう少しでドアが根こそぎ吹き飛ぶ。

そうすれば後はグレネード弾を撃ち込むだけだった。

右手の人さし指が、ちぎれんばかりにトリガーを絞り込んだ。

機関部から吐き出された空薬莢（からやっきょう）が、軽い金属音を立てながら躍るように床の上で跳ね回り、またたく間に雑賀の足下を埋め尽くしていく。

迎賓館赤坂離宮　西ウィング　二階　『羽衣の間』

階段を駆け上がり、部屋の北側に位置するオーケストラボックスの下から『羽衣の間』に駆け込んだ東郷は一瞬たじろいだ。

東側の壁やドアの貫通穴から、銃弾が室内に襲いかかる。西側の窓ガラスは粉砕され、壁の装飾、天井の壁画はクラスター爆弾が炸裂したように穴だらけだった。

半壊した扉の向こうに雑賀が見えた。

ガラス部分を吹き飛ばされたシャンデリアの鉄枠だけが、天井から無様（ぶざま）に揺れている。

火薬の炸裂する音。形ある物が消滅する音。舞い上がる粉塵。雪のように舞う破片。狂気と破壊と絶望に満たされた部屋の片隅で、川崎ともう一人の隊員が首相に覆い被（かぶ）さって床に伏せていた。

咄嗟（とっさ）に東郷はマイクを引き寄せた。

「こちら皇宮警察隊。今、主庭側に到着した」

新井田と目が合った。

新井田が頷く。

こちらの意図を察した新井田がマイクに応える。

「こちら正面玄関前の警備一課の新井田です。侵入者は西ウィング二階。そちらからなら襲撃犯の背後をつける。急げ！」

警察無線を盗聴していているらしきイヤホンに手を当てていた雑賀が、主庭の方向を振り返る。注意が東郷たちからそれた。

「新井田、援護しろ！」

そう叫んだ東郷は、ＭＰ５を構えて走り出した。

すでに半壊したドアの前に、東郷は身を投げ出した。

ケヤキ材の寄せ木張りで仕立てられた床で、東郷の体がガラスの破片の上を滑る。

頬が、銃を握る手の甲が裂けて、血が噴き出した。

構わず東郷は引き金を絞る。

騙(だま)されたことに気づいた雑賀の銃弾が東郷を狙う。

その隙に新井田が部屋を横断して反対側の壁に位置を取る。

東郷が川崎の前で壁を作る。

新井田が傾いたドアの隙間から廊下の雑賀へ掃射を始める。

オーケストラボックス側から突然目の前に飛び出して来た二人に迷ったのか、雑賀の銃口が新たな標的を探して揺れた。

東郷がドアの向こうへ閃光発音筒を投げ込む。爆発音とともにマグネシウムの白い閃光が放たれた。

雑賀が顔を背ける。

その隙に東郷は銃弾のカートリッジを入れ替える。

標的を東郷に定めた雑賀の顔が歪(ゆが)んだ。

銃の木製のハンドガードから白煙が上がっている。激しい連射で熱を持ったバレルのせいでハンドガードが発火した。

左手を焼かれた雑賀の表情が苦痛で歪み、思わず左手がハンドガードから離れた。

支えを失った銃口が重みで下を向き、照準が東郷からそれた。

銃弾の貫通穴越しに雑賀が見える。

東郷はその穴を狙ってＭＰ５の引き金を引いた。

銃弾が雑賀の胸で弾ける。

雑賀が背中から床に倒れた。

東郷がトリガーから指を離すと、辺りが静寂に包まれた。

立ち上がった東郷は、外れかかったドアをくぐり抜けた。

銃の狙いを定めたまま東郷は雑賀の前に立った。

雑賀の口から血が滴り、波打際に打ち上げられた魚のごとく全身が痙攣（けいれん）している。

「雑賀。待たせたな」

雑賀の視線が東郷を捉えた。

「東郷だな」

「お前を止めると言ったはずだ」

咳き込んだ雑賀が血を吐き出す。

「……俺が山を越えられなかっただけだ」

次第に雑賀の声がかすかになっていく。

雑賀が光を失いつつある目を向ける。

糸で吊られたように弱々しく伸びてきた雑賀の掌が東郷の頬に触れた。

「頼みがある。どこか、誰もいないところへ俺を運んでくれ。……もう誰にも会いたくない」

天を仰いだ雑賀が目を閉じた。

終　章

九月十六日　火曜日　午後
東京都　港区赤坂二丁目　美和商事ビル

外は雲ひとつない秋晴れだった。

秋の陽射しが歩道に街路樹の影を作っている。

よく手入れされた並木が映える外堀通りで、猛暑に喘いでいた街路樹の葉々は生気を取り戻していたが、もうまもなく落葉の時期を迎える。

人にかぎらず生き物の命などはかないものだ。

「失礼します」

東郷が山崎の部屋に入ってきた。

山崎は東郷に椅子を勧める。

あの事件以来、都心は平静を取り戻しつつあった。『モグラ』によるテロは終息した。

　ただ、事件そのものは後味の悪い幕切れだった。村瀬の仲間で身柄を拘束できたのは岩下と蒲田だけ。そんな二人も嫌疑不十分で不起訴処分となり釈放された。難民救済を支えた全国難民支援連絡会は、人々の記憶に銘を刻むこともなく、忘却の彼方へ消え去ってしまう。そして、黒幕が地平線の彼方から姿を現すことはなく、村瀬の怒りと後悔は時の流れに埋れた。

「東京に戻ってからの雑賀は、その気になれば逃亡できたはずなのに、なぜ村瀬の指示に従い続けたのか」

　山崎は問うた。

「検死の結果、体内の血管からステントに似た長さ八ミリの中空チューブが十六本、発見されました。これらは心臓の冠動脈や脳に埋め込まれ、外部からの信号を受信すると膨張して血管を破壊する仕かけになっていました」

「体内爆弾を埋め込まれていたと」

「逃亡を図る、もしくは命令に背けば殺す、と脅されたのでしょう。さらに、予想どおり脳の島皮質に外科処置を施されていました。いずれも、製材所で施されたと思われます」

「雑賀はどうやって迎賓館に」

山崎は背もたれに寄りかかった。

「あの日、彼は迎賓館の出入り業者である丸岡リネンサプライのトラックを奪ったあと、赤坂八丁目で機動隊員を射殺して制服を奪い、メットの数字を書き換えるなどの下準備を終えてから迎賓館に向かったと思われます。迎賓館では作業員専用のゲートを偽造IDカードで通過しています」

「情けない」

「偽造カードは指紋、登録番号、キーワードが記録された精巧なものです。しかし、以前丸岡リネンサプライに勤務していた際に貸与されていたカードから、事前に準備していたと思われます」

「雑賀の思いどおりだった」

「もともと、迎賓館も襲撃場所の候補の一つとして考えていたのでしょう」

「自分でIDを偽造したのか」

「まさか」

「背後に誰かいると」

「間違いありません」

東郷が迷いなく言い切った。彼の無念と不満を感じた。

機動隊員の制服を奪われ、外堀通り周辺の警備態勢に不安を抱いた警察は部隊を入れ替えると読んだうえで、雑賀は手薄になった迎賓館に狙いを絞ったのだ。

一回目の攻撃で四班を全滅させる。さらに自分の位置をわざと相手に知らせることで、一班と二班を中央階段から東ウィングの二階の廊下におびき寄せて爆殺。川崎たちを西ウィングへ追い込んだ雑賀は、彼らが『羽衣の間』付近に到着した頃を見計らって、階段とエレベーターを爆破した。最初から首相を建物の西側に追い込むつもりだったのだろう。

「迎賓館の構造まで漏れていた」

「彼が奪った配送トラックから図面が発見されました。何者かが与えたようです」

東郷が唇の端を噛んだ。

「雑賀の犯した唯一のミスといえば『羽衣の間』にある楽団員用の階段を見落としていたことだけです。それも彼のミスというより、仲間から与えられたのがリニューアル工事用の図面だったため、楽団員用の階段が記されていなかったのです。そしてRPDのトラブルがあのとき起こらなければ、私はここにいません。激しい連射を行うと、銃身の熱で木製ハンドガードが炭化もしくは発火するRPDの欠点はよく知られています。しかし、それがあのときに起こったのは……」

「偶然か」

「はい。偶然にすぎません」

東郷が視線を落とす。

「雑賀は」

「身元不明者として大田区の臨海斎場で火葬し、遺骨と遺品は港区役所で保管されています。遠い親戚がいましたが、彼らに引き取れと言うのは酷でしょう」

「結果に納得か」

「いえ」

東郷が即答した。

「岩下は仕方がないとして、なぜ蒲田が釈放されたのですか」

「君は彼がモグラのテロと、首相の暗殺計画に関与していたことを立証できるのか」

「状況証拠だけでも立件はできたはず」

「立件になんの意味がある。事件の社会的な重大性を考えろ。もし有罪に持ち込めなければ検察にとって重大な失態になる」

「面子の問題ですか」

「蒲田を有罪にできる直接証拠がないということだ」

「特捜は、蒲田の百年政策研究所がモグラの支援組織で、自殺した山内が彼の右腕として武器を調達し、難民の中からモグラのメンバーを募り、渋谷、新橋、馬場のテロを指揮したと考えていたはず。加えて、山内は佐野市田沼町の製材所にいました」

「たしかに山内は実行犯だったのだろう」

「蒲田は山内の上司です」

「モグラの残党が蒲田のテロへの関与を証言したのか？」

「いえ」

「雑賀の拉致から迎賓館襲撃にいたる流れのどこかに、蒲田が関与していた証拠は」

「ありません」

「そういうことだ」

「室伏はどうですか。彼は国家公務員法第百条違反で、執行猶予つきとはいえ禁固一年の有罪判決を受け、懲戒免職処分となりました」

「守秘義務違反としては最も重い刑事罰だ」

「誰に捜査情報を流すように頼まれたのか、結局、彼はわからないの一点張りでした」

「室伏が捜査情報を流していたのは蒲田の番号だったのか」

「いえ」

「その番号の契約者を確認した結果は」

「事件とは無関係でした」

「君の無念は察するよ」

「我々は室伏を諦めたわけではありません。しかし先日、神隠しに遭ったように室伏が消えました」

「それは君たちの責任だ」

「次々と私たちの前から証拠が消え、事件がみるみる風化して行きます」

山崎は立ち上がった。いつもの窓の前に移動する。

東郷の視線が追う。

窓の外には秋の都心の風景が広がっている。

「奥さんとはその後どうだ」

「相変わらずです」

「できた人だな」

「感謝しています」

街を人々が行き交う。

穏やかな都心の午後だった。

山崎は後ろ手を組んだ。

「整った」

「なにがですか」

「テロへの対処を強化する新たな法整備への国民のコンセンサスだ。今後、特定秘密の保護にかんする法律、テロ等準備罪、破防法などが強化されていく」

「より強硬な取り締まりの実施ですか」

「お前たちもやり易くなるだろう」

「……それは望ましい未来ですか」

「さらに強力で、もはや軍隊と呼ぶべきテロ対策部隊が設立される」

東郷の頰がかすかに引きつった。

それは不承と異議の標（しるし）に見えた。

二人のあいだの空気が張り詰める。

やがて。

戻ります、と東郷が席を立った。

数々の苦難を乗り越え、公安史上最も困難な事件を捌いた部下が扉の向こうに消えた。

席に戻った山崎は未決箱の決裁書類に手を伸ばそうとした。

そのとき、机上の電話が鳴った。

山崎は受話器を摑み上げた。

(次の通常国会を待って予定どおり事を進めるぞ)

いつもの低い声が抜けてきた。

「承知しております」

(ここまでは順調だ。国民の関心が高いうちに勝負に出る)

「はい」

(ところで、関係者の監視は大丈夫だろうな)

「お任せください」

ただ、と山崎は言葉を濁した。

(どうした)

「東郷も対象でしょうか」

(当然だ)

「彼は献身的でした。そこはご理解ください」

（わかっている）

「事件の核心に触れかけた一課を外すために、担当を五課の東郷に替えました。結果、彼は貧乏くじを引かされることになった」

（なにも知らない東郷が雑賀を追うあいだ、我々はこの国では首相が命を狙われ、凄惨なテロが起きるという意識を人々に刻み込むことができた。もちろん東郷には感謝している。今回の計画が満足すべき結果に終わったのは、彼が思惑どおりに動いたからだ。ただ、彼は疑念を抱いている。まっすぐすぎる性格ゆえに要注意なのだ。温情は不要だ。考えてもみたまえ。治安維持を目的とした絶対的な武装組織を設立すべく、我々は首相の命すらさし出したんだぞ）

「……承知しました」

電話を切った山崎は、再び後ろ手に外の光景に目をやる。

にこやかに言葉を交わしながら歩道を行き交う人々。

難民問題に端を発した治安悪化が常態化しているこの国では、もはや平穏などありえないことに彼らは気づいていない。

我が国を標的にした国際テロリストや、国内の武装勢力が活動を活発化させれば、治安は乱れ、人心は荒む。

いつか、街が炎と悲鳴に包まれれば、逃げ出すことも銃を取ることもできない民は、新たな王を求めるだろう。

時が来る。

生と死を裁く王に率いられた軍が天翔ける。

ヴァルキリーの騎行が始まるのだ。

解説

西上心太

未曾有（みぞう）の事態が起きた時、この現実を先取りしていたのではないか、このような未来を予測していたのではないか、という気にさせてしまうフィクションが記憶の中から甦（よみがえ）ることがある。逆にこの作家がフィクションの中で取りあげるテーマが、将来現実のものになるのではないか、という恐れを抱くこともある。安生正はそういう類（たぐい）の作家かもしれない。

安生正は『生存者ゼロ』（応募時のタイトルは『下弦の刻印』）で、二〇一一年度の第十一回『このミステリーがすごい！』大賞を受賞してデビューした（書籍の刊行は二〇一二年）。

このデビュー作品は、北海道根室半島沖に浮かぶ石油掘削（くっさく）基地との連絡が途絶え、嵐の中へリコプターで自衛隊員が基地に乗り込むと、職員全員が血まみれの肉塊に成り果てていたという衝撃的なシーンから本編が始まる。未知の細菌やウイルスによる感染が疑われたが、救援を呼ぶ間もなく全員が同時期に死亡する感染症などがあるのかという疑問が浮かぶ。政府はこの惨事を公表せず、著名な感染症学者を招き対策を講じるが、なかなか原因がつかめない。死者と接した自衛隊員に感染が見られなかったこともあり、対策は尻すぼみになってしまう。だが九ヶ月後、同じ症状を示す死者が道東で出現し、いくつもの町が壊滅する事態が起きる。政府は道東一帯を封鎖するが、被害はそれだけでは収まらなかった。

物語の後半で、感染症によるパンデミックと思われたこの危機の原因が明らかになる（いやほんとびっくりします）。それ以降は、その原因を排除しようとする自衛隊との戦いが描かれるパニック・サスペンスになるのだが、その話はまた『生存者ゼロ』を読んだ時のお楽しみとして取っておきたい。

この『生存者ゼロ』には一貫して、主体性なく責任逃れに終始し、結果として後手後手になる対策しか打ち出せない政府首脳の姿が、戯画的に描かれている。

余談だが、大ヒットした映画『シン・ゴジラ』における政府首脳も同様だった。あの無能な連中がゴジラから受ける仕打ちに、思わず喝采してしまった不道徳な人間は筆者だけではあるまい。

それはさておき、ここ数年続いた（もちろん現在も収束したわけではない）新型コロナウイルスのパンデミックの渦中を過ごし、特に初期段階において知見を第一とせず、場当たり的な対応に終始した政府の姿勢を見聞きしてきた身として、にわかにこの安生正のデビュー作が記憶から浮かび上がったのである。未知の危機に対してわが国の中枢(ちゅうすう)を司(つかさど)る者たちの脆弱(ぜいじゃく)さは、大胆な設定のフィクションも、ここ数年の現実も同じではないか。

　さて本書『暗殺者』は、二〇二〇年刊行の『ヴァルキリー』を改題しただけでなく、大幅に改稿した作品である。要人暗殺計画とその阻止(そし)という大枠こそ変わらないが、構成や登場するキャラクターに変更点が多いので、元版をお読みになった読者にとっても、新たな作品として接することができるだろう。

池袋で放火によるビル火災が起きた。火勢は衰えずやがてビルは崩落し、二〇〇名以上の死者が出る大惨事となった。火元のビルは、日本最大の難民支援組織であるＮＰＯ法人全国難民支援連絡会の活動拠点だった。火災により多くの難民やスタッフとともに、会の代表者である村瀬幸三の妻子の命も奪われたのだ。この放火はビル破壊のための爆薬まで用意された、テロ行為に等しいものだった。

　数ヶ月後、放火事件の実行犯の一人である雑賀壮志は、すでに報酬の金を使い果たし、銃を持ってコンビニ強盗に入り、店員ほか二人を射殺し店外に出たところを何者かに拉致される。雑賀は裕福な家庭に育ったが、彼が高校生のころ事業の失敗により両親は自殺。一度は就職したものの、やがてさまざまな犯罪に手を出す荒んだ毎日を送るようになっていたのである。

監禁され激しい拷問とマインドコントロールを受けた雑賀は、身体の中に血管を破裂させるマイクロ爆弾を埋め込まれる。心臓や脳の近くに埋め込まれた爆弾が破裂すれば命はない。そのような処置を施された後、雑賀はある指令を言い渡される。

一方、警視庁公安部第五課の東郷一郎警部は上司から新たな命令を受ける。池田首相の暗殺を企てる計画があり、その首謀者が村瀬だという。池田首相は選挙対策のため、それまで積極的だった難民受入れ政策を百八十度反転させるだけでなく、村瀬の団体を危険組織に指定してしまったという経緯があった。その恨みが嵩じ、村瀬は暗殺計画を立てたのだという。

現に村瀬は姿を隠し行方がわからなくなっていた。決行日はG20(金融・世界経済に関する首脳会合)が開催される八月末の二日間と予測されている。捜査の猶予はおよそ一ヶ月半。東郷率いる第五課は暗殺計画者をあぶり出し、実行犯を止めることができるのか。

二〇二〇年代が舞台であることは「二〇二×年」と表記された序章のタイトルから

も明らかなのだが、まさに作中の日本はディストピア社会である。積極的な難民受入れ政策が実施されていたが、諸外国のようなきちんとした態勢が為されておらず、その結果難民による犯罪が増えていた。そのため難民推進派と排斥派が激しく対立をくり広げているのだ。それだけでなく、「モグラ」と呼ばれるテロ組織が暗躍し、都内各地で爆弾や銃を乱射する死者数十人規模のテロが頻繁に起きている現実もある。

公安部第五課の東郷は、公安にありがちな不法捜査を是としない、珍しい警察官である。難民推進派と排斥派のデモ隊の衝突を見て、その右腕である部下の新井田との会話がこの社会のありようを示している。

「……かつての日本人は相容れない意見にも寛容でした。ところが、いつの時代からか自分たちの意見を認めない者を徹底的に攻撃、排除する風潮が支配的になりました。彼らの武器は理路整然とした弁術ではなく、おうむ返しのシュプレヒコールかヘイトスピーチです。それだけではない。ヘイトスピーチを非難する者だって、他者に寛容でない事実を認識できていない」

「人々の暴力衝動を誘発する身勝手な言動がそこかしこに溢れ、市中のいざこざが絶えない国に成り下がった」

いるのだ。

国を守るために働いている東郷たちは、その守る対象が怪しくなっていると感じて

「ちょっとしたきっかけで、口汚く罵り合う人々、気に入らない者を取り囲んでリンチを加える連中、殺人や傷害事件が増加するにつれ、人権を無視した強引な捜査を行う警察。どれも呆れるばかりです」

「寛容や冷静さを失った街で、人々の反応が二極化し始めた。ギスギスして毛羽立った人々と何事にも無関心で反応を示さない人々だ」

デモ隊の激突やテロこそないが、ＳＮＳを見れば現実においても同様のことが起きていることは明らかだろう。

本書はこのような社会を憂い、身内である警察組織にも疑問を抱く主人公である東郷と、暗殺者および彼を操る黒幕との戦いを描いている。Ｇ20が開かれる日までのカウントダウンが始まるタイムリミットサスペンスの要素が加わり、クライマックスでは暗殺者とそれを阻止する者たちとの死闘が描かれる。そのアクションシーンの迫力

は安生正の独擅場であり、戦闘がくり広げられる場所の設定にも驚かされることだろう。

タイムリミットサスペンスと激しい戦闘アクションで彩られた、ディストピアの日本を描いた近未来小説。それが本書である。

だが安生正が本書で描いた現実は、フィクションの世界だけにとどまって欲しい。本書を読む良識ある人々が増えれば、その願いはきっと叶(かな)うに違いない。

二〇二四年一月

この作品は2020年7月徳間書店より刊行された『ヴァルキリー』を改題しました。刊行にあたり、大幅に加筆修正しました。なお、本作品はフィクションであり実在の個人・団体などとは一切関係がありません。

徳間文庫

暗殺者

2024年2月15日 初刷

著者 安生正

発行者 小宮英行

発行所 株式会社徳間書店

目黒セントラルスクエア
東京都品川区上大崎三—一—一
〒141—8202

電話 編集〇三(五四〇三)四三四九
販売〇四九(二九三)五五二一

振替 〇〇一四〇—〇—四四三九二

印刷
製本 大日本印刷株式会社

ISBN978-4-19-894916-7